Christoph Martin Wieland

Sämtliche Werke

Dritter Band

Christoph Martin Wieland

Sämtliche Werke
Dritter Band

ISBN/EAN: 9783744700375

Hergestellt in Europa, USA, Kanada, Australien, Japan

Cover: Foto ©Andreas Hilbeck / pixelio.de

Weitere Bücher finden Sie auf **www.hansebooks.com**

C. M. WIELANDS

SÄMMTLICHE WERKE

SUPPLEMENTE

DRITTER BAND.

LEIPZIG

BEY GEORG JOACHIM GÖSCHEN. 1798.

INHALT.

DIE
PRÜFUNG ABRAHAMS
IN
DREY GESÄNGEN.

---

1 7 5 3.

VORBERICHT.

Das folgende ist das einzige biblische Gedicht, welches der Verfasser zu verantworten hat, wiewohl ihm damahls noch verschiedene, die von dem seligen Bodmer in der Folge selbst reklamiert worden sind, vor die Thür gelegt wurden. Es wurde in dessen Hause, in eben dem Zimmer und an eben dem Tische verfertiget, woran Bodmer wechselsweise bald an seiner Übersetzung Homers, bald an einer von den kleinen Epopöen, wozu ihm die Familie Abrahams den Stoff gab, arbeitete; und sehr wahrscheinlich würde es ohne diesen

Umstand und aus selbsteigner Bewegung, nie von unserm Dichter unternommen worden seyn.   Nähere Aufschlüsse hierüber sollen künftig am gehörigen Orte gegeben werden. Hier bemerken wir nur noch, dafs, aufser manchen minder bedeutenden Veränderungen, das Gespräch zwischen dem Erzvater und seinem Vertrauten im ersten Gesang, aus Gründen, die, bey Vergleichung mit den vorigen Ausgaben, jedem von selbst in die Augen fallen müssen, gänzlich umgeschmolzen worden ist.

————

DIE
PRÜFUNG ABRAHAMS.

———

ERSTER GESANG.

———

V. 1 — 6.

Tochter des Himmels, die einst, auf Edens Hügeln
erzogen,

In der Jugend der Welt, in mehr als goldenen
Zeiten,

Ihren Elihu geliebt, und die im Garten der Unschuld

Unter lieblichen Schatten mit Siphas Töchtern
gewohnet,

Himmlische Muse, du Sängerin Gottes, du Mutter
der Tugend,

Lehre mich Abrahams Prüfung, den Sieg des
frommen Gehorsams,

V. 7 — 19.

Lehre mich singen den Helden, der, als der Herr
es befohlen,
Vater zu seyn vergaß, und auf Moria den Liebling
Seines Herzens, den einzigen Sohn, zum Opfer ihm
brachte:
Lehre mich göttliche Tugend mit würdigen Tönen
besingen!

Schon entsprang auf den östlichen Bergen der
fröhliche Morgen,
Welcher den Abrahamiden, den Sohn der Verheißung,
aus Haran,
Wo dem Jüngling ein Jahr bey seinen Verwandten
entfloh'n war,
Bringen sollte; er schwang sich mit ausgebreiteten
Flügeln
Heller über die Ebnen, auf denen ihm Isaak folgte.
Schon war Abraham wach, und hing mit spähenden
Blicken
An den östlichen Bergen, und glaubt' in dem pur-
purnen Schimmer
Öfters die hochgehalste Gestalt des Kamehles zu
sehen,
Oder wandernde Füße; sein Vaterherz liebte den
Irrthum,

V. 20 — 32.

Der die Augen betrog. Jetzt eilt' er, vom Morgen
gerufen

Und von heiligem Trieb, hinauf zu dem Hügel
der Cedern,

Wo ein Opfer - Altar, von Gott begnadigt, empor-
stieg.

Myrrhen und Kassia ward von seinen geweiheten
Händen

Hier dem Herren verbrannt; mit des Opfers süßen
Gerüchen

Stieg sein reines Gebet durch alle Himmel zum
Thron auf.

Ewige Güte, (so sprach sein Herz und sein himmlisches Auge,

Ob die Lippe gleich schwieg) o! die du Abraham
wähltest,

Deine unendliche Macht an seinem Geschlecht zu
erweisen,

Vater des Segens, der jetzt auf deinem besten
Geschenke,

Der auf Isaak ruht, dem Erben deiner Verheißung,

Sey mit Demuth im Staube von deinem Knechte
gepriesen!

Laß uns, die du auf Erden dein Antlitz zu sehen
begnadigst,

V. 33 — 45.

Deinen Willen vollbringen, wie ihn die Himmel
vollbringen,
Wo dein göttliches Wort die reinern Geister
beherrschet.
Laſs vor dir Isaak leben! Gewähr' es dem Vaterherzen,
Daſs ich den Knaben, gekrönt mit himmlischer
Tugend und würdig,
Daſs der Segen der Welt aus seinem Samen ent-
sprosse,
Wieder erblicke! So bring' ihn der frohe Tag mir
entgegen,
Der jetzt, von deinem Anblick gesegnet, vom Himmel
herabsinkt.
Also bat er, und klebte mit seinem Antlitz am Boden.

Da er noch lag, verbreitete sich ein plötzlicher
Schimmer
Um und über die Hügel, stets ward er heller und
zog sich
Wie ein ätherisches Strahlengewölk um den azurnen
Himmel.
Abraham hob die Augen empor, und fühlte die
Gottheit
Gegenwärtig; ein Engel, vom Winke des Herren
befehligt,

Stieg unsichtbar herab, und stärkte das Auge des Alten.

Und er sahe mit Einem Blicke (die menschliche Seele

War nur Einen zu tragen vermögend) die Herrlich-

keit Gottes,

Mitten durch unabsehbare Reihen anbetender Engel

Sah er die Herrlichkeit dessen, der auf den Cheru-

bim thronet.

Unter dem göttlichen Anblick entsank der Körper

von Erde,

Und die Seele ganz voll des gegenwärtigen Gottes,

Fühlte nur Gott, sich selber nicht mehr. So hatte

Jehovah

Niemals sich ihr verklärt. Doch hob er, vom gött-

lichen Lichte

Wieder gestärkt, sich empor; da kam die Stimme

Jehovahs

Durch die feiernde Stille des Himmels mächtig

hernieder.

Abraham, rief die göttliche Stimme; er sagte,

hie bin ich.

Nimm, so sprach Jehovah, den Isaak, deinen

Geliebten,

Deinen einzigen Sohn, und geh in die Gegend

Moria,

V. 60 — 71.

Und auf einem der Berge, den dir ein Zeichen
bestimmet,
Opfre den Knaben mir.   So sprach die Stimme
Jehovahs.

Abraham sank aufs neue dahin.   Der göttliche
Schimmer
Stärkt' ihn, dafs er nicht ganz dem Donner des
strengen Befehles
Sterbend erlag; doch bebt' ihm das Mark in den
schwanken Gebeinen.
Aber, obgleich der feurige Schmerz das Herz ihm
durchwühlte,
Dennoch erhob sich nicht Einer der unterworfnen
Gedanken
Gegen das göttliche Wort.   Er betete thränend im
Staub an,
Breitete sich vor Gott, mit den Armen den Boden
umfassend,
Und sein ganzer entschlossener Geist war tiefer
Gehorsam.
Gottes allsehendes Auge, vor dem die geheimsten
Gedanken
Sich umsonst in den innersten Tiefen der Seele
verbärgen,

V. 72 — 84.

Sah in Abrahams Herz, und sah den tiefen Gehorsam,

Den mit schweigender Stille die reine Seele gelobte;

Sah auch die That, und den Sieg des Gott erge-
>	benen Glaubens,

Segnet' ihn bey sich selbst, und kehrte wieder gen
>	Himmel.

Jetzo raffte der Alte sich auf, von dem heiligen
>	Hügel

Niederzusteigen. Im Westen der weit verbreiteten
>	Hütten,

Wo er wohnet, erhebt sich ein Hain mit luftigen
>	Eichen,

Und umgiebt, wie ein wachsender Mond, die fried-
>	samen Hütten.

Wenn die glühende Sonne den Himmel beherrschet,
>	so athmet

Hier die Dämmrung erkühlende Lüfte. Kein Ort
>	ist geschickter

Zu geheimen Gesprächen die ernsten Gedanken zu
>	locken.

Abraham kam jetzt hieher, und ging in Empfindung
>	versunken

Unter den Bäumen. So voll von beklemmendem
>	bangem Gefühl war

V. 85 — 97.

Kaum der erste der Menschen, als er, mit der
trostlosen Gattin,
Hand in Hand, ein armer Verbannter, des Paradieses
Duftende Höhen mit langsamen Schritten herunter
wankend,
Hinter sich, mit wehmüthigem Blick sein liebli-
ches Eden
Ach! zum letzten Mahl, im Strahle der sinkenden
Sonne
Schimmern sah, und dich, der süfsen Umarmungen
Zeugin,
Heilige Laube, von fern schon halb im Dufte
zerflossen,
Immer, so lang' er vermochte, mit stummer Trau-
rigkeit ansah,
Dann den thränenden Blick auf die weiten Gegen-
den kehrte,
Die vor ihm her, verödet und düster, zur künftigen
Wohnung
Lagen, ein klägliches Bild von seinem verwandel-
ten Leben:
Also ging Abraham einsam von schweren Gedanken
· gedrücket,
Unter den hüllenden Schatten daher. Nicht lange,
so wand sich

V. 98 — 110.

Sein arbeitender Geist aus der Last der dunkeln
Gedanken
Mächtig hervor, die Empfindungen flossen, aus ihrer
Verwirrung
Nach und nach gesondert, in diese Worte zusammen:

Wenn der Unendliche spricht, gebühret Engeln
und Menschen
Nur Verhüllen des schweigenden Mundes, und
schneller Gehorsam.
Er nur weifs allein, was seiner Gottheit zu wollen
Und zu befehlen geziemt; kein Cherub weifs es;
wer könnte
Mit Ihm rechten, dafern Er die Himmel und ihre
Bewohner
Mit dem Hauche, womit Er sie schuf, ins Unding
verwehte?
Halb vernichtet, mit sterbender, mit der letzten
Empfindung
Würden die Engel ihn loben, dafern es dem gött-
lichen Schöpfer
Sie zu tödten, und nimmer ihr Loblied zu hören
gefiele.
Sollt' ich, der ich noch mehr als Engel dem Tode
verwandt bin,

V. 111 — 123.

Seinen Befehl nicht mit schweigender Eil' im Staube
        vollziehen?
Aber vergieb, o Herr, wenn aus der duldenden Stille
Seufzer des Vaters stönen! O zürne nicht, Schöpfer
        und Vater,
Wenn die stärkre Natur sich wider den Willen
        noch auflehnt.
Laß mich, o laß mich den Tod des liebenswür-
        digsten Knaben
Nur mit etlichen Thränen beweinen, nicht mit
        so vielen,
Als womit ich sein neugebornès sanft lächelndes
        Antlitz
Voller Entzückung benetzte. — Du weißt es, Du,
        der die Geister
Alle durchschaut, wie innig ich Dir dieß beste
        Geschenke
Deiner Gnade verdankte! Wie wuchs er der hohen
        Verheißung,
Der Du zum Pfand ihn gabst, so schön entgegen!
        Wie herrlich
War die Hoffnung, die jetzt mir wie ein Nacht-
        gesicht schwindet!
Aber ich schweig' und gehorch', und ehre mit
        williger Demuth

V. 124 — 137.

Deinen erhabnen weisen Befehl! O stärke mich,
Vater,
Stürke mich, daſs mein Herz sich wider Dein gött-
liches Schicksal
Nicht mit Einer Bewegung empöre. Dein Wille
geschehe!

Also rief er, und hielt in jedem erhabenen Auge
Eine Thräne zurück. Aus einer silbernen Wolke
Sah ihn Elhanan, Isaaks Engel, ein himmlischer
Jüngling,
Sah die fromme Geduld in seinem ruhigen Antlitz,
Und im himmelwärts schauenden Aug' anbetende
Demuth,
Keine Miene verstellt, wiewohl den Augen und
Lippen
Tiefer verborgener Schmerz ihr mildes Lächeln
genommen;
Und er wandte sich thränend zu seinem Begleiter
Elisa:

Hast du, o himmlischer Freund, seitdem du die
Menschen besuchest,
(Und du besuchtest schon Eden) die Tugend so
siegend gesehen,
Ein so erhabenes Herz, so unterwürfig der Gottheit,

V. 138 — 151.

Solche Geduld? — Wie ehr' ich dich, Vater der
        glaubigen Menschen,
Held, und Zierde des Menschengeschlechts und Liob-
        ling der Gottheit! —
Sieh! Elisa, wie rubige Tugend sein Antlitz erhöhet!
Wahrlich ich sah nur Einen, der ihm an Hoheit
        des Geistes
Gleich war; du kanntest ihn, Freund, du mehrtest
        das Siegesgepränge,
Das ihn mit himmlischem Jauchzen durchs Thor des
        Lebens empor trug,
Henoch, den Freund der Gottheit. Ihm hatte die
        fromme Mehala
Einen einzigen Sohn, ihr holdes Nachbild, geboren.
In dem Antlitz des Knaben, in seiner sprossenden
        Schönheit
Leuchtet' ein himmlischer Geist und verhiefs das
        würdigste Leben.
Henoch sah in dem Knaben die Lust der spätesten Jahre,
Sah sich in ihm erneut. Das liebste Geschäfte des
        Vaters
War, sein jugendlich Herz zu der grofsen Hoffnung
        zu bilden.
Aber ihm nahm ein strenges Verhältnifs die schuld-
        lose Freude,

V. 152 — 164.

Und die goldenen Träume der Hoffnung. Als eins-
mahls der Knabe
Unter den Rosen des Thals nicht fern von den
Hütten umirrte,
Zog sich plötzlich ein nächtlich Gewitter am war-
tenden Himmel
Rauschend herauf, es glühten auf einmahl die Wol-
ken im Feuer.
Da nun die ängstliche Mutter den Knaben zu hohlen
herbey lief,
Siehe da traf ihn ein Strahl, das heilige Feuer
versengte
Was an ihm irdisch war; doch schwebt' in den
Flammmen ein Engel,
Der den schüchternen Geist auf seinen olympischen
Flügeln
In die selige Sfäre des reinen Lichtes hinauf trug.
Trostlos stand, wie ein marmornes Bild, die bange
Mehala
Bey der Asche des Sohns. Da kam auch Henoch
und sahe
„Eine Hand voll Asche für den, in welchem er
jüngst sich
Abgedrückt, in ihm den Erben von seiner Gott-
seligkeit sahe,

V. 165 — 178.

Sahe die Asche des einzigen Sohns und den Jammer
der Mutter,
Sah sie, und schwankete nicht kleinmüthig; sein
göttlicher Muth rifs
Gläubig vom Schmerzen sich los; er hob sein hei-
teres Antlitz
Gegen den Himmel, und sprach: Wahrhaftig, der
Herr hat vom Himmel
Seine Stimme erhoben, und aus dem Wetter geredet;
Er hat seine Rechte im Feuer herunter gestrecket,
Und den Knaben dahin in seine Ruhe genommen.
Sollten wir ihn um unsers Vergnügens willen
bedauern?
Uns nur ward er geraubt, ihm selber ward nichts
geraubet,
Dafs er achthundert Jahre vorher in die Ewigkeit
eingeht,
Eh' das gewöhnliche Ziel ihm den Tod zu hoffen
vergönnte.
Lafs uns Gott danken, der ihm vor uns die Wohl-
that geschenkt hat!" ¹)
Also sagt' er, und fiel auf die Knie, und lobte
den Herren,
Himmlischer Freund, so hoch kann menschliche
Tugend sich schwingen!

V. 179 — 191.

Welche Freude für uns, sie an den Menschen zu
lieben!

Aber wie wallt mir mein Herz, wenn ich die
Leiden erwäge,

Welche die blutende Brust des geprüften Vaters
jetzt schweigend

In sich verschliefst, die nur selten ins bleiche
Angesicht dringen!

Doch er ist ja ein Held! Sein Herz ist mit Stärke
umwunden,

Wie ein von Gott bewaffneter Seraf, erwartet er muthig

Jede Schickung; so trägt ein Fels den feurigen
Donner.

Aber mein zärtlicher Busen erbebt vor Mitleid,
mein Auge

Hält die Thränen nicht auf, wenn ich Sarens
jammernde Liebe

Und die Todesangst denke, in der ihr mütterlich
Herz bald

Von der Nachricht vergeht. O blieb sie ihr ewig
verborgen!

Ach wie wirst du sie tragen, du zärtlichste unter
den Müttern?

Wird dir dein Herz vor Jammer nicht brechen? dein trostloses Auge,

V. 192 — 205.

Wird es nicht, himmelan starrend, die Gabe der
Thränen erflehen,
Die ihm versagt ist? — Doch schwarze Scenen,
entweichet, ich fühle
Eure Schrecken zu stark! — Wie wird die Mutter
sie fühlen!
Sie, die mit einer Liebe, womit der zärtlichsten
Mütter
Keine geliebt, ihn liebte! Die erste der Frauen,
o Seraf,
Da sie Mutter nun war, hat selbst den lächelnden
Erstling
Ihrer eh'lichen Liebe, mit mütterlich süsserer Inbrunst
Nicht ans Herze gedrückt, als Sarah den heiligen
Knaben,
Den Verheißenen Gottes, mit süßer Entzückung
umfaßte,
Ihren Abdruck, in welchem ihr Auge die reitzende
Blüthe
Ihrer Jugend, mit Abrahams Ernst geadelt, erblickte.
Jetzo war er ihr einzigs Gebet, die Sorge des Morgens,
Und der letzte Gedank', in welchem der Schlaf
sie ereilte.
Selbst in zärtlichen Träumen umfing sie sein lächeln-
des Bildniß,

V. 206 — 218.

Oder sein künftiges Glück. Dann sah sie ihn in
dem Besitze
Einer frommen Geliebten, mit ähnlichen Enkeln
beseligt,
Ja oft sah sie, (und ob sie gleich schlief, so wallte
vor Freude,
Ihre heilige Brust) oft sah sie den göttlichen Mittler,
Isaaks künftigen Enkel, mit seinem Fleische gekleidet,
Sah ihn, und betet' ihn an, und nannt' ihn mit
Inbrunst Erlöser,
Nennt' ihn Erlöser und Sohn, und netzt' ihm mit
Thränen die Füfse. —
Siehe, der Knabe soll sterben, und Sarah den Ster-
benden sehen,
Oder den Vater, der roth vom Blute des Sohnes
zurück kommt!
Könnt' es dem Schöpfer mifsfallen, dafs uns die
Leiden erweichen,
Die sein weises Verhängnifs den edlern Sterblichen
auflegt?

Also sagte der Seraf, ihm gab sein Gefährte die
Antwort:
Seraf, auch mir zerflösse das Herz, ist Mutter und
Sohn gleich

V. 219 — 231.

Fremder mir als dir, der beider Leben voll Unschuld
Mit beschirmenden Flügeln, von Gott befehligt,
umschwebet,
Unsichtbar immer sie sieht, und ihrer Tugenden
Zeug' ist;
Dennoch zerflösse mein Herz in stillem wehmüthi-
gem Mitleid.
Aber ein goldner Gedank', ein fröhlicher Schimmer
von Hoffnung
Zeigt mir, o himmlischer Freund, den Ausgang der
traurigen Scene
Sich in Freude verlieren. Zwar sind die Schlüsse
Jehovahs
Dunkel vor uns; nur Er weiß, was ihm selber
geziemet;
Serafim nicht; kaum daß er seinem vertrautesten
Cherub
Einzelne Blick' ins Heiligthum gönnt, der Zukunft
Geheimniß
Auf den Tafeln des Schicksals zu lesen. — Doch seh'
ich noch Hoffnung
Selbst in der Tiefe der ewigen Schlüsse. O Seraf,
die Güte
Unsers Königs ist ohne Grenzen. Die Wonne der
Geister

V. 232 — 246.

War von Anfang sein liebstes Geschäft. Er nennet
sich Liebe;
So verklärt' er sich uns, den Engeln, da wir ihn alle
Neuerschaffen umflossen ; so will er dem irdischen
Menschen,
So in jeder ätherischen Welt, in jedem Olympus
Sich verklären. Ja, göttlicher Freund, so wird ihn
auch Abram
Und die zärtliche Sarah erkennen! Die heimliche
Absicht
Seines Befehls wird bald sich enthüllen. Ein Schmerz,
den er sendet,
Wird im Ausgang zur Lust! — Doch, Freund, ich
seh' in der Sonne
Uriels herrschende Stirne mir winken , ich eile
zur Sonne.
Aber du, den der irdische Tag noch länger umschattet,
Sey ein Zeuge der grofsen Geschichte, damit ich im
Himmel
Künftig von dir an einem vertraulichen Abend sie höre.

Also sagt' er, umarmte den Seraf, und strahlte
zur Sonne.
Aber Elhanan flog auf einer glänzenden Wolke
Seinem Liebling entgegen, des Kommenden Tritte ·
zu schirmen.

V. 247 — 260.

Abraham ging noch im Hain voll tiefer Gedanken
und einsam,
Näher im Geiste bey Gott, als bey sich selbst,
und dem Besten
Was der auf Erden hatte, mit allen Kräften der Seele
In den Gedanken, „dein Will', o Vater,
geschehe!" versenket.
Aber sein Knecht Elieser, ein Sohn der heiligen
Tugend,
Welchen der Patriarch vor allen liebt' und zur
Aufsicht
Über sein Haus bestellt', empfing inzwischen die
Nachricht,
Daſs den Jüngling nur wenige Stunden von Abra
noch trennten.
Elieser sprang freudenvoll auf, und eilte, die Botschaft
Seinem Herren zu bringen. Er fand ihn zwischen
den Bäumen,
Und er eilt' ihm entgegen, und sprach die geflügel-
ten Worte:

Endlich ist er gekommen, der Tag, o glücklich-
ster Vater,
Dem wir so lang' entgegen gesehnt; er eilet, begierig
Isaak deinem segnenden Kuſs und Sarens Umarmung

V. 261 — 274.

Wieder zu geben. Ein Bote verhiefs ihn in wenigen Stunden.

Schon belebt die Stimme der Lust die wachen Gezelte
Und die Palmen umher; schon krönen Köre von
Knaben,

Seine Gespielen, mit Blumen das Haar; die schönsten der Töchter

Stimmen die goldene Cither, ihn festlich mit jauchzenden Reihen

Einzuhohlen den heiligen Jüngling, den Sohn der
Verheifsung.

Aber was seh' ich, o Herr! ein stiller Kummer bedecket
Deiner Stirn sonst lächelnde Ruh, du hörest mich
seufzend!

Freude schimmert auf jeglichem Antlitz in deinen
Gezelten,

Auf dem deinigen nicht! O zürne nicht, dafs ich
dich frage:

Welch ein Schmerz kann stark genug seyn, die Lust
zu besiegen,

Die des Jünglings Zurückkunft in deinem Hause
verbreitet?

Zitternd empfing Elieser die Antwort von Abrahams Lippen:

Kennst du das menschliche Loos, o Elieser, so wenig,

V. 275 — 286.

Daſs du dich wunderst, Betrübniſs auf meiner Stirne
zu lesen,
Da du die fröhliche Botschaft mir bringst? O wisse,
die Freude
Wohnet nicht allemahl da, wo Tanz' und Harfen
sie rufen.
Wüſstest du, was es ist, das wider mein Wollen
den Kummer
Mir ins Antlitz herauf treibt, du reitztest mich
selber zum Trauern!

Herr, ich zittre die Worte von deinem Munde
zu schöpfen.
Aber was kann es denn seyn? — Wie schreckt mich,
der traurige Tiefsinn
Deines erhabenen Auges! — Was kann dein Glück
so verfinstern?
Steht nicht von Gott gesegnet dein Haus in fröhlicher Blüthe?
Lebet nicht Sarah? Auch hat der Bote, den Isaak
sandte,
Uns des Jünglings Wohlseyn geschworen. Er blühet,
so sprach er,
Wie ein Mandelbaum blüht, den des Himmels Milde
bethauet;

V. 287 — 298.

Überall nimmt er die Herzen der Leute, die ihm
begegnen,
Mit sich hinweg, so liebenswerth glänzt die himm-
lische Unschuld
Aus der Schönheit des Jünglings hervor. — Wie
könnt' ich nun rathen,
Was im Busen sich drückt? — Laſs deinen Knecht
vor dir reden!
Hat dich ein Nachtgesicht etwan mit Schreckge-
stalten befallen?
Ein profetischer Blick in die Zukunft? Ein Engel,
wie jener,
Der dir das flammende Sodom gezeigt? Der Herr-
scher des Himmels
Wende das Unglück von dir, auf das Haupt der
Feinde der Gottheit!

Mit gelassenem Antlitz und sanften vertraulichen
Worten
Gab ihm der heilige Alte die Antwort: Dein red-
liches Wesen,
Und die Weisheit von Gott, womit dein Wandel
gekrönt ist,
Gaben dir längst mein Herz; es ist gewohnt in
dem deinen

V. 299 — 311.

Traulich zu ruhen! — — Auch jetzt soll ihm mein
        Inners sich öffnen.
Ach! wie könnt' ich mir selbst die kleine Lindrung
        versagen,
Deine mitleidenden Thränen zu sehn? Vernimm
        denn mein Schicksal!
Als ich beym Aufgang der heutigen Sonn' auf dem
        heiligen Hügel
Gott geopfert, erschien mir der Herr. So göttlich
        erschien er
Diesen sterblichen Augen noch nie. Ich sah ihn
        erhaben
Auf dem cherubischen Thron. Er ging durch unend-
        liche Reihen
Sonnengleich glänzender Engel, die mit verdunkelten
        Flügeln
Ihre Stirne bedeckten. Kein Zweifel, Er selbst,
        der Allmächt'ge
Stärkte mein Auge, die Klarheit des göttlichen
        Anblicks zu tragen.
Und Er rief mich beym Nahmen, Er selbst, und
        befahl mir, ich sollte
Isaak, meinen Geliebten, mit mir in die Gegend Moria
Nehmen, und dort auf einem der Berge zum Opfer
        ihm schlachten.

V. 312 — 324.

Morgen, o Freund, sobald die ersten Strahlen
erwachen,
Will ich aufseyn, und Gottes Befehl an dem Knaben vollziehen.

Jetzo konnt' Elieser sich länger nicht halten;
er hatte
Jegliches Wort mit Angst und ahnendem Schauer
vernommen!
Aber, da er den strengen Befehl, und des Vaters
Gehorsam
Hörete, konnt' er nicht länger dem fühlenden Her-
zen gebieten,
Daſs die Thränen nicht strömend aus seinen Augen
sich stürzten.
Isaak war sein Liebling, ihm war er, sobald er
entwöhnt ward,
Anvertraut worden. Die holde Unschuld des lieb-
lichen Knaben,
Früh zu Tugend entfaltet, die immer rege Begierde
Von den Lippen des Alten die Sprüche der Weisen
zu schöpfen,
Die er in lehrende Fabeln und dicht'rische Bilder
verhüllte,
Jede lächelnde Anmuth und jede sprossende Tugend,

V. 325 — 339.

Deren ihm keine entging, gewannen das Herz
Eliesers,
Daſs es zu seinem eigenen Sohn nicht zärtlicher
wallte.
Darum zerfloſs es ihm jetzt im Busen. Sein redlicher
Kummer
Sprach mit mächtig bewegender Kraft im offenen
Antlitz.
Aber Abraham sah ihn, und blieb in geduldiger Ruhe.

Endlich, als er nach langem Verstummen zu
reden vermochte,
Rief er wehmuthsvoll aus: Welch eine Rede, o Vater,
Hör' ich von dir? Dein Gott, und deiner Väter
und deines
Ganzen Geschlechtes Gott, derselbe, der dir ver-
heiſsen,
Alle Völker der Erde durch deinen Samen zu segnen,
Er gebietet dir — was, nur auszusprechen, die Worte
Mir im Mund erstarren macht — gebietet dem Vater,
Seinen einzigen Sohn ihm auf Moria zu opfern?
Und du willst sie vollziehn, mit eignen Händen
vollziehen
Willst du die schreckliche That? — Unglückliche!
Sterben soll — sterben

V. 340 — 353.

Durch die Hand des liebenden Vaters der beste der
Söhne?

O das wolle Gott nicht! Das kann Jehovah nicht
wollen!

Er, der selbst in Engelsgestalt herabstieg, um Sarah

Durch ein Wunder zur Mutter des Sohns der Verheifsung zu weihen,

Fordert ihn jetzt zum Opfer von dir?' — Vergieb
mir den Zweifel,

Herr! allein, mir ist's unmöglich, die furchtbare
Stimme,

Die du zu hören glaubtest, für Gottes Stimme
zu halten.

Nimmermehr kann ich Ihn, den ewig Weisen und
Guten,

Mit sich selbst in Widerspruch denken! O zürne
nicht, Vater!

Aber ich fürchte — was sag' ich? ich hoff', ich
wünsch' es, so feurig

Als ich dein Leben wünsche und Isaaks Leben,
dich habe

Irgend ein böser Geist mit falschen Gesichten
getäuschet.

Tief erseufzend erwiedert ihm Abraham: Hättest
du, Theurer,

Was ich sahe, gesehn, und was ich hörte, gehöret,

V. 354 — 366.

Nimmermehr wäre dieß Wort aus deinem Munde
 gekommen.

Ach nur allzu gewiß erschien mir die Herrlichkeit
 Gottes,

Hört' ich die Stimme des Herrn! — Und hätte
 nicht seine Rechte

Mich gestärkt, ich wäre vor ihm vergangen; so
 mächtig

Faßte des Ewigen Gegenwart mich — und ach!
 Elieser,

Dieser Seufzer sogar, der wider Willen den Kummer

Meines Herzens verräth, daß auch kein Schatten
 von Zweifel

Übrig mir bleibt, ist schon geheime Empörung.
 Jehovah

Hat gesprochen! Mein Loos ist gehorchen, leiden
 und schweigen.

 Schreckliches Loos, versetzt der immer noch
 unüberzeugte

Alte; und schrecklicher noch, wofern hier Täuschung
 zu ahnen

Möglich wäre! Und doch, was ist unmöglicher,
 was selbst

Minder geziemend dem Sohne des Staubs, als Gottes
 Verheißung

V. 367 — 378.

Nicht zu glauben? Wie könnt' er sich selbst wider-
        sprechen? Wie könnt' er
Dir gebieten, den Erben der großen Verheißung
        zu tödten?
Stehen die Worte des Herrn nicht fester als eherne
        Berge?
Er, der in Isaak dir die Völker zu segnen ver-
        sprochen,
Kann er selbst sein Wort zu erfüllen unmöglich
        sich machen?

Bist du ein Sohn des Staubes, versetzt mit stra-
        fendem Blicke
Abraham ihm, und zitterst du nicht, den Frevel-
        gedanken
Auszudenken? — Doch nein! Dein Herz ist redlich,
        und fromm war
Immer dein Wandel vor Gott! Du fehlst aus lieben-
        dem Eifer.
Aber sey ohne Sorge, wie Gott die Verheißung
        erfülle.
Was unmöglich uns scheint, ist ihm, dem Allmächt'-
        gen, ein Leichtes.
Tausendmahl tausend, den Engeln selbst nicht zähl-
        bare Wege

V. 379 — 390.

Liegen vor ihm, das, was er beschlofs, zum Ende
zu bringen.
Aber von uns sey fern, mit ihm vermessen zu
rechten!
Hat er nicht freye Gewalt, mit seinen Geschöpfen
zu handeln
Wie ihm beliebt? Wer kann ihn fragen, was machest
du? oder
Wem geziemt es zu klagen, wenn Gott von ihm
wieder zurück nimmt,
War er auf kurze Frist ihm anvertraute? Von
allem,
Was ich besitze, ist nichts mein eigen; am wenig-
sten ist es
Dieser mein Sohn, den mir ein Wunder Gottes
gegeben;
Der aus verborgener Absicht mir ihn geliehen hat,
fordert
Nun das Seine von mir zurück — Sein Wille
geschehe!

Aber, so fiel Elieser ihm ein, wie fordert
er wieder,
Was er dir schenkte? Du selbst, unglücklicher Vater,
du selbst sollst

V. 391 — 403.

Deinen geliebten einzigen Sohn zum Opfer ihm
schlachten!
Welch ein Befehl! Und gut und gerecht ist der
ihn gegeben?

Feſſle, versetzt der Patriarch, die frevelnde Zunge!
Ist denn etwa die Hand des Vaters Ihm weniger
eigen,
Als des Fremden? O Elieser, auch bebend, auch
starrend,
Soll doch diese Rechte dem, der sie erschaffen,
gehorchen!
Siehe, so redet zu mir die Furcht des Herren,
des Gottes
Meiner Väter, der mich aus ihrem Lande in dieses
Fremde geführt, mich immer beschützt, mich immer
geleitet!
Fasse denn, redlicher Alter, dein Herz! Versenke
den Kummer
Deiner Seele in fromme Ergebung und stilles Ver-
trauen:
Aber bewahr' in der schweigenden Brust, was dir
zu verhehlen
Mir mein Herz versagte, und laſs es dein Antlitz
nicht reden;

V. 404. — 415.

Hindre die Knaben auch nicht, im Reigen den
kommenden Jüngling
Einzuhohlen, und festlich die Luft mit Gesang
zu erfüllen!

Also sprach der erhabene Dulder. Mit schwei-
gender Ehrfurcht
Ging Elieser zurück. Doch nagt' ihm der Kummer
die Seele,
Ob er die göttliche Weisheit des Patriarchen gleich
fühlte.
Denn wer fühlet dich nicht, von Gott entzündete
Tugend,
Funke des heiligen Lichts, von welchem die Serafim
strahlen,
Wenn du in deiner Schönheit erscheinst, wer muſs
dich nicht lieben?
Auch wenn du züchtigest, lieben wir dich! Die
sträfliche Trauer,
Und die Klage, die heimliche Feindin der herrschen-
den Vorsicht,
Schweigen vor dir, und fliehen den Tag, womit
du die Seelen,
Deiner Geliebten umgiebst. Von dir gestärket,
trug Abram

V. 416 — 428.

Glaubig das gröfste der Leiden mit unüberwindlicher Grofsmuth.

So stand Michaels Hoheit mit göttlicher Stärke
  gegürtet,

Und mit Blute der Engel bespritzt, auf dem himmlischen Schlachtfeld,

Unter den Gott verläugnenden Scharen, und trotzte
  geruhig,

Wie ein marmorner Berg, den donnernden Schlägen
  der Feinde.

Abraham ging noch allein, in die Schatten des
  Haines verhüllet.

Tausend Gedanken umgaben sein Herz; doch über
  sie alle

Herrschte gebietend Sie, die höher als alle Vernunft ist,

Sie, die Furcht des Herrn, die Gott vertrauende
  Weisheit,

Königin über sich selbst, und willige Sklavin der
  Gottheit.

Unter den andern Gedanken, die seine Seele bewegten,

Schwebt' auch Sarah vor ihm, die zärtliche Mutter
  des Knaben.

Soll er ihr Gottes Befehl noch vor der Vollziehung
  entdecken?

V. 429 — 441.

Anfangs däucht' es ihm besser, wiewohl der tödt-
liche Schmerz ihn
Ängstigte, der, wie ein glühendes Schwert, in die
Seele ihr gehen
Würde.   Aber (so fragt' er sich selber zweifelnd)
wie kann ich
Hoffen, sie würd' ihn nach der Vollziehung nicht
schrecklicher fühlen?
Ach! vielleicht ist's lindernder Trost dem Herzen
der Mutter,
Trost, wie klein er auch sey, in diesem Abgrund
des Jammers
An der Brust des geliebten Jünglings die bängsten
der Schmerzen
Auszuweinen? — O Gott! wie irr' ich! Die Zärt-
liche könte
Nimmer den Abschied ertragen! Sie stürb' in den
Armen des Knaben!
Jeder Blick der liebenden Augen, der lächelnden
Unschuld,
Tödtete sie! Wie könnt' ich aus ihrer Umarmung
ihn reifsen?
Ach! und würde nicht auch der Knabe den Schmer-
zen erliegen?
Könnt' er den Todeskampf der besten geliebtesten
Mutter

V. 442 — 449.

Sehen, und nicht in Kummer vergehn? Kaum könnt'
ich es selber!
Also will ich denn noch allein mein Leiden erdulden,
Und die Entzückung des heutigen Tages, die wenigen
Stunden,
Ihr noch unvermischt lassen. Sie fühle die mensch-
lichste Freude,
Mutter zu seyn, die wenige Zeit noch im weitesten
Umfang!
Aber o stärke sie dann, wenn kein Verbergen mehr
Statt hat,
Ewiger! — Also dacht' er. In seinen Augen war Ruhe,
Aber in seinem Herzen ertrug er unnennbare Leiden.

Anmerkung.

1) Seite 18. Diese Verse sind von einem ganz andern
Verfasser (von Bodmern) und mögen als ein Denkmahl
der Freundschaft ihren Platz behalten.

DIE
PRÜFUNG ABRAHAMS.

ZWEYTER GESANG.

V. 1 — 7.

Nunmehr stieg der Mittag in seinem Glanze zur Erde,
Und die Stunde mit ihm, die Sarah so sehnlich
verlangte.
Isaak kam von Knechten aus Nahors Hause begleitet.
Auf dem Hügel, von dem er mit frohem verwei-
lendem Auge
In die Thäler von Mamre herabsah, empfingen ihn
jauchzend
Seine Gespielen, zwey blumichte Köre; sie tanzten
und sangen.
Isaak stieg vom Kamehl, dann fiel er in Asaels Arme,

V. 8 — 22.

Seines Geliebtesten, küſste dann Abel und Dedan
und Karmi,

Liebenswürdige Knaben in Abrahams Hause geboren.

Aber sein Herz befahl ihm zu eilen; das Wiedersehen

Seiner Gespielen beflügelte nur die fromme Begierde,

Sarah wieder zu küssen, und Abrahams Knie zu
umfassen.

Beide erwarteten ihn, doch nicht mit gleicher
Empfindung,

Unter der hohen Cypresse, die über der Hütte sich
wölbte.

O wie hüpft' ihm sein Herz! Wie flog er in Sarens
Umarmung!

Auch sie eilet ihm selber mit zärtlich verbreiteten
Armen

Liebreich entgegen, und küſst ihn, und drückt ihn
mit inniger Liebe

An ihr schlagendes Herz, das ihr von wallenden
Freuden

Sanft im Busen zerfloſs. So umfängt den edeln
Geliebten

Eine zärtliche Braut; er war, das Schicksal befahl es,

Sieben langsame Jahre von ihr entfernet; jetzt führt ihn

Ihrer würdig die Vorsicht zurück; der schönste der
Tage,

V. 23 — 35.

Seiner Hoffnungen Lohn , eilt mit ihm ; die zärt.
         liche Schöne
Flieget ihm zu, und windet entzückt die lieben.
         den Arme
Ihm um den Hals, und weint, und kann vor Ent-
         zückung nicht reden:
Also fühlte die heilige Frau in des Sohnes Umarmung,
Netzte mit Wonnethränen die glühenden Wangen
         des Knaben,
Aber noch red'te sie nicht, so voll war das schwel-
         lende Herz ihr.

Abraham sah die rührende Scene.   Sein starkes
         Gemüthe
Wich der stärkern Natur, er sah gen Himmel,
         und Thränen
Zitterten über die Wangen herab. — Jetzt wand
         sich der Jüngling
Sanft aus den Armen der Mutter, sich zu den Füfsen
         des Alten
Kindlich zu werfen ; er warf sich vor ihn, und
         umfafst' ihm die Kniee.
Segne mich wieder, mein Vater, so stammelt' er,
         segne mich wieder!
Abrahams Gott sey dreymahl gelobt! Ich sehe dein
         Antlitz

V. 36 — 48.

Wieder auf mich herunter in seiner Liebe sich
neigen.
Also sagt' er. Den Vater, dem niemahls der Vater-
nahme
Süfser und furchtbarer schallte, durchlief ein Schauer,
aus Freude
Und aus Wehmuth gemischt, ein unbeschreiblicher
Schauer.
Dennoch stärkt' ihn sein Geïst, die segnenden Worte
zu sprechen:

Sey gesegnet, mein Sohn, o Sohn der Verheifsungen Gottes,
Sey gesegnet! Der Herr, der dich zu eigen sich
wählte,
Segne dich väterlich selbst! Er gebe dir, was vor
ihm gut ist!

Sarah erblickte die Thränen des Alten, nicht
Thränen der Freude,
Und die Züge der heimlichen Angst im Auge voll
Liebe;
Aber sie war zu innig erfreut, was Böses zu fürchten.
Dennoch bewahrte sie es in ihrem Herzen. Jetzt eilte
Isaak wieder zu ihr, sie umfing ihn von neuem mit
Inbrunst,

V. 49 — 62.

Gleich als käm' er erst jetzt. Nun schloß die gemil-
derte Freude,

Die von der zärtlichen Brust, wohin sie strömend
geflossen,

Sanfter durch jede Ader mit lieblichen Wallungen
abfloß,

Auch die Lippen auf, zu Worten frohlockender Liebe.

Wie sich das Herz in Empfindung ergießt, wie die
holde Natur sich

Frey in Unschuld erklärt, so sprach sie. Der Seraf
Elhanan,

Isaaks himmlischer Freund, schwebt' über der frommen Umarmung

Seiner Geliebten, und sah mit bethränten schimmernden Augen

Bald auf Abraham, bald auf Sarah's erneuerte Schönheit,

Die wie ein purpurner Abend des hellesten Winter-
tags glänzte.

Jetzo beherrschte die Lust die weit verbreiteten
Hütten,

Stimmen der Harf', und Lieder von jungen blühenden Lippen

Zitterten tief aus den rauschenden Palmen und ton-
vollen Lauben,

Um das hohe Gezelt des göttlichen Patriarchen.

V. 63 — 77.

Wo das hintre Gezelt an einen Felsen sich lehnet,

Ist in den alabasternen Fels ein Gewölbe gehauen;

Mitten darin ein kühlendes Bad aus lebendem Wasser.

Hieher führten den Jüngling zwey dienende Knaben;
sie wuschen

Ihm den Staub von den Füſsen, und übergossen
die Blüthe

Seiner Glieder mit Nardus, und rieben sie wieder
mit Leinen.

Als er das Bad verlieſs, umgab ihn ein Leibrock
von Byssus,

Und ein goldener Gürtel umschloſs die geschmei-
dige Hüfte.

Also geschmückt, in der zarten Entfaltung der lieblichen Jugend,

Trat er hinein ins Gezelt. So steigt ein lächelnder
Frühling

Durch die blühende Luft in Rosenthäler herunter;

Um ihn tanzen die goldenen Stunden, der Überfluſs
schwebet

Neben ihm her, und schüttet aus seinem verschwen-
drischen Füllhorn

Fruchtbarkeit, Anmuth und Lust wie Thau auf die
scherzenden Fluren.

Abraham sah in dem Knaben die Jugend der göttlichen Sarah;

V. 78 — 91.

So umfloß ihr ein jugendlich Roth die Lilienwange,
So entzückt' ihr Auge die Seher, so trug sie die
                    Stirne.
Sarah sah die männliche Hoheit, die Abrahams Jugend
Vormahls geschmückt, aus der zarten Schönheit des
                    Knaben schon leuchten;
Eben so sprach ihm ein himmlischer Geist aus den
                    mächtigen Blicken!
Dieser entschlossene Muth erhob die denkenden Züge!
Also sahn sie einander, und liebten sich zweyfach
                    im Sohne.
Aber Abraham schlug bey jedem erneuerten Anblick
Stärker das duldende Herz; kaum konnt' er den
                    Augen gebieten.

Nunmehr rief sie die Stunde, das Mahl dank-
                    sagend zu nehmen.
Zierlich gegürtete Mädchen bekrönten die festliche
                    Tafel
Mäßig, mit kunstlosen Speisen und perlenfarbichtem
                    Wasser;
Denn die Natur begehret nicht viel, und die edlere
                    Freude
Hat nicht nöthig von sprudelndem Wein erwecket
                    zu werden.

V. 92 — 104.

Als sie das Mahl genommen, sprach Sarah mit
freundlichen Augen
Also zu Isaak: Mein Sohn, jetzt da die erste Begierde,
Wieder dein werthes Antlitz zu sehen, so lieblich
gestillt ist,
Wallet ein neues Verlangen in meinem Herzen,
zu wissen,
Wie du die theuren Verwandten verlassen. Wie steht
es um Milka,
Meiner jungfräulichen Jugend vertrauteste, schönste
Gespielin?
Geht es den Söhnen auch wohl, die sie dem Nahor
geboren?
Sage, wie blühet Bethuels Tochter, die Enkelin
Milka's?
Doch vor allem erzähle, mein Kind, wie hast du
die Monden,
Die dich aus meinen Augen entwandten, in Haran
gelebet?
Laſs uns die liebliche Rede von deinen Lippen
erquicken,
Daſs wir zum mind'sten durchs Ohr die entbehrten
Tage genieſsen.
Isaak neigte sein Haupt zu der Bitte der liebenden
Mutter.

V. 105 — 118.

Nun verstummte die silberne Laute, die Sän-
gerinnen
Unterbrachen die Hymnen, womit sie die Tafel
gekrönet.
Timna, Sarens geliebteste Sklavin, ein Spiegel der
Anmuth,
Hatte vom Wiedersehen der Freunde, vom Finden
der Herzen,
Die unwissend sich liebten, gesungen; sie sang von
den Töchtern,
Welche Sifa, das Paradies zu beleben, gezeuget,
Und von Noahs einsamen Söhnen; wie endlich
ein Engel
Jafet den Weg eröffnet, und ihn in den Garten
geleitet,
Wo er mit süfser Erstaunung die heiligen Schwestern
gesehen,
Und die jüngste geliebt, die ihn zu hören zurück-
blieb;
Wie der göttliche Sifa, von Noahs Söhnen geleitet,
Mit den Kindern des Paradieses zu Noah gekommen;
Wie sie sich zärtlich umarmt und goldene Tage
gelebet.
Alles diefs hattest du erst, harmonische Timna,
gesungen.

V. 119 — 132.

Aber du schwiegst, da Isaak sich zu der Bitte der
Mutter
Neigte, schwebtest mit gierigem Aug' auf der Stirne
des Jünglings,
Und vergafsest, sobald sein Mund sich aufthat,
der Cither.
Alle sammelten sich und schwiegen. An Abrahams
Linken
Safs Elieser, an Sarahs Rechten, die fromme Ketura,
Ihre Vertraute, an ihr die Fürstin des singenden Kores,
Timna. Bey Isaak ward sein Asael sitzen gesehen,
Ihm der ähnlichst', ein göttlicher Geist regierte den
Knaben.

Wie an einem sanft blühenden Abend des Frühlings Gespielin
Filomela, den dämmernden Hain mit Liedern erreget,
Um und um schweigen die Wipfel, es schweigen
die Abendwinde
Und die Sänger des Hains, auf benachbarte Zweige
versammelt,
Lauschen hervor, mit verlängertem Hals und prü-
fendem Ohre:
Also sprach jetzt der göttliche Jüngling, und also
umgab ihn

V. 133 — 145.

Ein' begieriger Kreis, die süfsen Reden zu hören,
Die in kunstloser Anmuth ihm von den Lippen
entflossen:

Nahors gottseliges Haus, in welches mich
Bethuel brachte,
Wurde mir bald ein zweytes Mamre. Die Liebe
der Milka,
Die, wenn's möglich, mir Sarah zu seyn sich zärt-
lich bemühte,
Bracht' auf meine Stirn bald wieder die Frohheit
zurücke.
Oft im süfsen Betrug, wenn sie mich mütterlich
küfste,
Schien mir's die Mutter zu seyn, in deren Umar-
mung ich weinte.
Auch kam in den Träumen der Nacht ein glänzen-
der Engel
Zu mir herab und tröstete mich, und schwur mir,
ich sollte
Wieder mein väterlich Haus, von Gott beschirmet,
begrüfsen.
Also ruhte mein Herz bald wieder in fröhlicher Stille,
Fühlte wieder das Lächeln des Himmels und lieben-
der Freunde,

V. 146 — 158.

Ohne Vermischung mit Gram. Von sittsamen Freu-
den begleitet,
Kamen die Stunden zu uns mit schwesterlich ähn-
licher Schönheit.
Bald durchirrt' ich mit meinen Gespielen die Hügel
um Haran,
Blumen zu suchen, und, wie die Natur sie geordnet,
zu spähen.
Oftmahls saſs ich zu Nahors Füſsen, und hörte die
' Weisheit
Und die Sitten der Väter, und wie sie dem Herren
gelebet,
Umgang mit ihm und den Engeln gepflegt. Von
Nahors Munde
Lächelt ernstliche Weisheit. Die Stunden, die man
ihn höret,
Fliehn wie Minuten vorbey. Ich sah auch Werke
des Witzes
Und der nachahmenden Kunst in Harans Mauern
entstehen.
Denn ein Geist der erfindsamen Weisheit, vom
Schöpfer gesendet,
Ist auf etliche Männer gekommen. Sie bilden aus
Marmor
Helden und Patriarchen. Ich sah aus gestaltlosen
Felsen

V. 159 — 173.

Ein verwundersam Volk in wenigen Monden
erwachsen,

In der regesten Stellung, mit Augen, die Seelen
versprachen,

Aber doch steinern und todt; sie schienen auf
Leben zu warten.

Also sah ich die Reihen von heiligen Vätern; sie
weckten

Ehrfurcht in jedem Seher. Man giefst auch aus
fliefsendem Golde

Ihre Gestalten, und stellet sie aufs Gesimse der Sähle.

Auch der holde Gesang, die schönste der menschlichen Künste,

Blühet in Haran. Die Schäferinnen beleben die Haine

Mit süfs schallenden Hymnen, von jungen Hirten
gedichtet.

Aber die Enkelin Milka's besieget jede Gespielin.

Wie sie sang, so hab' ich in meiner zärtlichen
Kindheit

Öfters im luftigen Schlaf die Engel singen gehöret.

Wenn sie mit ihren Schafen die milden Fluren
besuchte,

Kam ein Frühling von Anmuth mit ihr, der heiterste
Himmel

Lächelt' in ihren Augen mich an, dann schmolz mir
mein Busen.

V. 174 — 186.

Ach warum hat mich die Vorsicht mit keiner
Schwester beglücket?

O wie wollt' ich sie lieben! Und wär' es Ribka,
wie zärtlich

Wollt' ich sie lieben! Zwar sind wir Geschwister
aus Thara's Geschlechte,

Und wir liebten uns so, und Milka liebt' uns wie
Kinder.

Oftmahls safsen wir drey in einer umschattenden
Laube,

Dann nahm Ribka die Cither, und sang in die
goldenen Töne

Von der Schönheit der Unschuld; die Unschuld konnt'
auch nicht schöner

In der Sängerin Antlitz, in ihren Hymnen nicht
reitzen.

Unverwandt hört' ich ihr zu, dann weint' ich zärtliche Thränen,

Und umarmte die Schwester, und Milka segnet' uns
beide.

Dann empfand ich mein Herz von neuen Gedanken
erhaben;

Schöne Gedanken, wie Ribka so schön, wie Ribka
voll Unschuld,

Führten auf ihren Flügeln mich bis zum Thore des
Himmels.

V. 187 — 200.

O wie däuchte mich da die selige Tugend so lieblich,
Leicht zu üben! Ich liebte sie stets, doch schien mir,
ich liebte
Jetzo sie mehr, da mir Ribka von ihr ein sichtbares
Bild war.
Sage mir, theure Mutter, du liebtest Brüder und
Schwestern,
War's nicht der Zug der Natur, der Schwester und
Bruder verbindet,
Was uns im Herzen wallte, wenn wir uns sahen?
Zuweilen,
Wenn ich in einem Hain, ein Hörer der Nach-
tigall irrte,
Fühlt' ich ein leises Lispeln im Herzen, ein wun-
derbar Dringen
Da oder dorthin zu gehn. Dann fand ich Ribka
dort weiden.
O wie flossen bey ihr die süfsen Stunden vorüber,
Süfs wie die silbernen Tön' aus ihrem Nelkenmund
flossen!
Niemahls ermüdete sie, von mir die Geschichten
zu hören,
Die mein göttlicher Vater und Elieser mich lehrten;
Niemahls ward ich es müde, die frommen Gesänge
zu hören,

V. 201 — 213.

Welche sie **Abiasaf**, der dicht'rische Jüngling,
gelehret.

Iska, die Schwester der **Milka**, mit **Kenas** von
Haran vermählet,

Hat ihm **Abiasaf**, den einzigen Knaben, geboren.

Als er geboren ward, kam die Muse, die Freundin
Elihus,

Legte den Knaben an ihre Brust, und weiht' ihn
zum Sänger.

Achtzehn Frühlinge blühten ihm erst, doch singt
er schon Lieder,

Welche den Weisen gefallen; er ist der König
der Jugend.

Jede Schäferin eifert, des Dichters Lob zu verdienen,

Und er lobt nur die Tugend, er nennt die Unschuld
nur Anmuth.

Dieser war mein zärtlichster Freund; zwar etliche
Sommer

Älter als ich, zwar weiser als ich, doch vereint'
uns Ein Wille,

Gleiche Neigung zur Tugend, ein gleicher Geschmack
an der Schönheit.

Diesem waren vor andern, die **Haran** zu Freunden
mir anbot,

V. 214 — 227.

Meine Morgen geweiht. Du sollst, o beste der
Mütter,
Künftig seine Gesäng' an heitern Abenden hören;
Denn er lehrte sie mich; von mir soll Timna
sie lernen.
O wie süfs war unsre Liebe! Wie könnt' ich sie
missen,
Wenn mir nicht Vater und Mutter den Freund und
Ribka ersetzten!
Siehe, so lebt' ich mein Leben in Harans frucht-
baren Fluren.

Also erzählte Isak; er fügte noch vieles zu diesem,
Bis er den zärtlichen Abschied von Nahor und Abiasaf,
Und von Milka und Ribka in seiner Erzählung
erneute.
Von der Erinn'rung erwacheten schnell die Empfin-
dungen wieder,
Die er beym Abschied gefühlt; sie unterdrückten
die Rede
Auf den Lippen, sein Angesicht ward mit Thränen
bedecket.
Sarah küfste sie weg. Ihr Auge glänzte mit Liebe
Auf die Augen des Knaben. Dann pries sie den
Herren des Himmels,

V. 228 — 241.

Der, den Verheifsungen treu, womit er Abraham ehrte,

Isaak schützte, und Scenen von künftigen Seligkeiten

Schon vor ihm aufthat.   Noch hingen die Blicke der
        edeln Versammlung

Auf den Lippen des Jünglings, noch hörten sie;
        Abraham staunte

Noch in tiefer Betrachtung. Da kam ein eilender Bote,

Ihm die Nachricht zu geben, dafs vier Kamehle mit
        Fremden

Unter den Vorhof gekommen. Ein Mann von erha-
        benem Ansehn,

In der Blüthe der männlichen Jugend, ein wür-
        diger Alter

Neben ihm, dem ein reitzender Knab' im Schoofs
        lag, und Sklaven

Nahmen die Last vom dritten Kamehl, Arabische
        Schätze,

Storax und Gummi und Salben aus Gilhads balsa-
        mischen Hügeln.

Abraham eilte heraus mit Elieser, die Fremden

Freundlich zu grüfsen, und zu sich in seine Hütten
        zu laden.

Aber wie war er betroffen, da er in den Mienen
        des Fremden

V. 242 — 255.

Ismael wieder erkannte, den Sohn der Ägypti-
schen Hagar!
Ismael fiel zur Erd', umfing die Kniee des Vaters
Und erbat sich den Segen. Der Vater umarmt' ihn
und sagte:
Sey gesegnet, mein Sohn, auf dessen Gesicht ich
mich kenne,
Sey dem Herren gesegnet! Ich sehe mit zärtlicher
Freude
Züge der Tugend in deinem Antlitz, rieche mit
Wollust
Deines Gewandes Geruch, wie des Feldes der Seg-
nungen Gottes.
Komm, mein Werther, herein, und laſs uns die
Thaten vernehmen,
Welche der Herr an Ismael that, an Abrahams Samen.
Aber sage vorher, wer ist der liebliche Knabe,
Den der Alte hier trägt? Er ist wie nach dir gebildet.

Ismael nahm den Knaben, und lehrt' ihn mit
kindlicher Ehrfurcht
Vor dem göttlichen Ahnherrn die zarten Kniee zu
beugen.
Ismael sprach: O segne auch diesen, mein Vater,
Nebajoth,

V. 256 — 268.

Meinen Erstling, den mir dein Gott in Paran
geschenket.

Da mich Geschäfte nach Gilhad beriefen, so nahm
ich den Knaben,

Daſs du ihn segnend küſstest, mit mir. Erlaube,
mein Vater,

Daſs er hier bey dir bleibe, bis Gilhad mich wieder
zurück schickt.

Abraham nahm den Knaben auf seine Arme, und
küſst' ihn

Segnend, und hob die Augen mit frommen Wünschen gen Himmel.

Jetzo befahl er dem Sohn, ihm in die Hütte zu folgen.

Elieser entwich, für ihre Bewirthung zu sorgen,

Und die Geschenke von Ismaels Segen in Kammern
zu bringen.

Abraham stellte der Frau und ihrem geliebtesten
Sohne

Ismael vor, und den lieblichen Knaben. Als Isak
den Bruder

Sah, da wallt' ihm sein Herz von inniger Fröhlichkeit über,

Wartete nicht, bis er Sarah gegrüſst, und eilte mit
Inbrunst

V. 269 — 283.

Ihn zu umarmen. Wie Brüder, die Eine Mutter
geboren,
Zwillinge, welche zugleich an ihren Brüsten gehangen,
Sich nach langer beseufzter Entfernung mit Thränen
umarmen,
So umarmten sie sich. Der Anblick der redlichen
Liebe
Rührte Sarah das Herz; auch s i e küßt' Isaaks Bruder
Mütterlich, und verweilte mit Lust auf dem Antlitz
des Sohnes;
Aber noch zärtlicher eilt sie, den jungen Nebajoth
zu küssen,
Der, als ob er in ihr die liebende Mutter erblickte,
Lächelnd mit freyem holdseligem Antlitz die klei-
nen Arme
Um den Nacken ihr schlang. Sie deckt' ihn mit
zärtlichen Küssen.

Jetzo setzten sie sich auf purpurne Teppiche nieder.
Ismael gab dem Vater auf sein Verlangen die Nachricht,
Wie der Herr ihn geführt; ihn in der Wüste Berseba,
Da er zu sterben vermeinte, durch einen Engel
erhalten;
Wie er dann in der Einöd', in Parans palmigen
Thälern,

V. 284 — 295.

Anfangs ein Jäger, gewohnt; dann mit der Ägyp-
terin Basmath
Sich vermählet, Hagars Verwandten, mit der ihm
ein Reichthum
Von Kamehlen und Rindern und Schafen nach Paran
gefolget;
Wie er sich drauf mit Bewohnern der Berge Parans
verbunden,
Die ihn zum Haupt erwählt, sie gegen die Räuber
der Wüsten
Sin und Safer zu schützen; und wie er dem Gott
Schaddai
Einen Altar in den blühenden Ebnen von Rimma
erbauet,
Und in des Feigenbaums Schatten sich bleibende
Zelte gespannet.

Also erzählt' er die Wege des Herrn, dem Abraham diente,
Und die Erfüllung des Segens, den seiner Mutter
ein Engel
In der Wüste gegeben. Denn, war er nicht Abrahams Samen,
Den sich der Herr erwählt, an ihm sich der Welt
zu verklären?

V. 296 — 308.

In den vertraulichen Reden beschlich sie der Abend. Doch hatte

Immer ein mehr als gewöhnlicher Ernst die Stirne des Alten

Sanft umwölkt. Jetzt war er genöthigt, die herrschende Freude

Also zu hemmen: O Sarah, und ihr, gesegnete Söhne,

Heute hat mir der Herr zwey Söhne wieder geschenket.

Isaak, seinen Verheifsnen, der ihm besonders geweiht ist,

Meinen Geliebten, ihn hab' ich mit wachsender Tugend und Schönheit

Wieder aus Haran empfangen. Dich, Ismael, Liebling der Vorsicht,

Giebt mir derselbige Tag, und meiner Zärtlichkeit werther,

Als du damahls es warest, da mir ein Traum-
gesicht sagte,

Dafs dir ein andrer Wohnort vom Gott Schaddai bestimmt sey.

Aber so willig mein Herz dem süfsen Vergnügen sich aufthut,

Diese Tage mit euch in zärtlichem Umgang zu leben,

V. 309 — 322.

Folget es doch dem höheren Wink. Am heutigen
Morgen
Ist mir der Herr erschienen, und hat mir befohlen,
mit Isak
Nach Moria zu gehn, daselbst auf einem der Berge,
Den er selber bezeichnet, ein gottgefälliges Opfer
Darzubringen. Am morgenden Tag soll mich Isak
begleiten.
Labe demnach dein mütterlich Auge, so lang' es noch
seyn kann,
Auf dem Antlitz des Knaben, o Sarah, und laſs
dann Nebajoth
Dir die Zeit der Entfernung mit ähnlichen Freuden
verkürzen.

Also sagt' er. Mit sanftem Antlitz erwiederte
Sarah:
Thue wie dir Jehovah befahl. Vor seinem Befehle
Schweiget der zärtlichste Wunsch in meinem Herzen.
Mein Auge
Soll nicht weinen; diefs Auge, das Isaak wieder
gesehen,
Das so glänzende Spuren der göttlichen Güte gesehen,
Soll nicht klagen, soll künftig nur Thränen der Fröh-
lichkeit weinen.

V. 323 — 335.

Gehe, mein Sohn, du bist im Auge des Ewigen theuer,
Um dich wachet der Flügel der Vorsicht, wohin du
auch gehest.
Dürft' ich dir folgen! Doch jede Bewegung des
heiligen Herzens,
Jede Entzückung der zitternden Andacht, mit der du
zum Thron auf,
Hin zum Heil des Menschengeschlechts, den betenden
Arm hebst,
Ist auch mein! Jehovah wird auch in der Ferne
mich hören!
Geh denn, und komm mit neuen Segen gesegnet
zurücke.

Also sprach sie, und küſste den Knaben, er küſste
sie wieder
Auf die lächelnde Stirne; lang' schwieg er in ihrer
Umarmung.
Endlich sagt' er: Wie ehret mich Gott mit diesem
Befehle,
Da er mich wählt, das Opfer mit meinem Vater
zu bringen,
Das er selber geordnet! Wenn nicht die Vermuthung
zu kühn ist,
Würd' ich glauben, es steh' ein sonderbares Begegniſs

V. 336 — 350.

Dort uns bevor. Vielleicht dafs sich der Himmel
herab neigt,
Dafs ich gewürdiget werde, den Saum des Herren
zu sehen,
Und zu leben; vielleicht aus seinem göttlichen Munde,
Oder von seiner Serafim einem die Zukunft zu hören,
Oder selbst in die goldenen Zeiten, die Hoffnung
der Väter,
Selige Blicke zu thun. Doch was der Befehl auch
verberge,
Siehe, mein Vater, hier bin ich; sobald der Morgen-
stern winket,
Bin ich bereit! O käme sie schon, die geheiligte
Stunde!

Abraham hört' ihn so reden, und seufzte geu
Himmel. Die Leiden,
Die er vorher im Herzen gefühlt, eh' Isak gekommen,
Waren nur Schatten von diesen, die jetzt am Leben
ihm nagten,
Da der göttliche Jüngling in seiner Unschuld so redte.
Dennoch ruhte sein Wille geduldig unter den Leiden.
Schweigend dacht' er zu Gott: Der Knab' ist dein,
so Jehovah!
Dieser gottselige Geist, diefs Herz voll Unschuld,
sind Gaben

- V. 351 — 362.

Deiner Gnade. Dir steht es auch zu, ihn, deinen
Erwählten,
Auf der Erde zu lassen, ein Beyspiel gottseligen
Enkeln,
Oder zu dir in die Köre der himmlischen Geister
zu nehmen,
Wie du Enoch vordem von der Erde hinweg
genommen,
Daß kein entheiligtes Aug' ihn mehr sehe. — So
nimm denn auch Isak!
Aber, o stärke mich, Vater, damit mein Geist nicht
erliege,
Und vergieb, wenn der Schmerz, der diesen Busen
zerreißet,
Dich beleidigt! Auch dieser, o Herr, soll vor dir
verstummen!

Schon umhüllte die Nacht, wie ein sechsmahl
geflügelter Cherub
Mit gestirntem Gefieder, den stillen schlummernden
Himmel.
Abraham hatte das Mahl mit seinen Geliebten
genommen,
Unter Gesprächen, wie denen gebührten, mit denen
schon öfters

V. 363 — 375.

Engel geredet, den Auserwählten aus allen Ge-
schlechtern.

Endlich beschloß ein festliches Lied die würdigen
Reden;

Isaak sang, von Timna's harmonischer Laute begleitet,

Von der Tugend sang Isak, die auf den Herren
ihr Auge

Unverwandt richtet, nur ihm und seiner Bestimmung zu leben;

Die mit gleichem Gemüth aus seinen Händen jetzt
Freuden,

Jetzo Schmerzen empfängt; mit dankbarem ruhigem
Herzen

Heut in Scenen voll Hoffnung und Seligkeiten hinaus sieht,

Und die Aussicht auch liebt und sie zu sehen
gewohnt ist,

Morgen sie wieder verschwunden, und jede Hoffnung verwelkt sieht.

Denn sie weiß, daß der Vater der Wesen das Beste
für alle

Immer erkieſst, und, von ihm gesendet, das Böse
uns gut ist.

Dieses sang Isak. Die Stärke der Wahrheit, die
Hoheit des Schwunges,

V. 376 — 387.

Und die Gewalt der geistigen Saiten entzückten
die Hörer.

Abraham fiel in ein angenehm Staunen, die den-
kende Seele

Stieg von Wahrheit zu Wahrheit, von einer Betrachtung zur andern,

Bis es so hell in ihr ward, daſs in dem Glanze
der Weisheit

Alle Schmerzen, die stillen Verkläger der Vorsicht,
zerflossen.

Endlich schwieg der Gesang. Doch tönten die
Harmonien

Immer noch fort in Abrahams Herz. Er lag in
Gedanken,

Wie im Schlummer. So sinket ein Engel, der
Gottes Befehle

Fremden Himmeln gebracht, ermüdet, unter dem
Wohlklang

Himmlischer Harfen, von Freunden gerührt, in lieblichen Schlummer.

Als nun alle den Schlaf in ihren Kammern
genossen,

Und sich Abram und Sarah im Innern des Zeltes
befanden,

V. 388 — 399.

Forschte die zärtliche Mutter die Ursach' des heimlichen Kummers,
Den sie in seinem Gesicht zu etlichen Mahlen
bemerket.

Abraham gab ihr zur Antwort: Ich kann dein Ver-
wundern nicht tadeln;
Wo man Freude nur sucht, da Mienen des Schmer-
zens zu sehen,
Ist ein seltsamer Anblick. Doch kann es zuweilen
begegnen,
Daß sich die reinste Lust in flüchtige Wolken
verbirget;
Denn wie nah ist der Schmerz der Lust! Die Freude
hat Seufzer,
Und die Traurigkeit Reitze. Vernimm indeß den
Gedanken,
Der mir die Thränen der Lust mit Thränen der Trau-
rigkeit mischte.
Als du den Knaben umfingst, so kam mir der schwarze
Gedanke,
Mitten in einer süßen Empfindung befiel mich sein
Schrecken:
Wie, wenn dir den Jüngling ein plötzlicher Unfall
entrisse?

V. 400 — 411.

Oft hat der Herr die Liebsten durch diese Dornen
geführet!
Siehe, diefs dacht' ich, und bebte, doch blieb die
Empfindung nicht lange.

Also sagt' er, und redete wahr. Doch konnte
die Mutter
Sein Geheimnifs daraus nicht entdecken. Voll Rüh-
rung versetzt sie:

Wie bewegest du mich, mein Theurer, wie hat
der Gedanke
Deine Seele gefunden? der schwärzeste aller
Gedanken!
Ich erzittre von fern ihn zu denken. — Wie könnt'
ich dich missen,
Isak mein Sohn, mein einziger Sohn, wie könnt' ich
dich missen?
Doch warum sollten wir uns mit solchen Gedanken
die Ruhe
Selbst vergiften? uns selbst mit bangen Ahnungen
quälen?
Lafs uns vielmehr das Herz den schönsten Hoff-
nungen öffnen,
Hoffnungen, die dem Wunder, das ihn uns schenkte,
gemäfs sind!

V. 412 — 426.

Immer näher seh' ich im Geiste die selige Zukunft,

Deren Spuren sich mir in Isaks Erzählung entdeckten.

Theurer Jüngling, ich sehe dich schon in den liebenden Armen

Einer Geliebten beglückt, die deiner Umarmungen
werth ist;

Gott selbst hat sie für dich mit dem Glanz des Morgens geschmücket,

Ganz nach deinem Herzen gebildet, nach jeglicher
Neigung,

Die du selbst noch nicht kennst. Sie liebt dich,
du liebest sie wieder.

Schon umgiebt mich die blühende Schar von lieblichen Enkeln,

Die dich Vater begrüßen, in deren Zügen du lebest,

Vielfach erneuert; sie scherzen um mich in den
Blumen des Frühlings,

Hier ein hüpfendes Paar, dort zwey, die sich zärtlich umhalsen,

Hier das Jüngste, der Mutter im Schoofs, ihr jugendlich lächeln.

Süßer Anblick! O seliger Sohn! und selige Mutter,

Die dich gebar, und selig die Brust, an der du
gesogen!

Unter der ruhigen Hoffnung wird die Reihe von Jahren,

V. 427 — 439.

Die die Erfüllung entfernt, gleich schnellen Monden vorbey fliehn.
Und wenn mein Auge zuvor sich schliefst, und
nimmer die siehet,
Die er einst liebt, noch Enkel, die lächelnd Mutter
mir stammeln,
Theurer Gemahl, so will ich alsdann, von Engeln
begleitet,
Unsichtbar über euch schweben, und eure Seligkeit
theilen.

Also sagte die beste der Mütter; der Vater
versetzte:

Billig erwarten wir Gutes vom Ursprung des
Guten. Er wird auch
Mehr als wir wünschen thun! Die Hoffnung, in
die sich, o Sarah,
Dein so mütterlich Herz mit allen Gedanken ergiefset,
Ist die schönste, die Gott den sterblichen Menschen
erlaubet.
Dennoch bewache dein Herz, damit es, in seine
Geschöpfe
Nicht zu verliebt, die Gedanken der Gottheit den
seinigen heimlich
Unterwerfe; denn oft sind unsre Gedanken nicht seine.

V. 440 — 443.

Immer genieſse voraus die Seligkeiten der Zukunft;
Aber doch so, als könntest du sie zur Stunde
verlassen.

Also besprachen sich Sarah und Abraham unter
einander,
Bis sie der milde Schlaf mit seinen Flügeln bedeckte.

———————

DIE
PRÜFUNG ABRAHAMS.

DRITTER GESANG.

V. 1 — 6.

Isaaks himmlischer Freund und Sarah's, der Engel
Elhanan,
Hatt' aus den Schatten des nächtlichen Lagers die
Reden gehöret,
Welche Sarah mit Abraham gepflogen. Jetzt sah er
sie schlummern,
Und er sprach bey sich selbst: Wie ruhst du,
zärtliche Mutter,
Noch in deinen Träumen so lieblich! In welcher
Hoffnung
Schliefest du ein! Noch lächelt von ihr dein freund-
liches Antlitz.

V. 7 — 20.

Aber diefs Lächeln, wie bald wird sich's in Jammer
verwandeln,
Und diefs ruhig wallende Herz in Schauern erstarren!
Ach dann wirst du, verlassen und ausgezogen und
bebend,
Wie vom Himmel gestürzt, in einer Einöd' an Freude
Dastehn und jammern! Dann flehst du am Morgen,
ach käme der Abend!
Fürchtest den Tag und das Licht, das sonst Vergnü-
gen gestrahlet,
Und verlangest die Nacht; noch sucht der unsterb-
liche Kummer
In den Schatten der Nacht die fliehende Ruhe ver-
gebens.
Wahrlich deine Gedanken sind nicht die Gedanken
der Gottheit,
Nicht der Engel! Die beten mit Demuth der Gott-
heit Gedanken
Und mit Entzückungen an.   Wehklagende Geister
zu hören,
Tönet in unserm Ohr, als wenn der Sfären Gesänge
Plötzlich die Himmel umher mit wildem Mifslaut
erschreckten.
Dennoch fühlet mein Herz dein Leiden, o liebende
Mutter,

V. 21 — 34.

Denn du bist fühlend erschaffen, dir schlägt im
zärtlichen Busen

Eine empfindliche Seele, zwar edel und rein wie
die Unschuld,

Aber doch schwach, die Leiden zu tragen, die über
dich kommen.

Seh' ich dich an, so bebt mir mein Herz, so thränet
mein Auge;

Aber mitten im Mitleid umgiebt mich die frömmere
Freude.

Neue Scenen umglänzen mich sanft! Sie ehren das
Schicksal!

Isaak, eh' ich es hoffte, umarmt dich dein zärtlicher Engel,

Du bist früh dem Himmel gereift! — Eröffnet euch,
Himmel!

Schimmert heller, ihr Lauben, worin er mit englischer Stimme

Bald den Unendlichen lobt! Ätherische Wolke, bethaue
Diese Blumengefilde mit einem schöneren Frübling,
Wo ich zur ersten Umarmung ihn unter die Serafim
führe!

Durft' ich es hoffen, mein Freund, so bald dich
Bruder zu nennen,

Da du, den Leib von Staub zu bewohnen, mir
unbewufst folgtest?

V. 35 — 48.

Zwar auch damahls, da Sarah zuerst mit Entzückung
dich küfste,

Schaut' ich in schöne Gesichte hinaus; dein irdisches
Leben,

Dessen Zeug' und Beschützer ich war, versprach
mir Vergnügen,

Die der Himmel nicht hat. Der Anblick der menschlichen Tugend

Ist für Olympier reitzend, auch hat sie oft Engel
zu Zeugen.

Ja, es ist süfs, auf Wangen voll Unschuld, in Augen
voll Liebe

Thränen blinken zu sehn, die Thränen der ersten
Entzückung,

Wenn die ganze Gewalt der innern Zärtlichkeit
ausbricht.

Lieblich ist es, das Stammeln des zarten Knaben
zu hören,

Der auf dem Schoofs der Mutter die süfsesten
Nahmen zu reden

Lächelnd sich übt, die sein Herz, lang' eh' er sie
nennen kann, fühlte.

Lieblich ist es zu sehn, wie sich das dämmernde Auge
Eines Vaters erhellt, der über Reihen von Enkeln,
Welche sein Beyspiel zur Tugend erhitzt, den Segen
verbreitet.

V. 49 — 60.

Diese Freuden erblickt' ich vor mir, die fröhlichen
Scenen
Sollte mir Isaak schenken; jetzt sind sie in befsre
verschwunden,
Wie vor dem Tag die Dämmrung entflieht.   Viel
hellere Scenen,
Reinere Freuden eröffnen sich uns! — Dem Anschaun
der Gottheit
Stirbst du entgegen, o Jüngling, den Liedern Eloa's,
dem Umgang
Himmlischer Freunde, dem ewigen Leben, der frühern
Vollendung!
Komm, ich weine nicht, Freund, wenn bald dein
Leben verblutet,
Wenn du, der sterbenden Lilie gleich, dein lächeln-
des Haupt neigst.
Nein! ich weine dann nicht! Mit heller entfalteten
Flügeln
Nehm' ich dich, Seele, dann auf, und strahl' in die
Köre der Engel.

Also sagt' er, und kam zu Isaaks Lager
zurücke,
Holde Träum' um das Haupt des heiligen Knaben
zu giefsen.

V. 61 — 75.

Endlich erwachte der Tag. Von den ersten
Strahlen gewecket,
Machte sich Abraham auf. Da fand er Isak im Sable
Schon zur Reise gegürtet. Aus einem heiligen Traume
War der Jüngling erwacht. Noch sah er der Serafim
Scharen,
Die am eröffneten Himmel herab um die Wolke
der Gottheit
Schwebeten; noch umfloſs ihn von ihren azurnen
Flügeln
Süſser ambrosischer Duft. Vom Traum zur Ent-
zückung erwecket,
Sprang er vom Lager und eilte, sich zu der Reise
zu rüsten,
Die ihm die himmlische Scene versprach, das Urbild
des Traumes.
Jetzt trat Ismael auch, sein Bruder, mit Elieser
Traurig herzu; sie fühlten, doch ungleich, die
Schmerzen der Trennung.
Ismael wollte noch diesen Tag die müden Kamehle
Rasten lassen, dann ruften ihm Gilhads umduftete
Berge,
Ladan und Nardus von da, und Thränen der lieb-
lichen Myrrhe
Nach Mizraim zu führen; er wollte, nach ihrer
Zurückkunft,

V. 76 — 90.

Etliche festliche Tag' in ihren Umarmungen leben,
Und dann wieder nach Paran zu Basmaths Zärt-
lichkeit eilen.
Unterdeſs hatte Sarah mit Lilith und ihrer Ketura
Etliche Säcke mit Vorrath für sieben Tage gefüllet.
Alles erwartet den Aufbruch; zwey Knechte stehen
am Wege
Bey dem Lastthier.   Nun mahlet der Morgen die
Stirne der Berge.
Abraham schied mit zärtlichen Wünschen aus Sarah's
Umarmung,
Dann umfing er den Sohn der Hagar, und küſſt'
ihn voll Liebe.

Isaak hatt' in Eliesers umschlingenden Armen
Lange verweilt, kaum konnt' ihn der fromme Alte
verlassen.
Endlich bezwang ihn die Wehmuth.   Ein Strom
von gesammelten Thränen
Schoſs' ihm ins Aug', er wandte sich schnell vom
Antlitz des Jünglings.
Dieser warf sich in Ismaels Arm, und sah ihn
nicht weinen.

Aber nun fordert dich, Jüngling, und deine
zärtlichsten Küsse
Eine geliebtere Stirn; nun eilet die göttliche Sarah,

V. 91 — 105.

Dich noch eine Minute in ihrer Umarmung zu halten.

Segnend küsset sie ihn, und weint nicht; ruhiges
Lächeln

Wallet um ihr zufriednes Gesicht; sie glaubet, er eile

Zu den Segnungen Gottes; hier wär' es Sünde zu
weinen.

Thränenfrey lag auch der Jüngling auf ihren sanft
glühenden Wangen.

Also schieden sie sich. Nach langer zarter Umarmung

Läfst ihn Sarah zuletzt. Dann spricht sie die segnenden Worte:

Gehe, mein Sohn, wohin dich der Gott Schaddai
beschieden!

O wie entzückt mich diefs Feuer in deinen blühenden Augen!

Diese heilige Sehnsucht, die Stimme des Gottes
zu hören,

Der dich erschuf, den Segen, den Trost der Kinder
von Adam,

Selbst aus seinem allmächtigen Mund erschallen
zu hören!

Gehe denn hin, und komm von Gott begnadigt
zurücke!

Also sprách sie. Nun flog er von ihr. So eilet
die Hindin

Oder ein jugendlich Reh von Myrrhenbergen herunter.

V. 106 — 120.

Schon entfloh das schattichte Mamre vor ihrem
Gesichte,
Und der begierigste Blick der Hinterbliebenen suchte
Sie vergeblich im fernesten Blau der steigenden Hügel.
Neben den Reisenden schwebt Elhanan, der himm-
lische Zeuge
Dieser Geschicht'.   Jetzt lieset sein Tiefsinn in
Abrahams Auge.

Du, von der ich den frommen Gesang zu singen
entflammt bin,
Heilige Muse, vor der die Gedanken der Menschen
und Engel
Sich entblößen, die du die leisesten Regungen hörest,
Welche der Busen verbirgt, jetzt neige dein Ohr zu
mir nieder!
Sage, was hat Elhanan in Abrahams Augen gelesen,
Was für Empfindungen fühlt' er, mit was für
Gedanken besprach sich
Seine Seele, da er, voll Ernst und in sich gekehret,
Nicht die Schönheit des Tages in seiner sanften
Entfaltung,
Noch die wechselnden Scenen der Aussicht, noch
Isaak wahrnahm,
Der in lauter Entzückung den Schöpfer der Dinge
verehrte?

V. 121 — 133.

Und so geh' ich dir denn, o Land der Erschei-
   nung, entgegen,
Eile, Moria, dir zu, dich mit dem schuldlosen Blute
Meines einzigen Sohnes zu tränken. Von dieser
   Rechten
Soll es strömen! Du, Hügel, und deine umgeben-
   den Cedern
Sollen trauernd es sehn, wenn unter den Händen
   des Vaters
Ein geliebter, ein einziger Sohn, als Opferlamm
   hinsinkt.
Also versah es der Gott Schaddai. Er hat ihn
   zum Opfer
Ausersehen, sein reineres Blut als der weifsesten
   Lämmer
Soll ihm dort angenehm seyn! — O meine verwel-
   kende Krone,
Meine sterbende Hoffnung! Noch singst du sorgen-
   frey Lieder,
Kennest dein Schicksal nicht; noch lacht dein
   heiteres Antlitz,
Wie diefs Thal, noch fliefsen in dir die Quellen
   des Lebens,
Gleich den Brunnen im Garten des Herrn, gleich
   blumichten Bächen.

V. 134 — 148.

Aber bald ist diefs alles vergangen! bald zittert
dein Antlitz
Sterbend, erblafst, im eigenen Blut! Der Schauplats
des Schreckens
Steht schon vor mir; ich sehe dich schon, o Jüng-
ling, verbluten,
Höre das letzte Pochen der Brust, und sehe die
Wangen
Sich entfärben, die brechenden Augen sich mühsam
erheben,
Mich noch ansehn, dann im Todesschlummer erlöschen.
Ringsum schweigt die erbleichte Natur; du wankest,
Moria,
Unter mir; Sion, du bebst auf diese Scene herunter.
Ach, ihr sahet auch einmahl auf Scenen der Freude
herunter!
Sion, oft hat dein Cedernschatten den betenden Noah
Eingehüllet, es hat in deinen wolkichten Wipfeln
Oft Deborens Hymne gerauscht, dein blumich-
tes Saron
Oft die erneuerte Jugend in seine Rosen geladen.
Aber jetzt wirst du umher ein banges sterbendes
Röcheln
Bebend vernehmen. Bald strömet das Blut des
einzigen Sohnes,

V. 149 — 161.

Den sein Vater geschlachtet, an deinen Hügeln
hinunter.
Ach wie starret mein Herz! — Warum erstarrst du?
Mein Wille
Hat sich dem Herren verlobt. Ihr Adern, schauert
nicht länger,
Gott gebietet! so fließet denn willig zu seinem
Befehle!
Zwar ist ein furchtbares Dunkel um mein Ver-
hängniß gezogen,
Eine dickere Nacht, als die mich damahls geschrecket,
Da ich in dunkeln Bildern die fernen Wunder-
geschichten
Meines Geschlechtes sah, da nächtliche Schrecken
vom Herren
Über mich kamen, und Donner aus seinem Munde
mir sprachen.
Herr, du bist dunkel in deinen Gerichten, erhaben
und dunkel!
Undurchdringbar dem sterblichen Blick, bedecket
dein Schicksal
Eine heilige Nacht. — Doch, welch ein plötzlicher
Lichtstrahl
Fällt in mein Herz und erhellet auf einmahl das
Dunkel der Seele?

V. 162 — 176.

Täusch' ich mich, oder kommst du vom Herrn,
                    Gedanke, der jetzo
In mir hervorgeht? Ein Anfang, mein schwarzes
                    Geschick zu enthüllen.
Warum mußte mein erster Sohn, von Hagar geboren,
Eben an diesem Tage, da Gott mir Isaak fordert,
Wiederkommen? Durch was für labyrinthische Wege
Zog ihn die Rechte des Herrn, wie zu verborgener
                    Absicht?
Ist es vielleicht Nebajoth, dem Gott die Verheißung
                    bestimmt hat?
Hat er nur, meinen Glauben zu prüfen, auf wenige
                    Jahre
Isaaks himmlische Unschuld vom Himmel herunter
                    gesenket?
Ist es in Ismaels Samen, in dem die Völker sich
                    segnen?
O so sey mir willkommen, Gebenedeyter des Herren!
Sey willkommen! Ist Isak nicht mehr, so sey du
                    mir Isak.
Aber vielleicht betrügt mich mein Herz mit diesem
                    Gedanken?
So vergieb es, o Herr, vergieb es der kühnen Ver-
                    muthung,
Die in dein Geheimniß sich wagt.   Schon zittert
                    sie wieder

V. 177 — 188.

Eilend zurück! Kein Sterblicher soll mit kühnem
        Erforschen
Deinen Rathschluß entweihn! Hier deckt der Cherub
        sein Antlitz!
Was er auch sey, der göttliche Schluß, so ist die
        Verheißung,
Die du mir gabst, ein ewiges Wort. Die Sfäre der
        Himmel
Steht nicht so fest, als die Worte des Herrn.
        Eh müßte die Asche
Meines geopferten Sohnes, von deinem Hauche
        befruchtet,
Wieder zu einem Jüngling hervorblühn, eh müßten
        die Steine
Menschen werden, eh' daß von deiner erhabnen
        Verheißung
Nur ein Wort die Erfüllung, die ihm bestimmt ist,
        verfehlte!

Also dachte der Vater. Jetzt wandt' er wieder
        sein Auge
Auf den Jüngling: der Jüngling lächelt' ihm gleich-
        falls entgegen;
Sprach dann zu ihm: O Vater, die Gegend, die vor
        uns hier lieget,

V. 189 — 202.

Bringt mir eine vors Auge, worin mich die himm-
lische Ribka
Einen Frühlingsgesang mit begleitenden Saiten
gelehret:
Wenn dir's gefällt, so sollst du ihn hören. Mein
Herz ist vom Anblick
Dieser Gegend so froh, und vom Gesange der Vögel
So harmonisch, daß alles, was Ribka mir jemahls
gesungen,
Oder mein Abiassaf, auf einmahl in mir erwachet.

Abraham winkt ihm die Antwort mit Liebe: dann
singet der Jüngling,
Und die Zweige umher bewundern den Sänger, und
schweigen.

Freude, du Lust der Götter und Menschen,
Gespielin der Unschuld,
Komm zu meinem Gesang von jenem Hügel herunter,
Oder aus diesem Thal, worin dich der Frühling
umarmet.
Komm von der Lilienau, und aus dem duftenden Haine!
Wer ist diese, die dort aus dem duftenden Haine
hervorgeht,
Schön wie der sittsame Mond, und wie die Ceder
erhaben?

V. 203 — 216.

Ist sie ein Engel, ein Jüngling des Himmels, erst
neulich geschaffen?
Wahrlich ihr Blick giefst Lieb' in die Brust; sie ist
wohl ein Engel!
Oder nennt man dich Freude? Wie selig preis' ich
die Augen,
Die dich allezeit sehn, und deine Blicke geniefsen!
Ja, sie ist es! Sie ist auf meine Bitte gekommen!
Siehe, da wimmeln aus ihrem Fufstritt ambrosische
Blumen
Schimmernd hervor! Da kommt sie daher, die
Schwester des Frühlings!
Über ihr schweben die rosenbekränzten lächelnden
Stunden,
Alle reitzend, und alle von Einer Mutter geboren.
Jetzt verbreitet die Freude die sanften Flügel, und
trägt mich
Hoch in die Wolken. Ich seh' die Natur hier
unter mir grünen.
Auf den Flügeln der Freude zu deinem Throne
genähert,
Sing' ich, o Schöpfer, dein Lob; die Natur ver-
mischet den meinen
Ihre Hymnen, dir steigt aus dem Hain ein harmo-
nisch Getöne,

V. 217 — 230.

Aus den Thälern ein blumichter Rauch, wie ein
Opfer, entgegen.

Singet mit mir, ihr Kinder der Schöpfung, besinget
die Liebe,

Die uns gebar! erzähle sein Lob, serafischer Himmel!

Die du dort über die Blumen hingleitest, krystal-
lene Quelle,

Rausch' es den Blumen zu von einer Welle zur andern!

Alles was lebt, das lobe den Herrn und erfreue
sich seiner!

Also sang er; das Lied begleiteten ernste Gespräche.

So verschwand vor ihnen der Weg. Schon waren
zwey Tage

Und zwey Nächte vorüber gegangen. Der dritte
Morgen

Trat jetzt am Himmel herauf; da hob der göttliche Abram

Seine Augen empor, und sah in der grauen Entfernung

Ein Gebirge verbreitet. Diefs war Moria. Der Alte

Kannte die Gegend. Nun gingen sie durch das
thauige Saron,

Abraham ernst mit heiligem Tiefsinn, sein Geist
war der Gottheit

V. 231 — 244.

Näher, als seinem eigenen Leib; sein Gefährte ging
fröhlich.

In der entwichenen Nacht war ein Traum zum
Alten gekommen;

Einer vom Empyreum erschien ihm und sagte:
Zum Zeichen,

Welches der Hügel sey, wo Gott dein Opfer begehret,

Ist dir eine Taube von schimmernden Federn gegeben,

Die dir aus Saron entgegen wird kommen. Der Füh-
renden folge,

Bis sie auf einem der Hügel sich setzt; dort opfre
Gott Isak!

Jetzo sah er die schimmernde Taube, der Jüngling noch früher,

Und, wie entzückt, vermutbet er gleich, sie sey
vom Geschlechte

Jener serafischen, welche dem S e m auf Sion begegnet,

Wie ihn die alten Gesänge gelehrt. Sie folgten
der Taube

Bis an den Fuſs des Moria. Hier liefs der Vater
die Sklaven,

Ihn zu erwarten, zurück. Dann legt' er das Holz
zum Opfer

Auf die Schultern des Knaben, und nahm das Messer
und Feuer.

V. 245 — 258.

Also ging er mit Isak allein , die führende Taube
Immer voran. Des Jünglings Herz erhob sich von
Andacht,
Und von stillen Schauern, als fühlt' er die Gottheit
schon nahe,
Und ein heiliges Roth umschimmert sein betendes
Antlitz.

Jetzo sprach er zu Abraham : Vater, siehe,
wir nahen
Uns dem Berge, wo Gott sich unser Opfer ersehn hat.
Schon erblick' ich die Taube auf jenem Hügel sich
setzen.
Aber wo ist das Lamm, das ihm zu Ehren dort blute?

Also sagt' er in Unschuld. Mit bangen zärtlichen Augen
Sah sein Vater ihn an, und sagte: Der Gott Schaddai
Hat sich selbst, o mein Sohn, ein Lamm zum Opfer
ersehen;
Sah dann thränend gen Himmel, und schwieg. Auch
schwieg itzt der Jüngling.

Bald erstiegen sie auch den heiligen Hügel; man
nannt' ihn
Golgatha in den spätern Zeiten; hier hast du, Messias,

V. 259 — 271.

Von der Höhe des Kreuzes dein göttliches Leben
geblutet!
Ehrfurchtsvoll fielen sie hin und küßten die Erde.
Dann thürmte
Abraham einen Altar aus frischem Rasen, und deckt' ihn
Mit dem gespalteten Holz; dann sprach er zum stau-
nenden Sohne:

Jetzo vernimm, mein Sohn, was Gott für ein
Lamm sich erwählt hat.
Zittre nicht, Kind! — Jehovah befiehlt, vernimm
ihn mit Ehrfurcht.
Dich, befahl er mir, soll ich ihm opfern, dich,
meinen Geliebten,
Sarah's einzigen Sohn. — Ich folge dem hohen Befehle.
Zwar es bricht mir mein Herz! — Doch Gott ist's,
der dich mir schenkte,
Ihm gehörst du, er fordert dich wieder! — Erfreue
dich, Jüngling,
(Aber du weinst!) o weine nicht mehr! du solltest
dich freuen,
Daß der Richter dein Blut, vor dem Blute der
Lämmer im Thale,
Sich zum Zeichen erwählt, das ihn des Mittlers
erinnre.

V. 272 — 283.

Siehe, mein Kind, dort oben, wo schon sich die
        Pforten dir öffnen,
Winden dir Serafim Kränze; dort wirst du leben
        und Gott sehn,
Was du so zärtlich gewünscht; viel herrlicher wirst
        du ihn sehen,
Als ein sterbliches Auge vermag, von Antlitz zu
        Antlitz!
Laſs vor der himmlischen Hoffnung, die alle irdi-
        schen tilget,
Diese Thränen versiegen, und gieb dein blühendes
        Leben
Willig dem Schöpfer zurück, der dir ein ewiges
        zuführt.

Da er so sprach, umarmt' ihn der Jüngling mit
        kindlicher Inbrunst,
Netzte mit wenigen Thränen die bleichen Wangen
        des Vaters,
Der ihn verstummend umhalst. Elhanan sahe den
        Anblick
Nahe von einer Ceder herab. Da bebte sein
        Herz ihm
In der himmlischen Brust; er sah mit erblassendem
        Antlitz

V. 284 — 296.

Ängstlich herab, sein Jugendglanz schwand auf der
seligen Stirne.

Jetzo hört' er, wie Isak, aus Abrahams Armen sich
windend,

Ruhig zu seinem Vater spricht : Mein Vater ! die
Thränen,

Die du mich weinen sahst, sind nicht unwillige
Thränen,

Sind nicht Thränen der Furcht : das Auge, das
Herzen durchschauet,

Siehet mich jetzt, und ist von meinem Gehorsam
mir Zeuge.

Zwar ich hoffte, (wie gern erfindt sich die Hoffnung
ihr Schicksal!)

Länger auf Erden zu leben, mit Freuden dein Alter
zu krönen,

Und der besten der Mütter einst spät die Augen
zu schließen.

Fromme Hoffnungen winkten mir zu, oft weint' ich
vor Freude

Ihnen entgegen. — Doch sollt' ich sie nicht mit
ruhigem Herzen

Mit den schönern vertauschen, die Gott so früh
mir bestimmet?

Nur der Gedank' an die zärtliche Mutter, der zwingt
mich zu Thränen,

V. 297 — 309.

Ach der schmelzt mir das Herz! Wie wird sie die
            Nachricht ertragen?

Stärk', Allmächtiger, sie, o stärke sie, daſs sie
            dem Elend

Nicht erliege, das bald ihr mütterlich Herz bestürmet.

Doch ich vertrau', er werde sie trösten! — auch
            dich, o mein Vater! —

Und nun weiche, Betrübniſs, von mir! Verstummet;
            ihr Thränen,

Und kein Seufzer errege dieſs Herz, das dem Herren
            geweiht ist.

Siehe, hier bin ich, mein Vater! das Opfer ist willig
            zu bluten!

Thue mir, wie dein Gott dir befahl! — Erhabner
            Gedanke,

Unaussprechlicher süſser Gedanke, die Gottheit zu
            schauen,

Vor den Thron hin gebückt sie anzuschaun, und
            zu leben,

Wie beruhigst du mich! Wie sieht mein Geist itzt
            so helle!

Keine Hoffnung, kein thränender Freund, nicht
            Ribka, ja selbst nicht

Deine Thränen, o Mutter, nicht deine ringenden
            Hände,

V. 310 — 322.

Könnten die heilige Ruh' aus meinem Herzen ver-
treiben.
Weint nicht, Gespielen, um mich, und wenn euch
die zärtliche Liebe
Ja zu weinen befiehlt, so lächelt unter die Thränen,
Gegen die Höhen hinauf, wo ewige Freuden mich
küssen.

Da ihn sein Engel so hört, da kommt die hellste
Entzückung
Wieder in seine Gestalt; er geht mit umschimmern-
der Klarheit
Vorwärts, und rüstet sich schon den neuen Freund
zu empfangen.
Abraham küfste den Knaben noch einmahl, nur
Eine Thräne
Fiel auf die blühende Wange des Sohns, der jetzt
nicht mehr weinte.
Aber in beiden wallte das Herz von Empfindun-
gen über,
Welche nur wenige fühlten, und niemand, der sie
gefühlt hat,
Reden kann. Isaak lag jetzt auf dem Holze des Altars
Ruhig; zwar klopft' ihm das Herz mit schnellern
Schlägen, doch hüpft' es

V. 323 — 335.

Nur den Hoffnungen zu, in die sein Geist sich
jetzt ausgofs.

Abraham heftet sein betendes Auge gen Himmel,
dann sagt' er:

Herr! nun bin ich bereit, mein Herz hat eiserne
Stärke

Angezogen, es seufzet nicht mehr, es will nicht
mehr brechen!

Siehe, die ganze Seele mit jeder Empfindung ist willig

Dir zu gehorchen; ich gebe dein bestes Geschenke
dir wieder,

Leg' es zu deinen Füfsen, und sehe die Wollust,
das Labsal

Meines Lebens, die Stärke der grauen Jahre vergehen,

Opfre sie selber dir auf! — Ihr schönen Bilder,
o gönnet

Dafs ich noch einmahl euch seh', eh' ihr auf ewig
entfliehet;

Blicket noch einmahl mich an, und dann entflieht
mir auf ewig!

Bald wird ein stiller Schmerz, ein Schmachten der
einsamen Seele

Statt der Freude mir seyn, die sonst in meinem
Gemüthe

V. 336 — 348.

Mit dem Morgen erwachte, und Abends in Träume
sich endte.

Bald wird Mamre, wo sonst die Stimme deiner
Gesänge

Niemahls entschlief, mein Sohn, bald wird die
umschattende Eiche,

Wo dich der Ewige selbst mir verhiefs, nur ächzende
Seufzer,

Nicht mehr das Jauchzen der Hymnen und Timna's
Saitenspiel hören.

Dann erst wird mein Verlust ganz ausgebreitet mich
drücken.

Ach mein Ohr war gewohnt, von Isaaks blühenden
Lippen

Mit herzrührendem Ton den Vaternahmen zu hören.

Süfser Nahme! du tönest nicht mehr in der Seele
mir wieder!

Gott, du gabest mir Isak; noch siehst du als
gegenwärtig,

Wie dein Geschenk mich entzückte! — Du bist dem
Menschen vor andern

Gnädig, und hast sein Leben in einer seligen
Stunde

Auf die Tafeln des Schicksals geschrieben; ihm
haben die Engel

V. 349 — 362.

Zugejauchzet, und Sterbliche wünschen den Enkeln
sein Schicksal,
Den ein würdiger Sohn mit dem Vaternahmen
erquicket,
Seiner Tugenden Erb', ein Baum voll blühender
Hoffnung.
Aber wie Isaak ist, so hast du selten, o Schöpfer,
Seelen gebildet, so schön, wie du seine Seele
gehaucht hast,
So voll zarten Gefühls der frommen Tugend, so
himmlisch,
Und mit solcher Weisheit gekrönt, sind wenig
erschaffen;
Siehe, der ist's, der jetzt von meiner Rechten soll
sterben!
Aber, ich klage nicht, Schöpfer! Mit welchem
Angesicht könnt' ich
Gegen dich klagen? Nur Dank soll meinen Lippen
entschallen!
Ja, mit Thränen der Seel', o Schöpfer, will ich
dir danken,
Daſs du den Knaben mir gabst, und ihn so lange
mir lieſsest!
Sey gelobet, o gütiger Vater, für jeden der Tage,
Die ich durch ihn lebendiger lebte, für jede Ent-
zückung,

V. 363 — 375.

Die er mir gab, wenn ich hoffend in ihm das Heil
schon erblickte,
Das von ihm einst entspringen sollte, der Segen
der Völker!
Nimm den zärtlichsten Dank für diese Gnaden,
o Schöpfer;
Nimm auch gnädig das Opfer von meinen gehor-
samen Händen.

Also sagt' er, dann wandt' er sein Aug' auf Isak
zurücke,
Und ergriff mit der nervigen Hand das blinkende
Messer.

Damahls sahe der ewige Vater zur Erden herunter;
Und da er Abraham sah, der jetzt zum Opfer bereit
stand,
Sprach er zu den Engeln, die um das Heiligthum
wachten:
Abraham hat die Probe gehalten! Er hat, mir zu
dienen,
Seines einzigen Sohns nicht verschont. Dort steht er,
und strecket
Schon die Hand nach dem Stahl. — Wen soll ich
unter euch senden,
Daß er die Hand ihm zurück halt' und meinen Segen
ihm bringe?

V. 376 — 387.

Seraf Eloa trat eilend hervor, und warf sich am
Thron hin:
Sende mich, o Jehovah, mein Herz zerfliefst mir
in Freude,
Dafs du den Sohn dem Vater noch schenkst, und
den frommen Gehorsam
Und die Ergebung so gnädig belohnst! Mit welcher
Entzückung
Wird er mich hören, wenn ich die süfse Botschaft
ihm bringe!

Also sprach er; ihm winkt der Gott der Götter
die Antwort.
Alsobald schimmert der Seraf mit tausendmahl schnel-
lerem Flügel,
Als um den Himmel der Himmel die obersten Sfären
sich schwingen,
Schnell wie Gedanken der Cherubim gehn, zur
Erden herunter.
Schon war er da, als Abraham eben das Messer
gezückt hielt,
Seinen Sohn zu erwürgen, der über den Altar sich
bückte.
Denn der Serafim Zeit ist nicht wie der Menschen;
sie können

V. 388 — 401.

Jene unmerkliche Zeit, die den Menschen zwischen
Empfindung
Und Empfindung verfliefst, mit grofsen Thaten
erfüllen.
Also war die Reise des Serafs. Nun schwebst du, Eloa,
Majestätisch, in ewigem Glanz, ein Gesandter der
Gottheit,
Über Abraham hin; weit um dich schimmern die
Wolken
Gleich der himmlischen Abendröthe. Und hoch aus
den Wolken
Ruft der Bote des Herrn mit mächtiger Stimme
herunter:

Abraham, Abraham! — Plötzlich erhebt der Vater
sein Antlitz,
Sieht Eloa, und schauert zurück, das Opfermesser
Zittert ihm aus der Hand. Der empyreische Schimmer
Und die Gestalt Eloah's, der wie ein Gott, wie
der Erste
Aller Erschaffnen, stand, und mit gütigem Aug'
auf ihn hinsah,
Überschwemmte sein Herz mit unaussprechlicher
Freude.
Abraham fiel auf sein Angesicht hin, und lag vor Eloa.

V. 402 — 416.

Hebe dich auf, Gesegneter Gottes, so rief jetzt Eloa,
Nie ist dir eine willkommnere Botschaft vom Himmel
gekommen.
Gott hat deinen Gehorsam geprüft und lauter befunden;
Ihm zu gehorchen, verschontest du nicht des gelieb-
testen Sohnes.
Jetzt sey Isak der Lohn des gottgelassenen Glaubens.

Abraham hob sich auf, mit ausgebreiteten Armen
Weint' er gen Himmel; noch konnt' er nicht reden,
sein väterlich Herz war
Seinen Gefühlen zu eng, er dankte nur schweigend
zu Gott auf,
Aber sein Angesicht glänzte von himmelähnlichen
Freuden.
Wie ein Zeuge der Wahrheit, der unter grausamen
Martern
Langsam sein heiliges Blut, zur Ehre Jesu, ver-
tröpfelt,
Bis sich zuletzt sein entkräftetes Herz und sein thrä-
nendes Auge
Mitten unter den Qualen in Todesschlummer ver-
lieret;
Wenn dann die müde still leidende Seele sich plötz-
lich befreyt sicht,

V. 416 — 429.

Plötzlich vom Glanz des Himmels umflossen, im Arme
der Engel,

Die sie mit Siegesliedern von allen Seiten begrüfsen,

Wie sie, vom göttlichen Trost und dem Anfang der
Seligkeit trunken,

An den Busen des Engels, der ihr auf Erden
gedienet,

Sprachlos sinkt, und mehr, als Worte können, ver-
schweiget:

Also fühlt' jetzt der zärtliche Vater, da, gegen
sein Hoffen,

Wie aus den Schatten des Todes, sein Sohn ihm
wieder geschenkt ward.

Nun umarmt' er den Knaben. Der sah, im Anblick
der Engel

Lieblich verloren, den Vater nicht mehr. Ihm waren
die Stricke

Schnell, wie versengt, entfallen, sobald Eloa
gesprochen.

Jetzo kniet er in neue Entzückung ergossen,
und siehet

Unverwandt, mit gestärktem Gesicht, auf den
hohen Eloa.

Zitternd von neuen Gedanken, die seinen Busen
erhoben,

Sieht er ihn an; Eloa lächelt ihm segnend entgegen.

V. 430 — 442.

Neben Eloa erblickt er den schönen Elhanan und
kennt ihn,

Da er von hellen Freuden umflossen ihn liebevoll
ansah.

Also schwebte die Seele des Jünglings in englischer
Wonne,

Hoch entzückt, da ihn der Vater mit stärkerer
Inbrunst umarmte,

Als er ihn jemahls umarmt. Bald kam am Herzen
des Vaters

Seine Seele zurück; er sieht nun Abraham wieder,

Sieht ihn, und küfst von der Wange des Vaters zwey
glänzende Thränen,

Und dann sagt er zu ihm: O Vater, aus welcher
Entzückung

Bin ich zur Erde gefallen! Wär's nicht in deine
Umarmung,

Nicht in den Arm der zärtlichen Sarah, wie könnt'
ich den Wechsel

Ohne Thränen ertragen? Schon schwebt' ich auf
Flügeln der Hoffnung

In die Auen des ewigen Lebens, ins Anschaun der
Gottheit;

Siehe, der Engel, der uns den Willen des Herr-
schers gemeldet,

V. 443 — 455.

War nur Einer der Myriaden, in deren Gesellschaft
Ewigkeiten aus Ewigkeiten sich vor mir ent-
hüllten.
Als ich über den Altar gebückt, die ersten
Strahlen,
Welche den kommenden Seraf verkündigten, wun-
dernd erblickte;
Hofft' ich, o Vater, die Himmlischen kämen, mich
mit sich 'zu führen.
Aber mich täuschte mein Herz; Gott hat es anders
beschlossen.
Plötzlich seh' ich mich wieder im Fleisch, und in
deiner Umarmung.
Noch zum Himmel nicht reif, behält mich diefs
sterbliche Leben,
Dafs ich mich noch durch übende Tugend des
künftigen Lebens
Würdiger mach', und das Alter der besten Ältern
erfreue.
Sey denn zärtlich gegrüfst, mein wieder gefunde-
ner Vater;
Sey auch, Erde, gegrüfst, ich kehre willig vom
Himmel
Wieder zu dir, so befiehlt es der Schlufs des gött-
lichen Schicksals.

V. 456 — 468.

Also der Jüngling. Jetzt wandte der Vater die
Rede zum Engel:

Göttlicher Bot', erhabenster unter den Dienern
Jehovah's!

Süſser kann Sterbenden nicht die Harfe der Engel
ertönen,

Als die Botschaft mir ist, womit der Herr dich
gesandt hat.

O sie gieſst ein erneuertes Leben durch meine Gebeine.

Niemahls hab' ich das Leben der Seele so mächtig
gefühlet;

Niemahls ist mir mein Inners in solcher Entzückung
zerschmolzen!

Gott Schaddai, wie soll ich für diese Gnade dir
danken?

Ach, was kann ich, als unermüdet den Kindern
und Fremden

Deine Wunder erzählen? O laſs dir die Stimmen
gefallen,

Welche, dir besser hörbar, als wenn die Lippen
sie sprächen,

Aus den Tiefen des wallenden Herzens dich,
Ewiger, loben!

Groſs, Jehovah, und gnädig hat dich der Same
von Adam,

V. 469 — 482.

Haben dich meine Väter erfahren! Du donnerst
die Stolzen

In den Staub hin, und krönest die Demuth mit
ewigem Preise.

Durch dich jauchzt der Betrübte vor Lust, du machst
um die Füſse

Des Gebundenen Raum, die Einsame hört noch
im Alter

Mutter sich nennen, der Vater umarmt den betrauer-
ten Knaben.

Jetzt, jetzt bin ich zum zweyten Mahl Vater! jetzt
tönt mir der Nahme

Dreymahl süſser als damahls, da Isak mir Vater
gestammelt.

Sey gesegnet, o Tag, sey unter den übrigen Tagen

Mir vor andern ein Fest, der erste des seligern•
Lebens

Und der erneuerten Jugend, die diese Geschichte
mir weissagt.

Sey, du goldener Tag, vor deinen Brüdern gesegnet,

Sey, so oft du verjüngt wirst, mit neuen Wundern
bezeichnet!

Sey gesegnet, o Tag! Kein Schmerz, kein Seufzer
entweihe

Deinen Jubel! An dir gebäre die glücklichste Mutter,

V. 483 — 495.

Die jetzt nimmer verschmäht ist, zwey liebenswürdige Knaben,

Einst zwey Freunde der Menschen! An deinem
geheiligten Morgen

Bring' ein göttlicher Held den Raub der Feinde
zurücke,

Schenke dem Jüngling die Braut unentweiht, den
Vätern die Söhne!

An dir umschall' ein festlicher Friede den blühenden
Erdkreis!

Auch du, Moria, wo Gott sich mir als Erbarmer
verklärt hat,

Sey gesegnet, steh ewig ein Zeuge der Güte des
Herren,

Von dir thaue die Fruchtbarkeit Gottes auf Saron
herunter!

In der fernesten Zukunft soll noch dein cederner
Schatten

Serafim decken, dann soll noch zuweilen die Gegenwart Gottes,

Wie der Geist auf der werdenden Erde, sanft über
dir schweben.

Abraham sprach's! Jetzt wendet er sich, und sieht
im Gesträuche

Einen Widder mit sprossenden Hörnern im Busche
verwickelt.

V. 496 — 507.

Diesen ergreift er, und schlachtet ihn statt des
Sohnes zum Opfer,
Kniet', und betet zu Gott. Da jetzt das Opfer
verbrannt war,
Rief Eloa von neuem mit segnender Stimme vom
Himmel:

Abraham, höre das Wort des Herrn, so spricht
Jehovah,
Der mit der Rechten den Himmel umfaſst, mit der
Linken die Welten,
Die sein Athem bewegt: Ich schwöre dir bey
mir selber;
Weil ich deinen Glauben so stark, und meinem
Befehle
Willig gefunden, befahl ich dir gleich dein Lieb-
stes zu tödten,
Siehe, so sey dein Geschlecht vor allen Geschlech-
tern der Erden
Groſs und herrlich vor mir; unzählbar wie Sterne
des Himmels,
Und wie der Sand am Meere; dein Same besitze
die Thore
Seiner Feinde; man nenn' ihn die Auserwählten
des Herren!

V. 508 — 522.

Ja aus deinem Samen soll allen Völkern der Erde
Heil entsprossen, sie sollen mit deinem Segen sich
segnen.
Also redet der Gott des Schicksals, der, dessen
Verheifsung
Fester als Berge Gottes, als seine Serafim stehet! —
Aber könnt' ich vor Abraham wohl das Gute verbergen,
Das der Herr ihm bestimmt? Ich will ihm, was
ich gesehen,
Von der Zukunft enthüllen. — Vernimm, o Freund
des Jehovah,
Seine Wunder an dir! — Mir wurden ins Heilig-
thum Gottes
Sieben Blicke gegönnt. Dort hangen die goldenen
Tafeln,
Gottes Schicksal, an diamantnen unsterblichen Pfeilern.
Siehe, diefs las ich daselbst: Aus deinem geseg-
neten Samen
Wird ein König entstehn, dem unter den Morgen-
ländern
Keiner an Weisheit und Herrlichkeit gleicht. Der
wird dem Jehovah
Einen erhabenen Tempel auf diesem Moria erbauen.
Hier wird die Herrlichkeit Gottes bey Menschen
zu wohnen belieben;

V. 523 — 535.

Zwischen dem Opfergeruch und den Hymnen der
betenden Priester
Wird sie über den Cherubim wohnen, bis daſs
der Messias,
Der Versöhner, erscheint. Der wird die Bilder
hinweg thun.
Hier auf diesem geheiligten Hügel, wo Gott dir
befohlen
Isak zu opfern, hier wird sich der Mittler für Adams
Geschlechte
Opfern, hier wird sein göttliches Blut die Erde
bedecken.
Alsdann reiſset der Vorhang, der Gott von den
Menschen geschieden;
Dann ist die ganze Erde so heilig wie dieses
Gebirge.
Gott ist allen versöhnt; gleich gegenwärtig bey allen,
Höret er, wer ihn im Geist und in der Wahrheit
verehret.
Siehe, dieſs ist dein Same, mit dem die Völker
sich segnen!
Ja, in ihm werden dereinst die Enden der Erde
sich segnen,
Durch ihn, welchen Jehovah zum zweyten Schöpfer
der Erde,

V. 536 — 548.

Eh' er die Welt gegründet, bestimmte, durch ihn,
den Messias,

Wird der Erdkreis dereinst zur ersten Schönheit
erneuert.

Dann wird Wahrheit und Fried' ihn wie den
Himmel regieren.

Alsdann blühet die Wüste wie Rosen, der sandich-
ten Einöd'

Wird des Libanons Schmuck und die Herrlichkeit
Karmels gegeben,

Bäche von Honig entsprudeln den Felsen, die Dürre
giebt Quellen.

Gottes Erlösete werden alsdann in jauchzenden
Scharen

Zion besuchen, unsterbliche Freud' und göttliche
Wonne

Wird um ihr Haupt seyn, und Schmerzen und Seufzer
auf ewig entfliehen.

Dann frohlocken die Himmel, dann hüpfet mit
ihren Gebirgen

Fröhlich die Erde; dann strahlet sie, herrlich vor
andern Gestirnen,

Gegen den Thron; denn Gott Jehovah ist selbst ihr
Erbarmer. —

Abraham, siehe, diefs sah ich im Buche der ewigen
Zukunft.

V. 549 — 562.

Freuet euch, Gottes Geliebte, und lobet mit eurer
Entzückung
Den, der euerm Geschlechte die Wunder der Güte
bestimmet.
Seyd mir gegrüſst, ihr heiligen Väter des groſsen
Messias!
Über euch ruhn die Verheiſsungen Gottes, euch
können die Engel
Nichts mehr wünschen: ihr seyd mit allen Segen
gesegnet!

Also erschallte die himmlische Stimme des
hohen Eloa.
Abraham lag und betete an, in süſser Entzückung
Lag der Jüngling an ihm. Nunmehr erhob sich Eloa
Wieder gen Himmel. Indem er sein goldnes Gefieder
empor schwang,
Floſs ein Frühling von süſsen Gerüchen zur Erde
herunter.

Abraham säumete noch zwey Stunden mit seinem
Geliebten
Auf Moria, so lang' ein sanftes ambrosisches Säuseln
Noch von der hohen Erscheinung zurück blieb, und
lobte den Herren
Mit erhabnen, vom göttlichen Geist beflügelten Reden.

V. 563 — 566.

Alsdann stiegen sie fröhlich herab, und fanden die
Sklaven

Unten am Berge; der süfse Geruch der Erscheinung Eloa's

Hatte auch sie mit Freude begeistert. Sie zogen
nach Mamre

Wieder zurück, und der Weg schwand unter der
Glücklichen Füfsen.

———————

S Y M P A T H I E N.

1754.

EINLEITUNG.

Wie glücklich, wenn sympathetische Seelen einander finden! Seelen, die vielleicht schon unter einem andern Himmel sich liebten, und jetzt, da sie sich sehen, sich dessen wieder erinnern, wie man eines Traums sich erinnert, von dem nur eine dunkle angenehme Empfindung im Gemüthe zurück geblieben ist. Das Schicksal trennte sie vielleicht, als sie von jenen seligen Gestaden herab sanken, ihre Prüfungszeit in diesem fremden Lande anzutreten. Aber ihre befreundeten Engel bringen sie wieder zusammen, wenn gleich Jahre, Gebirge und Flüsse zwischen sie gelegt sind. Kaum erwachen die schwesterlichen Seelen wieder von der Betäubung, worein der Fall in den irdischen Klumpen sie stürzte; kaum fühlen sie sich selbst wieder recht, so erwacht auch eine geheime Sehnsucht, die ihnen selbst fremd ist. Sie athmen nach einem

Gute, das ihnen fehlt; sie staunen; oft sinken sie,
in einsamen Schatten, oder unter den Flügeln der
Nacht, in ernste Träume.   Tausend Gestalten der
Dinge gehen vor der denkenden Seele vorbey, ohne
sie zu rühren; sie erfindet sich zuletzt ein liebens-
würdigers Bild, sie mahlet es aus und liebt es,
und wünscht, wie Pygmalion, dafs es leben
möge, unwissend, dafs dieses Bild ein Urbild hat,
und dafs sie sich nur wieder auf seine Züge besinnt.
Wie süfs ist dann das Erstaunen dieser harmonischen Geister, wenn sie sich unverhofft finden! Ein
geheimer magnetischer Reitz nähert sie einander,
sie schauen sich au, und lieben sich immer mehr,
je länger sie sich anschauen.   Und wie könnten
sie anders als sich lieben? Ihre Herzen sind in den
lieblichsten Gleichlaut gestimmt.   Die Natur hat
gleiche Reitze für beide.   Dieser reine Azur des
Himmels, diese balsamischen Blumen, diese blühende
Gegend, die im Mondschein schlummert — aber
noch vielmehr das geistige Schöne, die Ordnung, die Güte, die Unschuld, die stille Tugend,
die unaufgemuntert, unerkannt und unnachgeahmt,
mitten in dem Getümmel einer ausgearteten Welt,
der Stimme des Himmels getreu bleibt, — alle diese
Gegenstände rühren beide auf gleiche Art.   Wie süfs
ist es ihnen, ihr Innerstes einander aufzuschliefsen!
Wie leicht verstehen sie sich! Wie schnell geht
jede Empfindung aus der einen in die andere über!
Sie scheinen nur zwey Hälften zu seyn, welche die
Freundschaft wieder in Eine Seele zusammenfügt.

Kein grofser Gedanke, keine schöne Empfindung,
keine frohe Hoffnung, keine edle That, die sie
nicht unter sich gemein haben! Kein Mifsklang in
der einen, der nicht durch die andere in Harmonie
aufgelöst werde! Die Begierde, sich den Unsterblichen, jenem heiligen Lande, wo sie entsprungen
sind, immer mehr zu nähern; diese erhabne Begierde,
man mag sie nun Tugend oder Religion nennen,
vereinigt sie in allem, was sie denken oder thun.
Denn was für eine andere Harmonie kann unter
Geistern seyn, wenn es nicht die Tugend ist?

O hütet euch, die geheiligten Nahmen der Liebe
und Freundschaft zu entweihen, ihr kleinen Seelen,
welche Ehrgeitz oder Wollust auf kurze Zeit an
das gleiche Joch spannen; nennet nicht Sympathie, was eine schändliche Zusammenrottung ist,
die ihr umsonst mit dem Nahmen der Liebe und
Freundschaft bedeckt, wie Afra ein häfsliches Gemüth unter den Rosen ihrer Wangen verbergen will.
Begnüget euch, von uns unbeneidet, an euern thierischen Trieben und Freuden ; aber haltet euch in
euern Grenzen, und gönnet uns, dafs wir die Welt
in einem andern Lichte betrachten; dafs wir unsern
Geist lieber mit grofsen und gewissen Hoffnungen nähren und erweitern, als in schnell vorbey
rauschenden Wollüsten zerschmelzen wollen; uns
lieber mit einem göttlichen Glauben nähren, als mit
Einbildungen, die keine Wahrheit aufser dem Hirn
des Träumers haben ; dafs unsre Seelen lieber bey

sich selbst wohnen , als in tausend eitle Begierden
und sprudelnde Thorheiten ausfliefsen ; dafs wir
desto mehr zu leben glauben, je mehr der Geist
frey und seiner eignen Natur gemäfs empor steigt,
und' je mehr wir von den Banden, die ihn an diesen
irdischen Felsen anheften, zerreifsen können.

Und wie kann es anders seyn, als dafs alle, die
mit dieser Denkart beseliget sind, in einer geheimen geistigen Verbindung stehen , und einander
nahe sind, wenn gleich ihre Blicke sich nie begeg-
neten, und ihre Lippen sich nie gegen einander
eröffnet haben.   Ihre Neigungen begegnen einander,
ihre reinsten Wünsche steigen gemeinschaftlich zu
Gott auf, ihr Geist strebet in gleichlaufenden Linien
nach der Vollkommenheit, ihre Hoffnung fliefst in
dem gleichen Mittelpunkt zusammen.   Zwar hängt
oft eine Decke zwischen ihnen, die sie verhindert,
einander zu erkennen ; viele finden sich erst in
jener Welt.   So ordnet es Der, der allein weise
ist ! Die Erde soll kein Himmel seyn ! Doch fügt
es oft ein gütiges Geschick, dafs sie auch schon
hier sich finden; und wenn gleich Ort und Zeit
sie trennt, so hat der Witz, den Begierden des
Herzens zu Hülfe zu kommen, ein Mittel erfunden,
die Bewohner entfernter Gegenden in einem Augenblick zusammen zu bringen, und die Jetztlebenden
in die Gesellschaft jener ehrwürdigen Schatten zu
versetzen , deren Tugend mit jedem Jahrhundert
neu geboren wird.

Wie oft, wenn meine Seele aus den Zerstreuungen des Tages in stille einsame Schatten flieht, zu ihren liebsten Gedanken sich flüchtet, und sich mit unsichtbaren Gegenständen unterhält; wie oft ergetzt mich da die süfse Vorstelluug, dafs es Verwandtschaften unter den Geistern giebt, und dafs viele mit mir verschwisterte Seelen auf dem Erdboden zerstreut sind, die vielleicht in diesem Augenblick, wie ich, in einsame Schatten entflohen sind, und sich mit gleichen Gedanken und Gegenständen unterhalten! Dann hänge ich in stiller Entzückung diesen geliebten Träumen nach, und fliege in Gedanken umher, diese sympathetischen Seelen aufzusuchen, und an dem Zustand, worin jede sich befindet, Antheil zu nehmen. Vielleicht, denke ich, schmachtet diese nach einem Freunde, dem sie ihr Herz entdecken dürfte, der ihre Empfindungen verstände, und ihr so rathen könnte, wie sie es nöthig hat; vielleicht ist eine andre noch unerfahrne, obgleich gutgeartete Seele, der Belehrung, eine andere, die gleiten will, der Unterstützung, eine niedergeschlagene der Ermunterung, eine leichtsinnige der Wahrheit benöthigt. So stelle ich mir verschiedene Umstände vor, in denen jetzt meine nächsten und eigentlichen Verwandten sich befinden, und sinne voll Freundschaft nach, wie ich sie belehren oder ermuntern, trösten oder stärken, bestrafen oder mit gerechtem Beyfall belohnen wolle. Dann zeichne ich diese Gedanken auf, und mein Herz findet eine süfse Befriedigung darin, sich mit

seinen Abwesenden zu besprechen, und ihnen das
gleiche Vergnügen zu machen, das ich an diesen
geheimen Gesprächen finde.

Nehmet denn, ihr geliebten Seelen, die mich
näher angehen als die übrigen Menschen, — für deren
gröfsern Theil keine andre Liebe als Bedauern möglich ist, nehmet diese Erinnerungen und Ermunte-
rungen von euerm Freunde an, der euch in einer
bessern Welt alle um sich versammelt zu sehen hoffet.
Ihr allein verstehet diese Blätter; ihr allein werdet
diese Sprache kennen und fühlen, und nur in euern
Herzen werden sympathetische Empfindungen den
meinigen antworten.

SYMPATHIEN.

1.

Schöne Celia, du kennest deinen zärtlichsten Liebhaber noch nicht. Deine reitzende Gestalt hat einen Schwarm von kriechenden Seelen um dich her versammelt; aber sie lieben nicht dich. Wie wenig müfstest du deinen Werth kennen, wenn du auf sie stolz wärest! Sie lieben dich nicht, Celia, sie gelüsten dich. Ein jeder deiner Reitze verspricht eigne Freuden, eigne Entzückungen; diese lieben sie, wie Eva die Frucht liebte, die ihr lieblich zum Anschauen und noch lieblicher zum Kosten schien. Aber Ich, der dich nie mit körperlichen Augen sah, kann dich nur mit geistigen betrachten, und diese entdecken unter deiner irdischen Form etwas, das noch schöner als die Schönheit ist. Blumen, Gemählde, Statuen, kann ich bewundern; aber dieses Göttliche, das deine sichtbare Gestalt so weit über alle andern Schönheiten erhöht, als ein

Engel über einen Sommervogel erhaben ist, nimmt
mein Herz ein.   Ohne dir zu schmeicheln, (denn
warum sollte ein unsichtbarer Liebhaber, ein Genius,
schmeicheln?) will ich dir stolzere Dinge vorsagen,
als die unermüdeten Lobredner deiner jugendlichen
Reitzungen dir sagen können.   Ich möchte dein
Herz mit einem heiligen Stolze begeistern, der dich
über jene rosenwangichten Mädchen hinweg setzte,
an denen die Natur oder die Kunst das vornehmste
auszuarbeiten vergessen hat; deren ganze Geschichte ist, daſs sie blühen, gepflückt werden und
verwelken.

Siehe, du reifest zu einem Alter heran, da die
Welt dich mit schmeichelnden oder tadelsüchtigen
Blicken beobachtet; deine Schönheit zieht dir eine
Achtung zu, welche die bloſse Schönheit nicht ver-
dient.   Es ist Zeit, daſs du deine Bestimmung ken-
nen lernest.   Wenn mir anders die Gewalt der
Sympathie recht bekannt ist, so wird eine geheime
Stimme in diesem Augenblick deiner Seele sagen,
was ich jetzt denke. — „Schöne Celia, alles
Sichtbare ist ein Schatten, ein Wiederschein des
Unsichtbaren, welches allein ewig und göttlich ist.
Deine Seele ist ein Bildniſs der Gottheit, deine
Gestalt ein Bild deiner Seele.   Diese Farben, diese
Grazien, sind der Glanz, den sie über den Leib
ausgieſst, durch welchen sie wirken soll.   Schönheit
ist ein Versprechen, wodurch sich die Seele ver-
bindet, groſs, edel, nachahmenswürdig zu handeln.

Sie ist der Reitz, wodurch wir auf die lehrende
Tugend aufmerksam gemacht werden sollen. Denn
eine Schöne soll eine Lehrerin seyn, eine Lehrerin durch die Beyspiele, die sie giebt. Die
Tugend, die in Schönheit gehüllt, mitten unter die
Menschen tritt, mit ihnen Umgang pflegt und vor
ihren Augen handelt, gefällt mehr, rührt zärtlicher,
drückt tiefere Spuren in die Herzen, als in den
Regeln der Weisen, ja in den reitzendsten Dichtun-
gen eines Richardson. Die Sittsamkeit scheint
einnehmender, wenn sie auf schönen Wangen erröthet; die Empfindungen, welche Ordnung und Güte
des Herzens zeuget, tönen lieblicher von schönen
Lippen; und wie entzückt uns ein schönes Auge,
das sich voll andächtiger unverstellter Andacht gen
Himmel hebt, und die göttlichen Gedanken, die in
der frommen Seele aufwallen, durch einen hellern
blendendern Glanz entdeckt! Wenn Weisheit, wenn
Unschuld, wenn Demuth, wenn die grofsen Gesin-
nungeu, welche der Glaube der Christen einflöfset,
auf Herzen, die durch die sichtbare Schönheit schon
erweicht und bildsam geworden, in aller ihrer Stärke
wirken, wie können sie anders als diese höhere
Schönheit bewundern? Und bey jeder edeln Seele
wird aus Bewunderung Liebe, aus Liebe Nacheife-
rung entstehen. O Celia, wie könntest du eine
Wohlthäterin der Menschen werden! Wie viele
Thoren könntest du beschämen, welche nicht glauben wollen, dafs eine Tugend, die man prüfen darf,
in einem zärtlichen Busen zugleich mit der Jugend

wohnen könne! Wie viele könntest du zwingen, die
Tugend wider ihren Willen zu ehren; wie viele,
die sich sonst vor ihr fürchteten, würden, von deinen Reitzungen angezogen, sie in der Nähe sehen
und liebenswürdig finden! Wie würde die blofse
Ungewöhnlichkeit der Sache aufmerksam machen!
Man würde glauben, es sey ein Engel unter den
Menschen erschienen, sie durch Thaten zu lehren,
ob vielleicht Schönheit und Weisheit, wenn sie
zusammen verwebt wären, diese Unachtsamen rühren möchten, welche zu sinnlich sind, die Tugend
in ihrer eigenen Gestalt zu lieben. O Celia,
betrüge nicht die Absichten des Schöpfers, der dich
gebildet hat! Mache deine Grazien nicht zu Sirenen, die uns zum Tod einladen! — Vergieb, vergieb, schöne Freundin, meinem redlichen Eifer!
Ich weifs, du würdest lieber diese glänzende Farbe
verlieren, als eine sittliche Häfslichkeit unter einer
so reitzenden Larve, eine Schlangenseele unter
diesen Blumen verbergen wollen. Ich sehe noch
mehr! Ein edles Bewufstseyn glüht in deinen Augen;
eine Empfindung deiner selbst, eine heilige Ahnung
erschüttert dein Herz. Du verschmähest die tän-
delnde Aufwartung menschlicher Insekten, in was
für Farben sie auch zu schimmern belieben. Du
sehnest dich nach dem Beyfall des Königs und Richters der Welt, der bis in die Irrgänge unsrer Neigungen sieht, und jede unsrer Thaten abwägen
wird. Mit welch einer Schönheit wirst du unsre
so verunstaltete Welt vermehren! Wie werden dich

alle Freunde der Tugend lieben! Welch einen Himmel wird in deinem Besitz der Glückliche finden,
dem dich die Vorsicht zur Belohnung seiner Tugend
schenken wird! Wie selig werden die seyn, die du
an deinem mütterlichen Busen zur Unschuld bilden
wirst! Du wirst eine Byron in deinen blühenden
Tagen, und eine verehrungswürdige Shirley seyn,
wenn silberne Haare dein Haupt decken, und das
Alter deinen Wangen ihre Rosen, aber nicht deinem Gesicht seine harmonischen Züge wird ent-
wendet haben.

2.

Was für ein Gewölk, o Alcest, hat sich über
dein Gesicht gezogen, das die Natur zur Freundschaft bildete? Woher diese unmuthigen Blicke,
diese Falten, auf einer Stirne die zur Heiterkeit ausgebreitet ist? Über wen zürnst du, Alcest? —
„Über das ganze menschliche Geschlecht. Die
Menschen sind Mifsgeburten und Ungeheuer in deinen Augen, die man entweder hassen oder verachten
mufs. Ihre Thorheit, ihre Laster, ihre Einbildungen, ihre widersinnigen Ungleichheiten, ihre Falschheit und Bosheit sind dir nicht länger erträglich.
Du siehest sie von allen Seiten an, wie du glaubst,
und kannst nichts liebenswürdiges an ihnen finden.

Sie mögen liebenswürdig gewesen seyn, da sie in
ihrer ersten Unschuld aus der Hand des Schöpfers
kamen. Aber wie sie bald nachher geworden und
bisher geblieben sind, findest du sie unerträglich.
Sie prahlen auf Vernunft, der sie niemahls folgen,
und bewundern die Tugend desto mehr, je weniger
sie Lust haben sie auszuüben. Sie sind aufgeblasen und übermüthig, wenn es nach ihrem Sinne
geht, und kriechen muthlos am Boden, sobald ihnen
etwas widriges aufstöfst. Sie schweifen immer aus
sich selbst hinaus, und suchen die Glückseligkeit
allenthalben, wo sie nicht ist. Die Wahrheit hat
kein Ansehen bey ihnen. Der schändlichste Irrthum
gefällt ihnen in einer schönen Larve besser, als die
Wahrheit, die ungeschmückt am schönsten ist. Sie
hassen sich um Gottes willen, den sie nie glauben,
aufser wenn sein Donner sie an ihn erinnert; oder
wenn sie im Angesicht des Todes vom Bewufstseyn
ihrer eigenen Thaten, wie von Furien mit Schlan-
genpeitschen, vor seinen Richterstuhl geschleppt
werden. Sie machen unaufhörlich Gesetze, und
untersuchen was recht ist; sie machen Gesetze, die
ihre Leidenschaften bändigen sollen, und diese Leidenschaften sind die einzigen Gesetze ihrer Hand-
lungen. Viele scheuen sich nicht, im Angesicht
des Himmels und der Erde Bösewichter zu seyn;
und die übrigen, die noch erröthen können, haben
zur Verhehlung ihrer Schande falsche Tugenden
ersonnen, und sie an die Stelle der wahren gesetzt,
von der sie weder Gefühl noch Kenntnifs haben.

Die Elenden! Die Religion selbst, die ihnen eine Ewigkeit voll Wonne zum Sold anbietet, wenn sie das thun wollen, was sie aus Eigennutz thun müßten, wenn auch kein Himmel wäre, — die Religion selbst hat sie nicht vermögen können, weise zu werden. Welch eine Unordnung, welch ein Getümmel von moralischen Dissonanzen ist diese menschliche Welt! Was für ein glorreiches Geschöpf wäre der Mensch, wenn er wäre, was er seyn soll! der Engel der Erde. Aber was ist er jetzt, da es dem Vieh selbst eine Schande ist, mit dem Menschen verglichen zu werden! Da er aus einem weisen, gutthätigen, zärtlichen Wesen in ein grausames, stolzes, schädliches Ungeheuer verwandelt ist, das die Natur nicht für ihre Geburt erkennt, und gern in den Abgrund ausspeyen möchte, wo es allein seines gleichen fände!"

Genug, genug, Alcest! du könntest noch Tage lang aus diesem Gesichtspunkt und in diesem Ton auf die Menschen schmählen. Aber was folgerst du aus dem allen?

„Was anders, als daß es die Hölle einer redlichen Seele ist, unter solchen Scheusalen zu wohnen, und entweder schweigend, wie eine Statue, die man nicht scheut, ihren schändlichen Thaten zuzusehen, oder sich, wenn man den Mund öffnet, alle Augenblicke ihrem dummen Hohn, ihren sofistischen Künsten, und ihrer tückischen Rachsucht auszusetzen? Kann man Verstand und Redlichkeit haben,

und hierbey gleichgültig bleiben? Nein! Ich will
nicht, daſs mich ein vergeblicher Eifer fresse. Ich
will in eine Einöde gehen, in unzugangbare Wild-
nisse, wo das Gras niemahls unter den Tritten dieser giftigen Thiere verdorret ist. Löwen und Tie-
ger mögen ihr Lager daselbst haben, Schlangen und
Drachen mögen um mich her zischen; vom Anblick
der Menschen erlöst, will ich mich in einem Paradiese glauben."

Und dieſs ist also dein Entschluſs? So willst du
deine Umstände verbessern? Durch deine eigene
Weisheit den Fehler der Vorsicht verbessern, die
dich unter die Menschen gesetzt hat? Ohne Zweifel
wirst du die Wunder des Orfeus noch weiter treiben, und die wilden Thiere durch die magische
Gewalt deiner Filosofie geschickt machen, deine
Gesellschaft zu seyn. Denn, glaube mir, wofern
du niemand hast dem du deine Betrachtungen entdecken kannst, niemand der dich billigen oder lieben kann, so wirst du sehr lange Weile haben.
Gleich den Liebhabern in Romanen mit den Bäumen zu reden, ist nur eine kleine Zeit angenehm.
Aber verstatte wenigstens zuvor, daſs ich dich frage,
was die Veranlassung zu dieser Erbitterung gegen
das menschliche Geschlecht gewesen sey. Bekenne
nur offenherzig, du bist von einem Niederträchtigen
verleumdet worden, von einem Menschen, dem
jedermann gesunde Vernunft und Redlichkeit ab-
spricht, und der doch Leute gefunden hat, die ihm

glaubten. Diefs hat deine Galle so aufgebracht!
In der That eine schwarze Handlung, aber welche
keinen solchen Sturm in einem Weisen hätte sollen
erregen können. Denn du siehest leicht, dafs es
sehr unbillig ist, den Zorn, den ein einziger verdient hat, alle übrigen ohne Unterschied entgelten
zu lassen.

Ja, sprichst du, wenn ich nicht wüfste, dafs
die übrigen eben so schlimm wie dieser sind. Was
ist gegen die Wahrheit des Gemähldes einzuwenden,
das ich von den Menschen gemacht habe?

Vielleicht sehr viel. Aber antworte jetzt nur auf
diese Frage: Giebt es keine tugendhaften Menschen
auf der Welt? — Ja, antwortest du, aber es sind
ihrer so wenig, dafs sie gegen die schlimmen in
keine Betrachtung kommen. Du urtheilest sehr
schnell. Ein einziger Tugendhafter kommt gegen
eine ganze Hölle voll Bösewichter in Betrachtung.
Aber warum machst du die Zahl der Redlichen so
klein? Kennst du nicht selbst verschiedene? und
sind es diejenigen desto minder, die du nicht kennst?
Wie wenn ihre Zahl in den Registern des Himmels
viel gröfser wäre? Und sollte nicht ein einziger
Tugendhafter einem wohl beschaffnen Geiste so viel
Vergnügen geben, dafs der Anblick von zehn Bos-
haften es nicht sollte vermindern können? — Lafs
mich freymüthig reden, Alcest, du liebest die
Freymüthigkeit an dir selbst — Hat nicht eine Leidenschaft, die vielleicht unedler ist als du denkst,

dein inwendiges Auge benebelt? Du kennst doch
die Natur der Leidenschaften. Sie vergröfsern, sie
leihen den Sachen ihre eigene Gestalt, sie sind die
ältesten und künstlichsten Sofisten. Von Leidenschaft erhitzt, sieht der Anhänger Mahomeds in
der blutigen Schlacht den Himmel voll schwarz-
augichter Mädchen; im Affekt sieht und hört der
Furchtsame lauter Gespenster um sich her; im Affekt
siehest du eitel Thorheit und Laster, eitel Unordnung in der Welt. — Ist sie dir allezeit so häfs-
lich vorgekommen? — Du erröthest! Erst gestern
schien dir alles blühend, da du von der schönen
Delia kamst; alles war Himmel um dich her, du
träumtest lauter Unschuld und Zärtlichkeit. Die
Welt ist gleich unschuldig, wenn du sie für schöner, als wenn du sie für häfslicher hältst als sie ist.
Nimm sie für das was sie ist, und gewöhne dich,
sie mit dem Auge des echten Christen anzusehen,
und sie wird wieder zu einer paradiesischen Schönheit vor dir aufblühen. Diefs ist mehr als blofse
Weltweisheit kann. Diese kann uns geduldig,
die christliche Weisheit allein kann uns vergnügt
machen. Meinest du, der Schöpfer würde diese
Erde nur einen Augenblick vor seinem Angesicht
dulden, wenn er nicht eine ihm gefällige Schönheit, eine überwiegende Güte in derselben fände?
Glaubest du, der Sohn Gottes sey vergebens herunter gestiegen, sich eine unsichtbare Gemeine von
Heiligen zu sammeln, damit die alten Ansprüche
des Himmels an die Erde gültig blieben? Schäme

dich deines unbesonnenen Eifers, der die Gottheit
schmähet, da er nur die Menschen zu tadeln
glaubt. — Und wie verträgt sich diese Verbitte-
rung gegen das menschliche Geschlecht mit der
Güte, welche du von dir selbst fordern solltest,
da du an andern den Mangel derselben so streng
verdammest? Ich fordre nicht von dir, ein Menschenfreund zu seyn, so lange du sie hassenswürdig
findest. Aber als ein Weltbürger darfst du
keinem Insekt Unrecht thun. Wenn du also deine
Beschuldigungen nicht auf alle und jede Menschen
erweisen kannst; wenn es sich befindet, dafs der
Mensch eine schöne Seite hat, welche die unvoll-
kommne bey weitem überglänzt, und dafs die Quellen der moralischen Übel vielmehr Mängel sind als
Bosheit: so würdest du, nach dem Ausspruch deines
eigenen Herzens, ein sehr ungerechtes Geschöpf
seyn, und es würde niemand weniger als dir anste-
hen, so unbarmherzig auf die Sterblichen herab zu
donnern. Verstatte mir in diesem Augenblick dein
Gewissen zu seyn, und dich an dich selbst zu
erinnern. Siehe in dein Leben zurück, und sage
mir dann, ob du läugnen kannst, dafs auch du zu
den Menschen gehörst? Wie viel Thorheit wird
diese Selbstbeschauung in deinem eigenen Busen
entdecken! Vielleicht findest du bey genauer Unter-
suchung, dafs das menschliche Geschlecht erst alsdann so verachtet zu werden verdiente, wenn ein
jeder nach dem Verhältnifs seiner Kräfte und der
Gelegenheiten, die er zu seiner Selbstverbesserung

hat, noch ein so grofses Mafs von Fehlern hätte
wie du.

Ich sehe, wie beschämt dich diese Betrachtung
macht. Ich will dich nicht noch mehr zu Boden
drücken. Aber ich hoffe, dafs du jetzt an den
göttlichen Lehrer der Christen denken werdest, der,
gewifs aus tiefer Einsicht in die Natur des Menschen, seine Jünger so stark zur Demuth ermahnet.
Demuth, oder Selbsterkenntnifs, ist das beste Gegen-
gift gegen eine Misanthropie wie die deinige; die
zwar aus Eifer für das Gute entspringt, aber vom
Stolz zu einer Leidenschaft aufgeschwellt wird, die
den Menschen schändet, und eine Art von Empörung gegen die Vorsicht ist.

3.

In einer mitternächtlichen Stunde, als meine Seele
in stille Schatten gehüllt umher gleitete, hörete sie
mit dem inwendigen leisen Gehör, womit sie die
Hymnen der Natur, und die noch zartere Stimme
vernimmt, die bey jeder Idee oder Handlung uns
Beyfall giebt oder tadelt, einen Streit zwischen
zwey Geistern, welche um das Haupt der schlummernden Sacharisse schwebten. Der eine war

leicht für einen guten Engel, und für ihren Beschützer zu erkennen ; aber den andern verrieth sein
schweflichter Glanz und eine Miene voll tückischer
Bosheit, daſs er einer von denen sey, welche im
Finstern umherschleichen, um das reine Herz der
Unschuld zu beflecken.   Denn eine jede Seele,
o Sacharissa, ist von zwey Genien umgeben.
Der eine, ihr Freund und getreuer Wächter, ist
unablässig bemüht, sie unverletzt durch die Irrgänge
des Lebens zu leiten; er wirkt durch geheime Ein-
flüsse in den edelsten Theil der Seele, wo er die
Vernunft stärket, und sich von da ins willige Herz
ergieſst.   So süſs ist nicht dem zärtlichen Jüngling
die Stimme der Geliebten, noch der liebenden Mutter
das Stammeln des Kindes, das um ihren Busen lächelt,
als seine ätherische Stimme sanft säuselnd ins Herz
hinab tönt, wenn er eine gute That mit inwendigem
Beyfall belohnt, und der in sich selbst gesammelten
Seele ein Triumflied singt.   Unter seinen Flügeln
im Bewuſstseyn der Unschuld ruhen, ist lieblicher,
als in Bächen sinnlicher Freuden schwimmen.   Von
ihm kommt es, schöne Sacharissa, wenn du
durch ein wunderbares geheimes Gefühl gewarnet
wirst, Gedanken in deinem Gemüthe Platz zu geben,
welche den holden Frieden deiner Seele zerstören
könnten.   Von ihm kommt die Bestrafung, die du
auf deinem nächtlichen Lager fühlst, wenn du einen
Tag zum Opfer der Eitelkeit abgeschlachtet, oder
aus allzu groſser Gefälligkeit, wider deinen eigenen
Geschmack, Thorheiten, die der Gebrauch nicht

rechtfertigen kann, mitgemacht hast. Glücklich,
wenn du einen solchen Beschützer nie von dir ver-
scheuchest, noch dein leicht verwundetes Herz dem
tückischen Dämon aussetzest, der immer, bald
näher, bald entfernter, nach dir schielt, und auf
Gelegenheit lauert, irgend einen unverwahrten Zugang in deine Seele zu finden. Und wie leicht ist
diefs möglich, da er die gefährliche Gabe besitzt,
gleich dem betrüglichen Witz, allerley Gestalten
anzunehmen! Wie oft versteckt er sich hinter eine
Schar von Jugendfreuden, die er unschuldig nennt,
und lauert wie der Skorpion unter Blumen! Lafs
dich nicht durch seine glatten Worte verführen!
Durch solche verführte einer seines gleichen die
unschuldigste unter allen Weibern. Nur dann bist
du unschuldig, wenn du dein Herz mit Freuden
vor dem Allwissenden ausbreiten kannst; wenn keine
Schwärmerey eitler Begierden, keine unbesonnenen
Wünsche, keine Ungeduld, kein Stolz über Vorzüge,
die auf der Wage der Weisheit von einem Sonnenstaub überwogen werden, deinen Geist beflecken.
Glaube nicht dem Unbedachtsamen, der dich geist-
reich nennt, weil deine Augen mit ihren lieblichen
Blitzen sein Herz geschmelzt haben, und dich tugend-
haft glaubt, weil er sich beredet, dafs in einem blendenden Busen nothwendig die schneeweifse Unschuld
wohnen müsse. Du bist edel, weil du Begierden
in dir fühlst, den erhabensten Vorbildern der Tugend
nachzueifern. Aber du bist noch weit entfernt sie
erreicht zu haben, wenn du ihnen schon diese oder

jene Empfindungen abgelernt hast. Eine Klarissa,
eine Byron oder Amalia, ist die höchste Zierde
der Menschheit; sie schwebt zwischen der englischen und menschlichen Natur in der Mitte. Du
hast alle ihre Zärtlichkeit, Sacharissa, strebe
auch nach ihrer Gröfse. Jene ist eine Gabe der
Natur; diese kann und mufs dein eigenes Werk
seyn. Zärtlichkeit des Gemüths ohne Stärke, ohne
Grofsmuth, ist Weichlichkeit; ein Rohr, das von
jedem Winde bewegt wird. Aber eine Seele, die
sich eine erhabene Art zu denken angewöhnt hat,
hört ungereizt die Stimme der Freuden, die an
ihre Ufer zu einem wollüstigen Tode einladen, und
stehet unerschüttert im Sturm, wie eine Ceder Gottes, deren Wurzeln in die Tiefe hinab reichen.
Und wie kann eine Seele anders als grofs seyn,
die ihren Adel bedenkt, die diesen Erdenklos gegen
jene himmlischen Welten, und Tage, die wie ein
Schatten dahin geben, gegen die Ewigkeit abgewogen hat? Was hat denn Eitelkeit und Wollust
einer solchen Seele anständiges anzubieten? Was
hat ein Stäubchen für ein Verhältnifs gegen den
Himmel? Mufs nicht, wenn du so denkst, die
getreue Ausübung der kleinsten Pflicht dir ein
gröfseres Vergnügen geben, als jene flatternden Seel-
chen zu kennen fähig sind, die immer aufser ihrem
eigenen Bezirk in den Auen der Thorheit herum
irren, und alle Dinge um sich her mit trunknem,
ungewissem Auge angaffen? Nein, Sacharissa;
der neidische Dämon soll nicht triumfieren, dich in

diese Labyrinthe hinein gezogen zu haben. Du wirst
unverwandt dein Ohr nach der sanften Stimme der
Weisheit lenken, und den Weg mit immer stärkern
Schritten fortwandeln, auf welchem Ruhe und Zufriedenheit unter deinen Tritten blühen, und tausend Serafim, von deiner demuthsvollen Tugend
angelockt, um dich her schweben, und einen Kreis
um dein Herz ziehen, durch den kein Übel dringen kann.

4.

In welchen Gefilden irrest du jetzt, von der Morgenröthe umgeben, o Cyane? Welche Schatten,
welche selbstgewachsene Laube bedeckt dich? Welche Blume zieht dein immer heitres Auge auf ihre
sittsame einfärbige Schönheit, als ob sie sich sehnte
an deinem Busen aufzublühen? — Oder hörst du
still lauschend der wirbelnden Lerche zu, die ihre
frohen Gefühle, Hymnen dem Gott der sie zur
Freude empfindlich schuf, dem Tag entgegen singt?
Wie zufrieden lächelt dein denkendes Antlitz, aus
dem eine ungeschminkte Seele glänzt! Wie verschönert sich die Natur um dich her, da dein Geist
die Gegenwart seines Schöpfers fühlt, die Gegenwart

des unsichtbaren Geniü's der ganzen Welt,
dessen Athem alle diese Kräfte der Natur bewegt,
und nahmenlose unzählbare Lieblichkeiten über alles
Sichtbare ausbreitet! Wie froh wandelst du in diesen einsamen Gebüschen! Deine Empfindungen antworten, gleich der Nymfe in Felsen, den Stimmen
der Natur, die dich zum süfsen Gefühl deines
Daseyns erwecken. Keine Sorge, keine lüsterne
Begierde, bewölkt den reinen Himmel deiner Seele.
Unentweiht von den Sitten der verdorbenen Welt,
kennest du kaum die Nahmen der Verstellung, der
Ziererey, der geschminkten Tugenden, und der
schlauen Künste städtischer Buhlerinnen, — Buhlerinnen um Ruhm oder Wollust. Du entbehrest
leicht, mit deiner eignen Anmuth gezieret, ihren
erbettelten Gothischen Putz. Ungesehen, wie diese
balsamische Feldrose im Gebüsche blüht, unbewundert, ohne Verlangen nach Ruhm, blühest du. Du
weifst nicht, du schöne Unschuld, dafs du Zeugen
um dich her hast. Ich sebe sie ihr goldlockiges
Haupt aus Purpurwolken herab neigen, oder gleich
Frühlingslüften an deiner Seite hinschweben; sie
lächeln dich brüderlich an. — Denn Engel umgeben allezeit die Unschuld, Engel bewachen die
Seelen, deren himmlische Nahmen im Buche des
Lebens schimmern. Wie oft empfindest du ihre
leisen Eingebungen! Ergetze immerfort, o Cyane,
ihr Auge; beschäftige sie unaufhörlich mit deinen
frommen Thaten; denn sie sind befehligt, sie alle
aufzuschreiben. Die kleinste Handlung, die ein

reines Herz, eine zärtliche Sorgfalt die Pflichten
unsers Berufs zu erfüllen, zur Quelle hat, ist wichtig in den Augen des Ewigen, der unser Richter
seyn wird.

5.

Warum weinest du, Glycera? warum blickt deine
sonst immer lächelnde Anmuth wie ein verblühender Frühling aus feuchten Wolken hervor? Warum
fliehst du die gesellige Freude, und suchest den
melankolischen Hain, wo niemand deine Thränen
tadelt? — Ach! du beklagst eine verlorne Freundin.
Vor wenigen Stunden blühte sie wie eine Morgen-
rose; da pflückte sie plötzlich der Tod, und sie
verdorrete wie eine Rose im Mittag. Eine Gesund-
heit, welche Unsterblichkeit zu versprechen schien,
die regeste Munterkeit, die frischeste Blume der
Schönheit, konnten sie nicht vorm Grabe bewahren.
Sie, die vor kurzem alle Augen ergetzte, in allen
Jünglingen Verlangen und Liebe anzündete, von
allen bewundert oder beneidet wurde, sie ist nicht
mehr! Das schmelzende Feuer ihrer Augen ist ver-
loschen, die Farbe ihrer Wangen gleicht der welken
Lilie, alle ihre lächelnden Grazien sind verschmach-

tet! Dieser Leib, in dem die Natur ihre schönste
Idee ausgebildet zu haben schien, ist schon ein
moderndes Scheusal, eine Speise der Würmer. Und
wo ist nun die Schönheit, welche deine Gespielen
an ihr beneideten? die Schönheit, wegen welcher
ihre Schmeichler sie bald Leda bald Venus nann-
ten? — Du staunest, Glycera! Ein ahnender
Schauer erschüttert dein zartes Gebein. Die Schatten um dich her werden dir zu Todesgestalten, und
du hörest aus dem rauschenden halb entblätterten
Gebüsche die Stimme deiner Freundin, die dir
zuruft: Folge mir! — Ach! Glycera, was sind
diese Farben, diese stolze Bildung? Eine gemahlte
Speise der Augen, und wie oft ein Köder lüsterner,
nach Wollust wiehernder Blicke; eine Nahrung der
Eitelkeit, oft ein Raub des Lasterhaften, und eine
Verrätherin der Unschuld. — Und wie flüchtig,
wie vergänglich ist sie ihrer Natur nach! Eine
glänzende Seifenblase, ein buntes Nichts. — Wache
auf, Seele! Unsterbliche, Erbin der Ewigkeit, wache
auf! Schwinge dich über diesen blühenden Staub
und erkenne deinen Adel. Die Tugend ist die
Schönheit des Menschen, eines Geschöpfs,
das, über die unbeseelte und thierische Welt erhaben, von einer Seite den Geistern des Äthers verwandt ist. Verachte, o Glycera, diese Würmer-
seelen, die, von niedrigen Begierden gedrückt, auf
deinen Wangen kriechen; sie mißkennen sich selbst
und dich! — Siehe, diese Welt ist nicht wie die
Träume der wollüstigen Jugend sie zaubern. Sie

vergeht mit ihrer Lust. Die Betrügerin verspricht dir beständige Freuden, und bezahlet deine
Erwartung mit Reue oder Überdruſs. — Laſs das
Grab deiner Freundin dich Weisheit lehren. Weise
seyn 'in der Blüthe des Lebens, wenn jede Ader
nach Vergnügen lechzet, wenn tausend Sirenen die
leichtsinnige Seele an ihre tödtlichen Ufer laden;
alsdann weise seyn, eh' uns die Erfahrung zu spät
weise macht; — o das ist ein Triumf für die
Serafim, die immer unter uns wandeln, und die
ich oft in nächtlichen Stunden höre, wenn sie, in
traurige Wolken verhüllt, den Fall der Unschuld
und die Verblendung unsterblicher Seelen, deren
Wächter sie sind, auf weinenden Lauten bejammern.

Komm, Glycera, laſs uns das Grab unsrer Ver-
storbnen besuchen! Du stiller Mond, neige dein
umschleiertes melankolisches Antlitz aus dem herbst-
lichen Duft herab, und zeig uns den Weg. Hier
in dieser feierlichen einöden Stille, wo die Nacht
und der Tod unter zerstreuten Gebeinen schlummern, auf den Gräbern der Christen, die einst auf-
erstehen werden, hier laſs uns mit unsrer Seele
einen Bund machen! Engelgestalten schweben balb
sichtbar, mit Schatten vermischt, um uns her. Der
Ewige, unser Richter, hört uns zu. Laſs uns ein
feierliches Gelübde thun, weise zu seyn, und für
die Ewigkeit zu leben! Laſs uns diese kindischen
Eitelkeiten mit Füſsen treten, bey denen die Thoren Ruhe für ihre Seele suchen und nicht finden!

Sie mögen, vom Wein des Unsinns trunken, uns als Einfältige und Narren verlachen; genug, dafs wir den Beyfall des Himmels haben, und, was sie niemahls seyn werden, glücklich sind.

6.

Was liesest du hier, Aedon, das ein so vergnügtes Lächeln in deinem Gesicht erregt, und den Schlaf von deinen Augenliedern entfernt, obgleich die äufsersten Sterne schon sinken? Es sind Anakreons Oden. Du bist entzückt über diesen Liebling der Natur, in dessen Liedern die feinste Wollust und die naivsten Grazien athmen. Du hast ihm eine gute Gesellschaft auf deinem Pulte gegeben. Hier liegt Tibull, dort Chaulieu; Gay und Prior, deine Vertrauten, liegen mit andern Dichtern, deren Muse die Freude ist, in angenehmer Unordnung zerstreut. Eine lächelnde Tiefsinnigkeit verkündigt mir, was jetzt in deiner Seele vorgeht. Du siehst die Welt aus einem lustigen Gesichtspunkte, lauter Myrtenhaine, Rosenlager und ewiger Frühling, willige Mädchen, Faunen und tanzende Mänaden, und Nachtigallen, deren Sirenengesang zur Liebe einladet. — Ein solches Gesicht, allzu poetischer Jüngling, breitete die Gegnerin der Tugend vor dem

Herkules aus, da er gedankenvoll auf dem Scheide-
weg saſs, und, was du noch nie gethan, mit Ernst
darauf dachte, wie er leben wolle. — Höre, (wenn
dich anders die Fantasie nicht schon so weit von
der Weisheit abgeführt hat, daſs dich Anakreon
ein We i s e r dünkt) höre die Stimme eines Freundes, welcher frühzeitig den reitzenden Gefahren
entronnen ist, denen du zueilest. — Ein dichtri-
scher Jüngling, dem die Natur ein feines Gefühl
für ihre Schönheiten und einen Überfluſs an Witz
gegeben, ist mehr als irgend ein andrer benöthigt,
ein Schüler der echten Weisen zu seyn. Je weiter
die Grenzen des Witzes werden, desto enger wird
das Gebiet der Vernunft. Und die Vernunft muſs
doch in einem Geschöpfe herrschen, welches mehr
als das schönste Thier ist. Der Rath, den ich dir
gebe, hat nichts unangenehmes. Ich erlaube dir
den S u a r e z zu verspotten, ob du ihn gleich nicht
kennest. Ich will dich nur zu einem gröſsern
V i r t u o s o machen. Du sollst das ganze Reich
der Schönheit durchreisen, und dich überzeugen,
daſs es höhere Schönheiten giebt, als Rosenwangen
und milchweiſse Busen ; daſs es höhere Freuden
giebt, als die von den Lippen der Mädchen und
aus sprudelnden Gläsern winken; daſs die Weisheit, die Tugend, die Unschuld unsre höchste
Bewunderung und Liebe verdienen. Aber was
sage ich ? Was bedeuten diese Nahmen ? Was ist
Weisheit? Was ist Unschuld? Unsere Zeiten haben
eine neue Sprache angenommen. Anakreon ist ein

Weiser, und Leontium unschuldig. So schief und
schwindlig dachte man nicht, als Xenofon und
Plutarch noch ihre Schüler hatten. Von diesen, von einem Plato oder Schaftesbury, lerne
was Natur und Tugend ist, und gieb dir, ich
beschwöre dich bey dieser Liebe zum Vergnügen,
die in deiner Brust wallet, bey den unsterblichen
Begierden deiner Seele nach Glückseligkeit, gieb
dir nur halb so viel Mühe vernünftig denken zu
lernen, als sich eine deiner unschuldigen Nymfen
giebt, ihre feile Schönheit auszulegen. Widerstehe
den Reitzen der sinnlichen Schönheit, damit du
nicht in Gefahr kommest, eine Circe so sehr zu
schätzen als eine unschuldvolle Lavinia. Soll Witz,
Schönheit und Anmuth geliebt werden, ohne daſs
man frage, ob ein rechter Gebrauch von diesen
Naturgaben gemacht worden sey? Soll Ovid aufhören abscheulich zu seyn, weil er reitzend ist?
Welch eine Verwirrung der Ideen! Welche Verkeh-
rung der Natur und wahren Gestalt der Dinge! —
Erwache aus deiner Verblendung! Der Witz, wenn
er nicht ein Aufwärter der Wahrheit ist, ist ein
Teufel in einen Engel des Lichts verkleidet. Er raubt
mit frevelnder Hand die keuschen Schönheiten der
Natur, um die Thorheit damit auszuschmücken. —
Wenn du so empfindlich für die Vergnügungen der
Einbildungskraft bist, Aedon, hat denn die wahre
Unschuld, die Rechtschaffenheit, die Religion keine
Grazien? Oder ist es unmöglich, sie in einer gefal-
lenden Gestalt, in ihrem vortheilhaftesten Licht und

mit lieblichen Farben zu schildern? Aber diese
leichtsinnigen Kupidons, diese Lehrer der Kunst zu
küssen und zu trinken, haben dir einen Geschmack
an der Tändeley eingeflöfst, der dich gegen die
ernsthaften und frommen Musen gleichgültig macht.
Schäme dich deines verwöhnten, unedeln Geschmacks!
Erweitre deine Seele und lehre sie ernsthaft seyn,
wenn du die Welt und jedes Ding in seinem wahren und schönsten Licht und Ebenmafs sehen willst.
Ein frommer Alter hat der mifsbrauchten Dichtkunst
ihren rechten Nahmen gegeben, da er sie den
Wein der Teufel nannte, womit sie unbesonnene Seelen berausche, um sie, wie durch einen
Zaubertrank, in niedriges Vieh zu verwandeln.
Aber Beredtsamkeit und Witz, wenn sie in weisen
Händen zum Dienst der Wahrheit zugerichtet werden, sind ambrosische Früchte, eine liebliche und
gesunde Nahrung der Seelen. Wie verdient macht
sich der nicht um die Menschen, der neue Reitzungen in der Tugend entdeckt! Der uns die streng-
sten Pflichten zu lieben nöthigt! Der unsre Fantasie
mit grofsen, himmlischen Bildern anfüllt, unsre
Affekten heiliget, und uns durch die Neigung zum
Vergnügen, die uns gemeiniglich von der Tugend
hinweg lockt, zu ihr zurück führt! — Wenn du
ein dichterisches Feuer in dir fühlst, so habe den Ehrgeitz solche Lorbern zu verdienen, oder schweige.
Denn es wird eine Zeit kommen, da diese wollüstigen Weisen richtiger denken, und wünschen werden, damahls keinen Witz gehabt zu haben, da sie

Nachtigallen schrieben, und in Lydischen Tönen
zur Weichlichkeit und zum Entschlummern am Busen
der Venus einluden. Lafs die Worte des weisen
Griechen etwas bey dir gelten, Aedon! die Musen
sind nie schöner, als wenn sie Aufwärterinnen der Tugend sind; oder dein Witz
werde so oft du schreiben willst, zu Wasser; deine
Feder gebe lauter geistlose Reime und platte Gedanken hervor; wenn du scherzest, so gähne dein Leser,
und schlafe wie berauscht ein, wenn du ihn zum
Trinken aufforderst!

7.

Welch eine Mischung von zärtlichen Affekten drückt
dein Gesicht aus, anmuthsvolle Maja? In der Stille
dieser nächtlichen Stunden hast du die rührende
Geschichte der frommen Klementina gelesen.
Sympathetische Thränen gleiten von deinen schönen
Wangen, und seufzende Wehmuth regt dein klopfen-
des Herz. Ich sehe dich, ob du mich gleich nicht
siehest, ich bewundre die mitleidige, tugendhafte
Zärtlichkeit deines Herzens. — Aber, o erlaube
dem, der deine Seele liebt, (du wirst ihn erst in
einer andern Welt kennen lernen) erlaube ihm nach

den innersten Empfindungen seines Herzens mit dir
zu reden, und die Vorstellungen in dir zu erregen,
die er, vielleicht aus allzu sorgsamer Freundschaft,
dir am nöthigsten glaubt; Gedanken, die dir nicht
fremd sind, und welche allein Gewicht genug haben,
eine feste Tugend in einer weichen Seele aufzu-
richten. — Stille den Lauf dieser allzu willigen
Thränen! Hänge diesen schmelzenden Empfindungen
über die unglückliche Liebe deiner K l e m e n t i n a
nicht länger nach! — O nenne sie nicht unglücklich! Sie, der ihr Gewissen mit der Stimme eines
Serafs, mit einer Stimme, die Todesqualen zu Entzückungen machen könnte, sagt: Du hast die gröfste
aller Pflichten erfüllt! Du hast deinen Gott über
alles geliebt! über alles, da du ihn mehr liebtest
als einen Freund, dem Kronen keinen mehrern
Werth geben konnten. — Hier M a j a, hier laſs
dein ganzes Herz Empfindung werden! Hier mögen
Thränen der Entzückung in dein Auge dringen, der
Entzückung darüber, daſs die menschliche Seele so
grofs seyn kann! Welch ein Beyspiel! So stark,
so heroisch, und doch so zärtlich, so empfindlich,
und in Liebe glühend! Aber, wie ein siegreicher
Engel, steht sie auf den Empfindungen von Staub,
und tritt die eigennützige Leidenschaft mit Füſsen.
Ein solcher Sieg, das Bewuſstseyn einer solchen
That, muſs eine Erquickung in der letzten feierlichen Stunde seyn. Wenn alle irdischen Dinge
den Glanz verlieren, den unsre Affekten ihnen gaben;
wenn uns selbst vor denen Freuden ekelt, die n u r

unschuldig waren; wenn wir traurig in tausend
leere verscherzte Stunden zurück sehen, die uns
nicht in die Ewigkeit begleiten, weil sie mit keiner
guten That bezeichnet sind; ach Maja, dann ist
das ein tröstendes, ein seliges Bewufstseyn, wenn
wir uns erinnern, dafs wir Den über alles geliebt
haben, nach dessen Anschauen wir uns jetzt sehnen;
dafs wir mit unverfälschter Absicht uns bestrebt
haben, Ihm zu gefallen, und unsre Wünsche unter
seinen Willen zu demüthigen. — Ein Herz, wie das
deinige, ist der Welt ein Beyspiel schuldig. Lafs
deine Zärtlichkeit nur der Tugend geheiligt seyn!
Mache dich stark, und lege um diese allzu zarte
Brust, wie einen diamantnen Schild, den grofsen
Gedanken: Ich bin für die Ewigkeit erschaffen. Lafs deine inbrünstigsten Empfindungen nur
zu Gott hinauf flammen. Hebe deine begierigsten
Blicke immer in jene Welten, von denen nur wenige
verirrte Strahlen aus der Tiefe dieses nächtlichen
Himmels dein Auge entzücken. Diese Welt würde
dein redliches Herz nur betrügen. Sie hat nichts,
was wahrhaftig glücklich machen könnte! Verschmähe ihre Lockungen, ihre Versprechen, ihre
rauschenden Freuden. Träume nicht willkührliche
Glückseligkeiten, die sich vielleicht in Plagen ver-
wandelten, wenn sie dir zugestanden würden.
Lege dich unbesorgt in den Arm der Vorsicht.
Lafs das Schicksal, das Gott für dich bestimmt,
das lafs dir willkommen seyn. Wisse, das Tugend nichts anders ist, als ein tapfrer, unermüdeter,

grofsmüthiger Streit, mit dem unedlern und sterb-
lichen Theil unser selbst. Nur dem, der bis ans
Ende aushält, nur dem Überwinder wird die
Krone zuerkannt.

8.

Wie zufrieden lächelt diese Mutter auf den zarten
Knaben, der unter den Lilien ihres keuschen Busens
weidet! Bald heben sich ihre entzückten Blicke
aufwärts, indem stille Gebete aus ihrem Innersten
zu Gott aufsteigen, bald sinken sie wieder auf den
Säugling, in dessen Gesichte die erste Morgenröthe
einer schönen Seele zu glühen scheint. Lange
schaut sie ihn an, wie ein Schutzengel, von ätherischem, obgleich unsichtbarem Schimmer umflossen,
dich, schöne C.. ansieht, wenn du, von deiner
Unschuld bedeckt, an der einsamen Quelle schlum-
merst; er betrachtet unverwandt die holdselige
Majestät der frommen jungfräulichen Seele, die aus
der blühenden Gestalt wie aus einem reinen Krystall
hervor scheint. So lächelt die tugendhafte Mutter
auf das Kind ihres Herzens, und freuet sich, dafs
durch sie die Zahl der Verehrer Gottes, der Christen und zukünftiger Engel, vermehrt werden soll.
Jetzt denkt sie nach, wie sie, sobald sein zarter

Leib fester geworden, und die junge Seele aus der
ersten Betäubung sich erhohlt und sich selbst zu
fühlen angefangen hat, wie sie die Triebe, welche
der Schöpfer in dieselbe gelegt, entwickeln und
bilden wolle; wie sie seine Zärtlichkeit zu Menschenliebe, seinen Stolz zu Grofsmuth, seine Neu-
gier zu Wahrheitsliebe erhöhen wolle. Sie staunt,
und sinnt auf anmuthige Fabeln und rührende Erzählungen, in welche sie die Wahrheit verhüllen will,
damit ihr blendender Glanz die zarte unerfahrne
Seele nicht verletze; sie gelobt auf sich selbst immer
wachsamer zu seyn, damit keine Geberde, kein
Wort, keine Handlung die Bildung dieses weichen
Herzens durch schädliche Eindrücke verunstalte.
Ihr Leben soll ihm zeigen, was Tugend ist,
und wie liebenswürdig sie ist. Ach! mit welchem
süfsen Erstaunen, so denkt diese würdige Mutter,
wird er mich hören, wenn ich ihm sage, was der
Mensch ist, in welch eine Welt er gesetzt ist,
und dafs ihn ein unaussprechlich wohlthätiger
Geist darein gesetzt hat. Wenn ich im blumigen
Gefilde seine jungen Tritte leite; wenn er mit
reger, fröhlicher Munterkeit von einer Blume zur
andern hüpft, und ihre vielfache Bildung und Farben mit sprachloser Verwunderung bey sich selbst
vergleicht; wenn ihn alles anzulächeln scheint;
wenn er voll Entzückung die süfsen Geister der
Rose in sich athmet: dann will ich mich unter
die Blumen setzen, und den zärtlichen Knaben an
mein Herz drücken, und sagen: Siehe, mein Kind,

diese schönen Auen waren vor wenigen Wochen
mit Schnee bedeckt, diese grünen Bäume standen
ohne Schmuck, wie verdorret; diese ganze Gegend
schien vor Kälte verschmachtet zu seyn, und wir
alle hätten zuletzt in derselben verschmachten müssen. Aber ein gütiger, liebreicher Geist, der über
diesem Himmel wohnt, und seine Freude daran
findet, alle Lebendigen mit Freude zu erfüllen,
hat Mitleiden mit uns gehabt, und uns die warme
erquickende Sonne zugeführt. Sobald er diese Erde
anlächelte, grünten die Bäume, und tausend Blumen stiegen aus dem zarten Gras hervor, unser
Auge und unsern Geruch zu ergetzen, und mit uns
eine unzählbare Menge von Thieren zu speisen.
Und warum liebt uns der grofse Herr des Himmels
so sehr? Höre, mein Kind, wie grofs unsre Seligkeit ist! Alles was du hier um dich siehest, der
Himmel und die Erde sind das Eigenthum Gottes,
(mit diesem Nahmen nennen wir unsern grofsen
unsichtbaren Wohlthäter) alle diese angenehmen
Dinge, diese Auen, diese grünen Wälder, diese
lieblich singenden Vögel, diese Thiere, und wir
Menschen, alles was du siehest, alles was ist und
lebt, ist ehemahls n i c h t gewesen; und wir wären
jetzt n o c h nicht, so wie du vor wenigen Jahren
noch nicht warest, wofern nicht dieser Gott uns,
und alles was um uns ist, gemacht hätte. Und
jetzt liebet er uns, weil er unser Vater ist, und
er hat uns versprochen, uns ohne Aufhören immer
mehr Gutes zu thun, wenn wir ihn wieder lieben,

und uns befleifsigen, selbst gut zu seyn. Auf einige
Zeit hat er uns in diese angenehme Wohnung
gesetzt, und da giebt er uns alle Tage neue Proben
seiner Güte, damit wir ihn lieben, und uns bestreben immer besser zu werden, damit er uns immer
mehr Gutes thun könne; denn weil er selbst lauter
Güte ist, so kann er das Böse nicht leiden. —
Auf diese Weise will ich dieser jungen wissens-
begierigen Seele ihre Speise geben; aber nur die
Milch der Wahrheit, wie es sich für dieses Alter
schickt. Ich will sein Herz gewöhnen, nur die
Wahrheit, nur das Gute zu lieben; diefs ist die
beste Zubereitung einer menschlichen Seele zur Religion, welche die höchste Vollkommenheit unsrer
Natur, und die Quelle der Glückseligkeit ist. Wer
das Gute liebt, mufs auch Gott lieben, und wer
Gott liebt, verachtet alles, was ihn nicht zur Vollkommenheit befördert, weil er Gott desto mehr
lieben kann, je vollkommner er ist. Und so werde
ich dich, du süfser Liebling meines Herzens, zu
jeder Vollkommenheit bilden, wenn ich dich von
deiner zarten Jugend an zur Wahrheit und Ordnung
und Güte bilde. Hierin soll meine mütterliche Liebe
keine Grenzen haben. Sie wird nicht, wie die
kindischen Mädchen, welche zu früh Mütter werden, indem sie selbst noch unerzogen sind, sie
wird nicht aus blöder Gefälligkeit deiner Neigungen
schonen, wenn sie auch nur in ihren entferntesten
Folgen dir zum Schaden gereichen könnten. Sie
wird streng gegen die Gebrechen deines Tempera-

ments und gegen die kleinsten Ausbrüche des angebornen Übels seyn. Ich werde nie vergessen, daſs
du nicht mein Geschöpf bist; ob ich gleich deine
Mutter heiſse, sondern daſs du mir von Gott anbe-
fohlen bist, dem ich dich zuführen soll. Welch
ein Triumf wird es für mich seyn, dich an dem
groſsen feyerlichen Tage deinem Schöpfer darzu-
stellen, dessen Gnade meine treuen Bemühungen
unterstützt, und mich zu einem nützlichen Werk-
zeug, seine Ehre auf dieser Erde zu befördern,
gemacht hat!

In solche heilige Gedanken ergieſsen sich die
stillen Empfindungen dieses mütterlichen Herzens.
Eine solche Mutter zu seyn, ist die höchste Stufe
des weiblichen Ruhms. Entsaget der Eitelkeit und
der Ausschweifung, ihr Schönen; bearbeitet euern
Verstand, und erweitert euer Herz, daſs der groſse
Gedanke, nützliche Glieder der Gesellschaft zu
werden, darin Raum habe. So werdet ihr dem
Stande, in welchen ihr zu treten wünschet, gröſsere
Ehre machen, und unsre Kinder werden den Affen
weniger ähnlich seyn, und der Welt zu einem bessern Geschlechte von Menschen Hoffnung machen.

9.

O du, welche nur der Enthüllung vom Leibe bedarf,
um ein Engel zu seyn, schöne harmonische Seele!
desto schöner, da Demuth und bescheidnes Miſs-
trauen deine eigene Vortrefflichkeit vor dir verbirgt; erlaube, Selima, daſs mein Geist sich im
Stillen dir nähere, und dir helfe die Gedanken auf-
zuklären, die jetzt deinen seligen Geist erfüllen,
und ein so himmlisches Lächeln über dein sanftes
Antlitz verbreiten. — Du denkst die allgegenwärtige Liebe, den Erbarmer der Menschen — die ver-
söhnte Erde — die Erneuerung zur Heiligkeit und
Ordnung, den aufgeschloſsnen Himmel — die unaussprechliche Ewigkeit. Diese Wahrheiten, die für
die meisten Nahmen ohne Bedeutung und Kraft
sind, entzücken dein Herz. Du siehest diese vergängliche Welt, dieses unnütze Leben, diese heitern oder finstern Träume, die wir träumen und
Glück oder Unglück nennen, in einem ganz andern
Licht, als bethörende Leidenschaften sie zeigen;
die Freuden der Welt verlieren darin ihren blendenden Schimmer, und, was sie Übel nennt, seine
schreckliche Gestalt.

Aber was für eine Weisheit hat dich zugleich
so erhaben und so richtig denken gelehrt? Welcher
Geheimnisse hat sich dein forschender Geist bemäch-
tigt? Welcher magischen Kräfte, die Gestalt der
Dinge zu verwandeln, und dich in einen Himmel
zu versetzen, während andre im Thal des Jammers
und der Thränen schmachten, und eine noch gröfsere
Anzahl den Schmerz im Arme der Fröhlichkeit findet,
und sich jauchzend in ihr Elend hinab stürzt? Haben
dich tiefsinnige Platonen oder Epiktete deine
Weisheit gelehrt? Oder haben die geheimnifsvollen
Ägyptischen Tempel ihre Heiligthümer vor dir auf-
gethan? Nichts minder! Du würdest noch ferne von
der Glückseligkeit seyn, wenn du sie auf Abwegen
gesucht hättest.   Deine Weisheit ist eine göttliche
Weisheit.   Du bist eine Christin! Ein Strahl
der Gottheit ist in deine Seele gefallen, und hat
dein inwendiges Auge geöffnet, die wahre Gestalt
der Dinge zu sehen.   Glückliche Seele, die in
diesem Lichte wandelt! Sie ist die kräftigste
Widerlegung der Thoren, welche den Glauben der
Christen verspotten.   Nennet mir, ihr Sofisten,
einen gröfsern und glücklichern Menschen als den
Christen, wenn ihr könnt.   Wie hoch ist seine
Art zu denken über die kriechenden Meinungen
und thierischen Empfindungen der kleinen Seelen
erhaben, die nicht weiter denken, als ihre Sinne
reichen! Er lebt in einer andern Welt als sie.   Seine
Welt ist lauter Schönheit, lauter Harmonie; denn
er siehet sie in dem Glanze, welchen die Allgegen-

wart Gottes über sie ausbreitet. Alles war
gut, da der ruhende Schöpfer sein vollendetes
Werk mit zufriednem Blick überschaute — alles
wird gut seyn, wenn er nach Vollendung der
Zeiten alles in allem seyn wird. Der Christ
sieht die Zukunft schon im Gegenwärtigen eingehüllt; diefs beruhigt ihn über alles Übel, womit er
die Welt gedrückt sieht. Er verehret in jedem
Schicksal den weisesten Vater. Die Natur ist für ihn
ein zweytes Paradies. Hier schöpft er seine Freuden; hier erhöhet und erweitert er seine Neigungen; hier lernt er göttlich denken. Sein von allge-
meiner Liebe überwallendes Herz ergetzt sich an
der allgemeinen Blüthe und Wonne der Dinge.
Er freut sich, alles was lebt unter dem Zepter
Gottes glücklich zu sehen. Nichts betrübt ihn,
als das moralische Elend der Menschen. Denn die
menschliche Natur ist in seinen Augen grofs und
ehrwürdig. Er kann nicht klein von dem Menschen denken, den Gott nach seinem Bilde schuf,
zu dessen Erhaltung so grofse geheimnifsvolle Anstal-
ten gemacht wurden, und dessen Natur der Gott-
Mensch über die Erzengel erhob. Wie ungleich
ist hierin sein Urtheil den Vorurtheilen der Thoren!
Nichts kommt ihm klein vor, was das Unsterbliche
in uns angeht, was uns bessert oder verschlimmert.
Gold, Schätze, prächtige Nahmen, und die ganze
schimmernde Rüstung der Eitelkeit; diefs sind ihm
Kleinigkeiten, und liegen, mit Staub bedeckt, tief
unter ihm. O wie gar eine andere Gestalt hat diese

Erde in seinen Augen, als sie in den blöden schie-
lenden Augen der Verkehrten hat! Myriaden von
Serafim schweben, nur dem Geiste des Christen
sichtbar, unter den Wolken, und beobachten unsere
Thaten, beschützen die hülflose Kindheit und die
gleitende Unschuld, athmen Friede in die Seele des
Frommen, und zählen die Thränen der leidenden
Tugend. Eine erhabene Wahrheit, welche die Thoren für Schwärmerey und die Weltweisen für einen
anmuthigen dichtrischen Einfall halten, und die nur
der einfältig weise · Christ glaubt und empfindet:
Die Erde ist die Pflanzschule des Himmels. Die Allgegenwart der versöhnten Gottheit
ist über sie ausgebreitet. Unser Richter ist
selbst der Aufseher und Zeuge unsers
Lebens. Und was ist dieses Leben als ein
Stand der Prüfung und Vorbereitung,
worin sich alles auf eine andre Welt beziehet,
worin wir aussäen, um in einer noch unbekannten
Zukunft zu ernten, worin das Wohl oder Elend
unsrer ewigen Dauer von einer jeden Stunde abhängt?
Hier muſs entschieden seyn, was wir dort werden können! hier müssen wir uns gewöhnen himmlisch zu denken, um dort an den Geschäften und
Freuden der Himmlischen Geschmack zu finden; hier
muſs unsere Seele von den Hefen der Sinnlichkeit und
Selbstheit gereiniget werden, wenn uns die lautern
Ströme des Äthers nicht wie Schaum von sich aus-
werfen sollen. Aber auch hier, schon hier, kann
unsre Seligkeit angehen, die dort vollendet

werden wird; schon hier kann unser Geist, wie
Henoch, mit Gott leben, welchen er zu
schauen erschaffen ist.

O unaussprechlicher Gedanke! Empfinde ihn ganz
mit mir, theure Selima; ihn nur zu denken, ist
schon ein Vorschmack des Himmels, der uns den
Geschmack an allen irdischen Freuden nehmen
sollte! — Und wer ist nun, der uns unglücklich
nennen darf, und wenn auch unsre Leiden so vielfach und so schwer wären, als der ersten Bekenner
des Christenthums? — Und wofür anders sollen
wir die Stimme der Klage oder des Unmuths, die
sich manchmahl in uns empören, halten, als für
giftige Anhauchungen eines bösen Dämons, der uns
wider unsre Absicht gegen unsern Schöpfer undank-
bar machen, und das Ziel, wornach wir streben,
uns aus den Augen rücken will? Hinweg mit jeder
Empfindung, die nicht aus der grofsen Wahrheit,
dafs wir für das Anschauen des Ewigen erschaffen
sind, entspringt oder in sie zurück fliefst! Hinweg
mit aller Trägheit, mit allem Unmuth, mit allem,
was die Seele im Fluge zur Vollkommenheit auf-
hält und niederschlägt! Eine heilige Freude soll sich
unsrer Seele bemächtigen. Siehe rings um dich her,
und betrachte alles im göttlichen Lichte, welches
von dem Angesichte dessen ausgeht, der der Abglanz
der Herrlichkeit Gottes ist. Wie entzückt ist dein
Geist über dieses Gesicht! Diefs ist das Licht, in
welchem die Heiden wandeln sollen. Alles erscheint

da in seiner wahren Gestalt. Die Welt — ist ein
Tempel Gottes; die Erde — das Land seiner
Offenbarung, wo er wandelte; jedes Geschöpf
von der Sonne bis zum kleinsten Grase — ein Zeuge
der Gegenwart Gottes; die Menschen — unsre
Brüder, Befreundete der Engel; dieſs Leben ein
Weg zu Gott; der Tod — ein lieblicher Bote,
der uns das wahre Leben ankündiget; das Welt-
gericht — ein Triumf der göttlichen Gnade und
der erneuerten Unschuld; die Ewigkeit — eine
unendliche Aussicht in Licht und Wonne.

10.

Wir würden glücklich seyn, Eulalia, wenn wir
uns der Vortheile, die wir immer in unsrer Gewalt
haben, recht bedienten.   Nichts ist so sehr unser
eigen, als unsre Gedanken.   Alles andre ist aufser
uns.   Die Güter des Glücks sind unbeständig, die
liebsten und würdigsten Gegenstände unsers Herzens
können uns aus den Augen genommen werden, aber
unsre Gedanken ersetzen uns alles.   Die Seele ist da,
wo sie denkt.   Durch ihre Gedanken kann sie sich
mitten im Leiden einen Himmel um sich her verschaffen; in Gedanken kannst du, o Eulalia, in
die goldenen Zeiten der Unschuld zurückkehren,

unter den Hütten der frommen Patriarchen wohnen,
oder wie die unschuldsvolle Maria zu den Füßen
des Erlösers sitzen, und die Worte des Lebens von
seinem holdseligen Munde hören. In Stunden, da
du nichts außer dir hast, das dich erfreuen oder
lieblich beschäftigen könnte, kannst du, in dich
selbst geschmieget, dich mit deinen eignen Gedanken besprechen, und eine Unterhaltung in dir selbst
finden, die dich den angenehmsten Umgang und die
ausgesuchtesten Ergetzungen nicht vermissen läßt.
Laß keine dieser glücklichen aber geflügelten Stunden ungenossen vorbey gehen, da die Seele in einer
erwünschten Einsamkeit aufgelegt ist, sich selbst
glücklich zu machen. Eine einzige Stunde wird
einen sanften Glanz auf ganze Tage verbreiten, und
dir eine neue Kraft zum wahren Leben einflößen.
Bald überzähle bey dir selbst, wie viele Wohlthaten
du dem Vater aller Geister zu danken hast; steige
so weit zurück als du kannst, und rechne sie nach
einander her. Wie manche wirst du finden, bey
der deine gerührte Seele in anbetender Entzückung
still stehen wird, um ihren ganzen Werth zu über-
denken! Diese Gedanken werden dich in die Fas-
sung setzen, welche der Schöpfer am meisten liebt,
und worin wir am fähigsten sind, neue Gnaden
von ihm zu empfangen. — Zu einer andern Zeit
laß dein eignes Leben (den Traum!) vor deiner
Seele vorbey gehen; erinnere dich deiner Gemüths-
verfassung in den verschiedenen Perioden desselben;
bemerke, wie du dich nach und nach entwickelt

und verbessert hast, und was diese glücklichen Veränderungen veranlaſst und befördert hat; genieſse
den Beyfall des Gewissens (der Gottheit in uns)
bey der Erinnerung an gute Thaten; und wenn du
auch Eitelkeit und Thorheit unter den Gedanken
und Neigungen erblickst, denen du ehemahls eine
unverdiente Stelle in deinem Herzen erlaubtest, so
lösche diese unangenehmen Bilder durch eine reuige,
demüthige Thräne aus. — Oder versammle das An-
denken aller der Seelen um dich her, die du jemahls
geliebt hast; der Seelen, die, wie du, von der
Welt nicht gekannt, ihre gröſste Sorge seyn lassen,
sich zur Ewigkeit anzuschicken, und die entweder
jetzt in himmlischen Sfären vor den Augen ihres
Königs und Bruders wandeln, oder noch in dieser
Dämmerung irren, und vielleicht durch ganze Pro-
vinzen von dir geschieden sind, aber nichts desto
weniger von dir geliebt werden, und sich mit dir
der entzückenden Hoffnung getrösten, daſs eine
beſsre Welt uns alle zusammen bringen wird. Wenn
Leiden und Prüfungen deine Seele drücken und
deine Geduld müde machen, o so siehe zurück auf
die, welche vor dir gelitten haben — auf so viele
Heilige, welche von der Welt geschmähet, verfolgt,
vertrieben, gepeinigt und getödtet wurden — auf
die Zeugen der Wahrheit, die in der ausgesuchtesten Marter lächelten, weil sie voll Glauben und
Entzückung den Himmel eröffnet sahen, — auf so
viele tugendhafte Seelen, die jetzt unter den Engeln
leuchten, aber in d i e s e r Welt verkannt, verachtet

und verlassen ihren einsamen Weg fortgingen, und
durch alle Hindernisse hindurch brachen, weil sie
gewifs waren, dafs sie nach dieser Pilgrimschaft in
den ewigen Wohnungen ruhen würden! — O wie
werden diese Gedanken dich zu gleicher Zeit beschämen und stärken! — Wer wollte nicht gern leiden,
da der göttliche Mittler das Kreuz zu einem Ehren-
zeichen gemacht hat! Wer wollte nicht leiden, da
wir eine so grofse Hoffnung haben, dereinst zu
dem ewigen Ruhetage Gottes einzugehen!

Diese Betrachtung, Eulalia, mache zu dem
liebsten Gegenstand deiner Gedanken. Sondre so
oft du kannst deine Seele ab, begieb dich ins Einsame, und erhebe dich auf den Flügeln des Glaubens in die lichtvollen Gegenden der Seligkeit; dort
schlage gleichsam deine Wohnung auf, und mische
dich im Geist unter die Köre der Serafim, die unaufhörlich den Ewigen loben. Vielleicht, dafs in solchen heiligen Stunden ein göttlicher Strahl in deine
Seele fällt, und dir in glänzenden Bildern auf eine
lebhaftere Art die Seligkeiten zu empfinden giebt,
die noch kein sterbliches Auge gesehen hat. Aus
solchen erhabenen Entzückungen wirst du eine neue
Kraft zurück bringen, deinen Lauf in dieser Welt
freudig fortzusetzen, unermüdet zu seyn im Kampf
mit den Leidenschaften, welche wider die Seele
streiten, unermüdet in der Geduld, inbrünstiger in
der Liebe Gottes und des Nächsten. Denn nur
dazu dienen diese hohen Betrachtungen und Ent-

zückungen, daſs sie, gleich einem kräftigen Son-
nenschein, den Wachsthum aller Tugenden in uns
befördern. Die Zeit ist noch nicht gekommen, da
wir die Offenbarungen der Gottheit mit aufgedeck-
tem Angesicht sehen werden. Alles, was uns vergönnt ist, sind Blicke des Glaubens in die Ewigkeit,
welche uns tüchtiger machen, in dieser vergänglichen Welt unsrer Erwählung gemäſs zu leben.

11.

Komm, meine Seele, und ersetze mir, was mir das
Schicksal nicht gewährt hat! Sie starb, die liebenswürdige Ismene, und ihr Freund hat nicht ihren
letzten entfliehenden Hauch aufgefaſst, noch ihr
geheiligtes Grab mit Blumen bestreut. Aber keine
Entfernung der Örter soll den Geist, dessen Gedanken sich in keine Grenzen einschlieſsen lassen, ver-
hindern, in dieser mitternächtlichen Stunde das
gebeinvolle Gefilde zu besuchen, wo deine werthe
Asche mitten unter den Gräbern entschlafner Christen ruhet, und vielleicht, wenn der Frühling zurück
kommt, in jungfräuliche Blumen hervorbricht. Hier
will ich mich, von der heiligen Todesstille umgeben,
zu deinen Häupten lagern, und den ernsten Träumen nachhängen, die, wie aus diesen Gräbern,
in meine Seele empor dünsten.

Seliger Schatten, wenn du hier um die morschen Trümmer deiner anmuthsvollen Hülle schwebest, oder bist du, von Sympathie und ewiger Liebe gezogen, bist du jetzt der Genius meiner Selima, — der edelsten und schönsten Seele, die noch im irdischen Leibe wallet — vergieb diesen Thränen, welche die Zärtlichkeit, nicht der Schmerz vergiefst. Wie süfs ist mir jetzt dein Angedenken! Welch eine selige Zufriedenheit ist die meinige, wenn ich an unsre Freundschaft zurück denke, die von der Tugend gestiftet und von der Weisheit geleitet wurde. Wie billiget meine Seele sich selber, dafs jene blühende Jugendfarbe, und die reitzende Anmuth, von denen jetzt unter diesem Todtenhügel keine Spur mehr übrig ist, mich nicht verblendeten, dich für etwas andres, als für eine Unsterbliche anzusehen, der ich nur darum auf ihrem Wege begegnen mufste, um ihr brüderlich die Hand zu bieten, um sie in der Glückseligkeit und Tugend zu befestigen, deren selige Folgen sie jetzt unter den vollendeten Frommen einsammelt. Wie glücklich, dafs dein Freund damahls so dachte, wie er jetzt auf deinem Grabe denkt! O ihr heiligen, feierlichen, ihr grofsen Gedanken! Empfindungen, die jetzt meine Seele langsam empor heben, möchtet ihr nie wieder erlöschen! Ihr frommen Todesgedanken, die mein Herz liebt, und mit denen es sich gern wie mit vertrauten Freunden unterhält, welch eine heilsame und balsamische Kraft fliefst von euch aus! Wie würdig unserer Bestimmung ist die ernste, geistige Freude, die

ihr einflöfst! Wie viel süfser, als die rauschenden,
unbesonnenen Freuden der Thorheit! Wie viel harmonischer mit dem Zustand eines vom Himmel ver-
bannten Geistes ; der zur Prüfung seiner Standhaf-
tigkeit und Tugend in einer Wüste herumirrt, wo
er mehr leiden als thun, und seine Glückseligkeit nur hoffen soll! Jauchzende Freuden sind
für den Thoren, der alle seine Wünsche auf das
thierische Leben einscbränkt, und im Arme der
Wollust in sein altes Nichts zu zerfliefsen hofft. —
Der Christ findet in diesem Vaterlande der Thiere
nichts, dafs ihn entzücken, oder seine Neigung
an sich heften könnte — nichts als Unschuld,
Tugend und Weisheit, unsterbliche Schönheiten, die im irdischen Boden fremde Pflanzen sind,
aber bald in die himmlischen Gefilde versetzt werden sollen, wo sie einheimisch sind, und bis zur
englischen Vollkommenheit aufblühen. Was ist
aufser diesen, das unsre Seele, ohne sich bald selbst
widersprechen zu müssen, ein Gut nennen könnte?
Erfahren wir nicht alle Tage, dafs alles Eitelkeit
ist, was uns nicht in ein besseres Leben folgt?
Wo ist eine vergängliche Freude, die unsre Hoffnung nicht betrogen habe? Und doch sind wir so
schwach, dafs wir uns immer in Gefahr setzen,
von neuem betrogen zu werden. O kommt mir zu
Hülfe, ihr feierlichen Bilder des Todes, des nächtlichen Grabes und der ernsten Ewigkeit! Kommt und
treibt meine Seele zurück, wenn sie sich von dem
geraden Pfade entfernen will ! Wenn eine schmei-

chelnde Lust mich der höchsten Schönheit, die ich
allein zu lieben verpflichtet bin, ungetreu machen
will; wenn Hoheit und Reichthum und Gewalt mir
in einem Glanz erscheinen wollen, den sie nur
durch eine kranke Einbildungskraft erhalten; wenn
mein Eifer für das Gute träge wird, meine Stand-
haftigkeit vor den Hindernissen, die ihr im Wege
liegen, erzittert; wenn ich, vom herrschenden Beyspiel der Welt angesteckt, in irgend einem Fall
aufhören will so zu denken wie ich rede, zu handeln wie ich lehre, zu seyn wie ich scheine; o so
kommt, ihr Todesgestalten, ihr Bilder der dunkeln
Zukunft, ihr Erinnerungen an die letzte Stunde
und den feierlichen Tag des Gerichts! kommt und
machet die Fantomen der Sinnlichkeit verschwinden; begeistert mein Herz mit neuem Muth und
unüberwindlicher Stärke, den unedlern Theil meines Selbsts zu besiegen, und den Lauf immer
schneller fortzusetzen, den ich mit Schwachheit
angefangen habe! Die höchste Weisheit des Menschen ist, so zu leben, daſs er beym Eintritt in
die Pforte der Ewigkeit ohne Schrecken und mit
billiger Zufriedenheit zurück sehen könne. — Ja,
himmlische Ismene, mein erhabner Stolz strebt
darnach, hier schon so zu denken, wie du jetzt
denkest, da du Leben und Tod und Ewigkeit in
ihrem wahrem Verhältniſs gegen einander ansiehest!
Der Beyfall der Menschen ist mir nicht hinlänglich!
Ich will von unsichtbaren Zuschauern gebilliget seyn!
Ich will, daſs du mit zufriednem Blick auf mich

herab lächeln könnest. Mein Geist hat seine eigene
Würde erkannt; er weiſs seine Geschäfte — sie
sind, gleich den deinigen, Gott zu verherrlichen. Dieſs sey meine unaufhörliche Bestrebung,
wo ich auch seyn möge, im Leibe oder auſser dem-
selben, auf diesem oder jenem Striche des Erdbodens, in diesem fremden Lande, oder daheim, im
wahren Vaterlande der Geister. In diesen Gesinnungen soll deine Vollendung, o Ismene, diejenigen stärken, die dich liebten; denn wie können
wir dir bessere Proben unsrer reinen und unsterblichen Liebe geben, als wenn wir uns würdig
machen, auch noch jetzt von dir geliebt zu seyn,
und, nach Vollenduug unsrer Pilgrimschaft, in den
seligen Reichen der himmlischen Liebe wieder mit
dir vereiniget zu werden?

––––––––

12.

Die meisten Menschen, Arete, sind von Empfindung ihres eigenen Werths aufgeblasen, weil sie
nicht wissen, was der wahre Werth des Menschen
ist. Sie kennen sich selbst nicht, weder was sie
sind, noch was sie seyn wollen. Eine weise Seele
vergiſst nie, daſs ihr wahrer Werth von Gott
selbst abgewogen wird, und daſs auf der Wage des
Gerichts weder Schönheit noch Witz, weder Reich-

thum noch Hoheit ein Gewicht machen. Der
Mensch ist auch hier schon nicht mehr werth,
als er seyn wird, wenn er, vom Leib entblöfst,
entweder mit seiner Tugend oder mit dem Bewufstseyn eines übel geführten Lebens, in die unsichtbare Welt eingehen wird.   Diese wichtige Wahrheit schwebt einer solchen Seele allezeit vor; und
wie kann sie dann anders als demüthig seyn? Wohin
sie ihre Augen wirft, findet sie Gegenstände, die
ihr ein Gefühl ihrer Unvollkommenheit geben.
Denkt sie an Gott, so sieht sie, dafs sie nichts
Gutes hat, das nicht von ihm ausgeflossen wäre;
sie überlegt die Menge seiner Wohlthaten, und
ermüdet, sie herzuzählen.   Wie wenig, sagt sie
beschämt zu sich selbst, habe ich mir noch alle
diese Gnaden zunutze gemacht! Wie weit wäre
vielleicht ein andrer in der Tugend fortgegangen,
wenn er so kräftig und vielfach zu ihr wäre gezogen worden, wie ich! — Sieht sie auf ihre Nebengeschöpfe, so macht sie sich neue Vorwürfe. Die
leblosesten Werke Gottes beschämen sie. Die ganze
Natur gehorcht dem Wink ihres Schöpfers ; die
Sonne und die Sterne laufen unermüdet in ihren
Kreisen ; alles ist in Bewegung, mit ehrfurchts-
voller Stille den Endzweck des Ewigen zu vollbringen. — Und ich! wie saumselig bin ich, saumselig in Pflichten, deren Ausübung doch mein eignes
Bestes ist! — Wirft sie einen Blick auf die Seligkeiten, welche ihr der göttliche Versöhner aufge-
schlossen hat, auf die unermefsliche Herrlichkeit

der Tugendhaften, die dereinst den Engeln gleich
sind, und zum Anschauen der Gottheit zugelassen
werden; o welche mächtige Gründe sich zu demüthigen giebt ihr dieser Gedanke, ob er gleich so
stolz zu seyn scheint! Eben dieser grofse Gedanke —
Es wartet eine unaufhörliche und vollkommene Seligkeit auf mich, — setzt unsre Unwürdigkeit in das
helleste Licht! Ach A r e t e , wenn gleich unser
ganzes Leben eine einzige Kette von lauter tugendhaften, grofsmüthigen und wohlthätigen Werken
wäre, so hätte es doch mit einer unendlichen Belohnung kein Verhältnifs. Aber unser Herz sagt uns,
dafs wir noch lange nicht das sind, was wir nach
unsrer eignen Einsicht seyn sollten. Denke nur
an dieses einzige : Wie oft murret unsre Seele,
wenigstens in geheim, gegen die göttlichen Schick-
sale , gegen den Zusammenhang der Dinge , gegen
Zufälle , welche doch mit den Absichten Gottes
übereinstimmen! Wie oft ermüdet unsre Geduld,
da wir doch einen Himmel voll unsterblicher Wonne
über uns sehen, gegen welchen alle Leiden dieser
Zeit kaum für einen schreckhaften Traum anzusehen
sind, der bald vorüber geht, und uns die Glückseligkeit unsers Zustandes, wenn wir erwacht sind,
nur desto besser fühlen macht! O was für unvoll-
kommene, sich selbst ungleiche, schwache und ohnmächtige Geschöpfe sind wir! Wie wenig Ursache
haben wir, uns in unsern guten Eigenschaften zu
spiegeln, oder, wie Narcissus in der Fabel, in unsre
eigne Schönheit verliebt zu werden! Wir mögen so

gut seyn als wir wollen, so überwiegen unsre Mängel allezeit. Wenn es uns Ernst ist, nach der
Vollkommenheit zu streben, so müssen wir demüthig seyn. Die schmeichelhafte Beschauung unsrer
schönen Seite nutzt uns wenig, besser zu werden.
Wir müssen unsre Gebrechen anschauen und
empfinden, wenn wir von ihnen befreyt werden
wollen.

Wie liebreich meinte es also unser göttlicher
Lehrer mit uns, da er uns die Demuth so nach-
drücklich anbefiehlt! Der Stolze nimmt immer ab
im Guten, weil er nimmer wachsen zu können
glaubt; er reißt alle Wohlthaten Gottes unerkennt-
lich zu sich, als ob sie ihm gebührten, und murret,
wenn seinen Verdiensten, wie er glaubt, nicht
Gerechtigkeit widerfährt. Er hasset andere wegen
der Vorzüge, die er an ihnen glänzen sieht, als ob
es Vorwürfe wären, die ihm zeigten, daß ihm
noch etwas fehle. Er verachtet alles Vortreffliche,
wovon er selbst nichts besitzt; und brüstet sich
dagegen mit Vorzügen, die vielleicht nur falsche
Juwelen und Flittergold sind. Er ist ein strenger
Tadler der kleinsten Schwachheiten seiner Brüder;
seiner eignen Häßlichkeit sich unbewußt, beobachtet er mit einem Schalksauge kleine kaum merk-
liche Flecken an den schönsten Seelen. Nur der
Demüthige kann ein wahrer Menschenfreund seyn;
nur er kann Mitleiden mit dem moralischen Elend
der Menschen haben, welches bejammernswerther
ist, als alle Gebrechen des Leibes und Widerwär-

tigkeiten des Glücks; nur er kann sanftmüthig
seyn, und andre mit Liebe bessern, weil er die
Strenge nur für seine eignen Fehler behält. Und
so wächst er unvermerkt im Guten, steigt von
einer Stufe der Weisheit und Tugend zur andern,
und wird den Engeln ähnlich, indem er nur ein
schwacher Sterblicher zu seyn glaubt.

Es ist wahr, die Demuth verhüllet unsre Tugenden vor dem blödsinnigen Auge der Thoren, welches durch Schimmer und Lärm zur Bewunderung
aufgefordert seyn will; aber sie gleicht der sittsamen Kleidung einer jungfräulichen Schöne, welche
dem Weisen desto mehr gefällt, je mehr sie ihre
keuschen Reitze zu verbergen sucht. Und was
liegt uns daran, wenn uns Menschen nicht beobachten, da Engel die Bewunderer der einfältigen
und demüthigen Tugend sind? Denn Demuth ist
eine englische Eigenschaft; die Serafim, so rein
und heilig sie sind, werfen ihre Kronen vor dem
Unendlichen nieder, bedecken ihre Angesichter,
und erkennen sich unwürdig, seine Herrlichkeit
anzuschauen.

Aber indem ich, Arete, diese dir eigene Tugend
preise, darf ich nicht vergessen, dich vor einer
gewissen Schüchternheit zu warnen, die nicht selten die Gestalt der Demuth annimmt, und unter
diesem Schein schon oft auch redliche Gemüther
getäuscht, und im Lauf zur Vervollkommnung auf-
gehalten hat. Dieser Mangel an Muth hat ihre

Kräfte niedergeschlagen; sie haben ihre eigne Stärke
nicht gekannt, ja sich sogar eingebildet, unsre
Seele müsse nur leiden, was Gott unmittelbar in
ihr wirken wolle,' ohne selbst an ihrer Verbesse-
rung zu arbeiten. Diese Irrthümer sind aus einem
undeutlichen Begriff von der Demuth entsprungen.
Die Demuth schliefst weder das Bewufstseyn unsrer
guten Eigenschaften, noch die eifrige Bestrebung
nach höhern Graden der Vortrefflichkeit aus. Sie
soll uns in dieser edeln Bestrebung viel mehr för-
dern als zurück halten. Die falsche Demuth
erkennt nicht blofs ihre Unvollkommenheit, sondern es scheint auch, dafs sie sich in derselben
gefalle, und dafs sie sich, aus Furcht stolz zu
werden, auch vollkommner zu werden fürchte.
Verachte, A r e t e, diese schädliche Blödigkeit des
Geistes. Vergifs nie, dafs du, deiner ursprüng-
lichen Natur nach, nur ein wenig minder als die
Engel gemacht bist, und dafs du nach deiner Vollendung den Engeln gleich seyn wirst. Denke
nicht gering von den Fähigkeiten der menschlichen
Natur, denn diefs hiefse göttliche Gaben gering
achten; denke nicht zu gering von dir selbst, da
dich die Gnade, welche deiner Redlichkeit zu Hülfe
gekommen, schon so weit gebracht hat. Der Schöpfer
gab dir eine fruchtbare Seele, welche nur des erwär-
menden Sonnenscheins der Weisheit nöthig hatte,
um tausend liebliche Blumen und gesunde Früchte
hervorzubringen. Er läuterte dich durch Prüfungen; er übte dich in der geduldigen Ergebung in

seinen Willen; er lehrte dich den geringen Werth
der irdischen Dinge; er bildete dein Herz nach der
göttlichen Vorschrift Jesu zur Unschuld und Menschenliebe; dein innigstes Vergnügen ist, die Tugend
und die Gottseligkeit ausgebreitet zu sehen, deine
angelegenste Sorge, dich unaufhörlich zu verbessern.
Du vollbringst mit willigem Gehorsam die gering
scheinenden Pflichten dieses Lebens, und deine zärtlichsten Neigungen beziehen sich auf die Ewigkeit.
Soll eine solche Seele jemahls niedergeschlagen und
kleinmüthig seyn, auf den Pfaden des Friedens fort-
zuwandeln? Bemühe dich nur so viel du kannst,
deine Erkenntniſs zu lauter Licht und Wahrheit,
und deine Liebe immer reiner und ausgebreiteter zu
machen. Hierdurch wirst du zugleich in der Demuth
und in der Vollkommenheit zunehmen. Denn unsre
Vollkommenheit besteht darin, daſs wir uns immer
mehr von unsern natürlichen und erworbenen Fehlern, von Unwissenheit, Irrthum, Eitelkeit, und
allen unrichtigen oder übermäſsigen Leidenschaften
reinigen; eine Arbeit, mit der auch die Heiligsten
in diesem Leibe des Todes nie zum Ende kommen.
Je weiter wir uns von der Unvollkommenheit entfernen, desto näher kommen wir der Vollkommenheit,
die allein in Gott ist. Und so viele Schwierigkeiten
wir auch auf diesem Wege antreffen, so überwindet
doch die Liebe sie alle. Denn was kann einer Seele,
die Gott liebt, süſser seyn, als in der Erkenntniſs zu
wachsen, die zu ihm führt, und in der Unschuld und
Rechtschaffenheit, die uns mit ihm vereiniget?

13.

Derjenige, mit dem sich meine Seele jetzt bespricht, ist einer von den Geistern, welche der Beherrscher der Welt zu seinen Engeln unter den ausgearteten Menschen bestimmt hat, durch welche seine Absichten ausgerichtet, Ordnung und Wahrheit erhalten, und die moralische Welt vor einer gänzlichen Verwirrung bewahret werden soll. Er ist eine von den grofsen Seelen, die von erhabnen Neigungen getrieben, und von mächtigen Kräften in eine immer währende Bewegung gesetzt werden; deren Genius über tausend andre Seelen Gewalt hat, und durch die Stärke seiner Vorstellungen und die Obermacht seiner Gefühle sie wie Wasserbäche leiten kann. Mit diesem möge es mir vergönnet seyn mich jetzt zu ermuntern; eine unbetrügliche Empfindung seiner selbst wird ihm sagen, dafs er es sey, den ich meine, und eine sympathische Gewalt wird ihn nöthigen, meinen Erinnerungen Gehör zu geben.

Das erste, Freund, was ich dir zurufe, ist, kenne dich selbst. Niemand hat diesen Zuruf nöthiger, als diejenigen, welche die Natur zu besondern und grofsen Absichten mit grofsen Fähigkeiten ausgerüstet hat. Die Erfahrung spricht nur allzu

stark, dafs auch diese, eben sowohl als die gemei-
nen Menschen, sehr geneigt sind, sich selbst zu
vergessen, und von ihrer hohen Bestimmung abzu-
schweifen; und nur zu oft ist es schon geschehen,
dafs ein Geist mit Engelsfähigkeiten sich selbst zu
einer Reihe nichtsbedeutender Beschäftigungen oder
Spielwerke gemifsbraucht hat. Es scheint, dafs viele
derselben sich privilegiert glauben, an keine Regeln
gebunden und ihre eignen Gesetzgeber zu seyn.
Wie sehr betrügen sie sich hierin! Ein Geschöpf
ist nur gut, in so fern es die Absicht seines Daseyns
erfüllt; ein geschaffner Geist ist nur dadurch grofs,
dafs er sich nach den Ideen des obersten Geistes
bildet. Was hätte den Unendlichen bewegen können, endliche Geister zu schaffen, wenn er nicht
eine Absicht dabey gehabt hätte, die er erfüllt
haben will? Und wie kann ein Geschöpf weise
seyn, als wenn es sich die Absichten Gottes gefallen läfst? Diefs ist der Mafsstab, der die
Gröfse der Geister mifst.

Der Mensch vergifst alle Augenblicke seine
Abhängigkeit von Gott, vergafft sich am Schimmer
der sinnlichen Dinge, und an einem betrüglichen
Bilde seiner eignen Gestalt, und übersieht darüber
die ewigen Gesetze, auf die er unverwandt sein
Auge richten sollte. Der Engel ist ganz mit
den Gedanken von der Gottheit erfüllt, und brennet
vor Verlangen, ihre Befehle mit fliegender Eile in
tausend Welten zu vollbringen. Der ewige Sohn

des Vaters, und der König aller Geschlechter der
Unsterblichen, sagte von sich: Es sey seine
Speise, den Willen seines Vaters zu thun.
So ist immer der Vollkommenste derjenige, der der
Eifrigste in den Geschäften Gottes ist. Diefs ist
die grofse Regel, welche den Geistern ihren gemefs-
nen Lauf anweiset; von dieser ist es unmöglich
privilegiert zu seyn. Freylich sind gemeine Formen,
thörichte Gewohnheiten, und die engen Begriffe,
wornach sich die Unweisen modeln, nicht für edlere
Seelen! ¹) Aber Ordnung und Wahrheit und Güte,
das Beste des Ganzen und die Verherrlichung des
ewigen Geistes, der alles schuf und bewegt und
beseelt, — diefs sind die Gesetze derselben; und
ein vernünftiges Geschöpf, das von diesen ab-
weicht, ist ein Planet, der aus seiner Bahn getreten
ist, und in seinen eignen Untergang auch diejenigen
verwickelt, die er in seinem wilden excentrischen
Lauf antrifft.

1) Der Verfasser hatte hier die Maxime des berühmten
D. Swift im Sinne,
> That common forms are not design'd
> Directors to a noble mind.

Diese Aufsätze wimmeln von ähnlichen Anspielungen, so
wie von erborgten Gedanken oder Ausdrücken aus alten und
neueren Schriftstellern, deren er, nach der bequemen Theorie
und Praxis seines damahligen Freundes und Vorbildes, des
Verfassers der Noachide, sich ohne Bedenken bemächtigte,
sobald sie zu den seinigen pafsten, oder ihm die Mühe, für
die seinigen selbst einen schicklichen Ausdruck zu suchen,
ersparten.

Diese Grundsätze, Amyntor, sollen alle deine Unternehmungen regieren. Verschmähe jede andre Absicht, als diese, nach welcher zu handeln der höchste Ehrgeitz der himmlischen Geister ist, denen du verwandt bist. Andre, deren umnebelter Verstand zu schwach ist, den Eindrücken der sinnlichen Dinge und den Reitzen fantasierter Glückseligkeiten zu widerstehen, mögen Wollust oder eitle Ehre zum Endzweck ihrer Bestrebung machen. Sie mögen alle Schärfe ihres Geistes dazu anwenden, wie sie sich in, diesem Schattenleben wie für die Ewigkeit festsetzen, welches eben so viel ist, als ein Gebäude auf Wasser gründen wollen. Andre mögen vor Fürsten und ihren Günstlingen kriechen; mögen Titel, Ordensbänder, Bedienungen, für beneidenswürdige Güter halten, und aus Begierde sie zu besitzen verdorren, wie der Geitzige über seinen Schätzen zum Gerippe wird. — Laſs kleinen Seelen solche kleinfügige Sorgen, und mache du zu deinem Zweck, deine Kräfte in einer so weiten Sfäre, als dir die Vorsehung anweisen wird, zu Beförderung des groſsen Zwecks, zu welchem wir alle geschaffen sind, anzuwenden. Ach! wie wenig sind derer, welche sich in diese Verfassung gesetzt haben! Wie wenige denken mit Ernst an das, was sie zuerst denken sollten! Wie allgemein ist der Miſsbrauch der edelsten Kräfte, weil die Menschen sich anmaſsen, mit sich selbst nach ihrem eignen Wahn zu schalten! Der dichtrische Genie, den die Musen erzogen haben, und die Grazien begeistern,

welcher ein besserer Pindar seyn könnte, ist ein
Anakreon; und Gaben, welche ihn geschickt
machen, mit den himmlischen Kören harmonisch,
die Wunder Gottes in herzentzückenden Tönen zu
singen, werden im Lob einer erdichteten Fyllis
verschwendet. Derjenige, der bestimmt ist, die
Helden und Heldinnen der Tugend aus der Verges-
senheit zu ziehen, und in Beyspielen zu zeigen,
was edel und schön und der Hoheit der menschlichen Seele anständig ist, und wie nahe an die
Engel der tugendhafte Sterbliche reichen kann;
dieser Unbesonnene bringt nichts bessers als Bok-
kazische Mährchen hervor, und will seine Leser
durch die Anmuth seiner Erzählung, und durch die
naiven Wendungen, die er den Sachen giebt, bere-
den, als ob das Laster der Natur des Menschen
gemäs sey. Welch eine Menge leichtsinniger und
nichtswürdiger Witzlinge hat uns die alberne Sucht
zu gefallen geboren, die, wenn sie ihren Geist
anstrengen wollten, der edelsten und gemeinnützig-
sten Unternehmungen fähig wären! — Ist es nicht
schändlich, wenn Leute von grofsen Fähigkeiten
sich erniedrigen, dem Geschmack und den Vorurtheilen des Pöbels zu fröhnen, dem sie Gesetze
geben sollten? Und wie ist es zu dulden, dafs ein
filosofischer Geist, der zu einem Lehrer der unrei-
fern Menschen bestimmt ist, der die Irrthümer und
Thorheiten mit Herkulischem Muth angreifen, und
unsre moralischen Krankheiten mit Sokratischer Geschicklichkeit heilen sollte, dafs ein solcher sich bis

zu scholastischen Spitzfindigkeiten, Monadologien
und Zänkereyen über längst entschiedene Aufgaben
herablassen mag? Aber lasset uns nur gestehen, die
Zeit der Platonen, und Xenofonen und Plu-
tarche ist vorbey! Auch die Zeit ist vorbey, da
man, statt aufgeblasener Schulgelehrter, jene erhabnen Geister zu seinen Lehrern wählte, die ihre
Weisheit aus den reinsten Quellen schöpften, und
von einer Liebe zur Wahrheit, und von grofsmüthigen Trieben begeistert wurden, die in unsern
Tagen fremd sind.   Ach! jene glücklichen Tage
sind nicht nur verschwunden, sondern unsre Sofisten sind von ihrer gelehrten Unwissenheit so sehr
berauscht, dafs sie von erleuchteten Zeiten schwatzen,
und vom Gipfel ihrer auf einander gethürmten Werke,
deren Werth sie beym Pfund abwägen, auf die
grofsen Genien des Alterthums mit dummer Verachtung hinab sehen, ohne zu wissen, dafs Leute von
ihren Fähigkeiten zu Platons Zeit kaum zu Abschrei-
bern gut genug gewesen wären.

Du bist so glücklich, Amyntor, besser zu denken, ob du gleich im Vaterlande der Schöpse und
unter einer dicken Luft geboren bist.   Dein Geist
hat sich im geheimen Umgang mit den Weisen
eines geistreichern Alters gebildet; sie haben dich
mit der Natur bekannt gemacht, und dir die innersten Triebfedern des menschlichen Herzens aufgedeckt.   Bey ihnen hast du den feinen Geschmack
eingesogen, der das Wahre und Schöne zu prüfen,

zu verbinden, und in seinen eignen Ideen und
Empfindungen auszudrücken weifs. Sie haben dich
gelehrt, dafs die Filosofie, welche die Sofisten für
eine Disputierkunst halten, eine Kunst zu leben sey.
Mache jetzt einen würdigen Gebrauch von einer
solchen Unterweisung. Habe den Muth, deinen
Lehrern nachzueifern, und, wie sie, das Licht,
das in dir selbst aufgegangen ist, über andere aus-
zustrahlen. Wenn du Vorbilder haben willst, so
wähle sie aus i h n e n; fliehe die ansteckende Gesell-
sellschaft der kleinen Geister, und gehe, von ihrem
albernen Hohn ungestört, deinen einsamen Weg fort.

Vor allem aber sey dein Hauptzweck, was das
Ziel aller grofs gesinnten Seelen seyn soll, das
Beste der Welt, deren Bürger du bist, und die
Erhaltung der moralischen Ordnung, welche sich
bald in ein Chaos verwandeln würde, wenn die
kleine Zahl der Weisen und Tugendhaften ihre
heilsamen Strahlen zurück ziehen wollte. Aber die
Vollkommenheit weifs eben so wenig vom Neid,
als von Furcht. Sie theilet sich gern mit, und ein
Geist, der an Ordnung und Schönheit sich gewöhnt
hat, ist voller Geschäftigkeit, dasjenige auch aufser
sich hervorzubringen, was er, unter den Einflüssen
des göttlichen Geistes, in sich selbst angeordnet hat.
Mache keine Entwürfe, wie du in der grofsen Welt,
und im Rathe des Fürsten, die Beyspiele eines
E p a m i n o n d a s und A r i s t i d e s wieder erneuern
wollest. Unsere Zeiten leiden keinen Epaminondas,

keinen Kato mehr, als in solchen Umständen, wo
sie nicht handeln können; die Grofsen erlauben uns
nur, was sie uns nicht wehren können, — zu denken und zu wünschen.   Wende dich auf eine
andere Seite.   Hilf die Unwissenheit, die Mutter
aller moralischen Ungeheuer, bestreiten. Verbreite
die Wahrheit, welche kein Geheimnifs unter etlichen wenigen Adepten seyn soll, über alle Arten
von Ständen und Menschen. Spähe die Bedürfnisse
der Menschen aus, und vergifs keines von den Mit-
teln geltend zu machen, welche geschickt sind,
unsern Zustand zu verbessern. Strenge alle deine
Fähigkeiten zu diesen edeln Unternehmungen an.
Es sey nun, dafs du uns, wie Homer, einen
Spiegel des menschlichen Lebens vorhaltest; oder
uns, wie Plato, unter anmuthigen Gesprächen
zum erhabenen Tempel der Wahrheit führest; oder,
wie Lucian, durch einen menschenfreundlichen
Spott unsre Thorheiten heilest; oder es sey, dafs
du verschiedene Künste in dir vereinigest, und
bald diese bald jene Lehrart gebrauchest: so sey
allemahl deine erste Absicht zu lehren, nicht den
Witz der Leser zu kitzeln, oder den deinigen,
wie eine feile Dirne ihre Schönheiten, auszulegen.
Denn obgleich der Witz, wenn er nur als ein
Aufwärter der Wahrheit gebraucht wird, schätzbar
ist, so ist er doch für sich allein nur ein Thor,
und kann nur Thoren belustigen, die auch den
Seiltänzer bewundern, weil seine Kunst schwer,
nicht weil sie nützlich ist.

Die Kunst zu schreiben, ist, wie die edelsten
Künste alle, in unsern Tagen ein elendes Handwerk
geworden, eine Arbeit der Finger, wozu gerade so
viel Geist erfordert wird, als zum Wollespinnen.
Ehemahls schrieben nur erleuchtete Geister, die ihr
Hauptgeschäft daraus gemacht hatten, zu erforschen,
was wahr und gut, edel und schön sey. Sie theil-
ten der Welt ihre Erfahrungen mit, oder die
Betrachtungen, die sie selbst über diejenigen Dinge
angestellt, welche den stärksten Eindruck auf ihre
Seelen gemacht hatten. Jetzt schreibt man um sich
gedruckt zu sehen, oder weil es Mode ist, oder
weil einem die Finger jucken, oder weil man sonst
nichts zu thun weiſs. Ja die meisten treibt der
Hunger, oder eine schändliche Gewinnsucht; und
weil sie nichts nützliches gelernt haben, so sind
sie Schriftsteller. So weit wird der Miſsbrauch, und
die unbefugte Anmaſsung des Rechts zu schreiben
getrieben, welches ein Vorrecht derjenigen seyn
sollte, welche die Natur dazu ausgerüstet hat, die
moralische Welt zu erleuchten, und die Orakel der
Wahrheit zu seyn! Willst du nicht helfen, A m y n -
t o r, diesem erhabnen Beruf seinen alten Glanz wieder zu verschaffen? Willst du nicht einer von den
wenigen seyn, für welche der weise S h a f t e s b u r y
seine E r i n n e r u n g e n 2) nicht umsonst gegeben hat?

2) *Advice to an Author*, im 1. Theile seiner
Characteristicks.

———

14.

Schon oft hat meine Seele, o I*** im verborgenen
geseufzet, dafs die Religion, die einzige Glückseligkeit des unsterblichén Menschen, so wenig wahren
Nutzen auf unserm Erdboden bringt! Wir nennen
uns vernünftige Geschöpfe; wir glauben einen Gott,
der sich uns mit unaussprechlicher Güte geoffen-
baret hat; wir glauben, dafs die Quelle aller
Seligkeit uns so nahe sey als unser eignes. Wesen;
wir glauben, dafs ein nach Gott gebildeter, unsterblicher Geist in dieser Hütte von Staub wohne;
wir glauben eine entscheidende Ewigkeit: — und
doch schlafen wir, und verträumen die kostbare
Zeit, die Zeit, die uns so lieb seyn sollte, als unser
Leben. Uneingedenk der Ewigkeit, sehen wir dieses Leben für unsern Endzweck an. Und was für
ein Leben? Eine Kette von äufserlichen und selbst-
gemachten Plagen; eine Kette von Sünden, die wir
oft mit prächtigen Nahmen schminken, und zu Tugenden adeln wollen. Denn obgleich die Menschen
einen Gott glauben, ist doch die Erde ein Schauplatz
der Ungerechtigkeit ; ein Feld , wo sie mit ihren
Leidenschaften gegen die göttlichen Gesetze auszie-
hen, und, gleich den gefabelten Riesen, einen unsin-
nigen Krieg mit dem Allmächtigen wagen. Ach,
I***, wie wäre das möglich, wenn jene grofsen
Wahrheiten geglaubt würden ! Nein , es ist ein

blofser Schall, es sind Worte ohne Kraft und Leben,
was die Bethörten G l a u b e n nennen! Der Erlöser
wird keinen Glauben finden, wenn er bald, allzu
bald für die Elenden, die über ihr Elend froblocken,
als Richter wieder kommen wird. Die R e l i g i o n,
unser Ruhm, unsre Stärke, unser Trost, unsre Hoffnung, unser Alles, ist für den gröfsten Theil des
menschlichen Geschlechts ein Nahme, wie E h r e
oder T u g e n d. Blinde Leidenschaften, schändliche
Irrtbümer, die ihren anarchischen Zepter über alle
Reiche des Erdbodens ausstrecken, diese sind unsre
Götter, diesen opfert der Mensch, und überläfst dem
Himmel die Ehre, seinen Schöpfer anzubeten.

Schaudert nicht dein Herz, du frommer Menschenfreund, vor diesem beweinenswürdigen Gedanken?
Dringt nicht eine wehmüthige Thräne in dein Auge?
Empfindest du nicht, wie ich, eine sehnsuchtsvolle
Begierde, — o diefs ist noch zu wenig! einen glühenden Eifer, eher alle deine Kräfte zu verzehren,
als zu leiden, dafs deine Brüder ungestört, unge-
warnet, unerweckt, in dieser tödtlichen Trunkenbeit
forttaumeln, bis sie unvermerkt und plötzlich in die
Ewigkeit hinab stürzen, wo sie zu spät erwachen
werden? Ja, du empfindest ihn, diesen heiligen
Eifer, und ich bin stolz, dafs ich dir nachempfinden
kann, obgleich schwächere Kräfte meine Bestrebung
hemmen, und mir wenig mehr als Wünsche übrig
lassen; Wünsche und Betrachtungen über die Quellen dieses Elends, welchem abzuhelfen, Geister von
deiner Stärke berufen sind.

Irre ich mich, oder ist es wahr, was mich eine ernste Erwägung der Sache glauben macht, dafs die Schuld auf denen liege, die entweder das Amt von der Natur und Vorsehung empfangen haben, oder, ohne einen solchen Beruf, es sich selbst anmafsen, die Lehrer der Menschen zu seyn? Durchlauf einmahl das unzählbare Heer der Menschen, die sich zu dieser Klasse rechnen; und zähle die wenigen, die, von einem edeln, heiligen Eifer für das Beste der moralischen Welt getrieben, ihre Gaben dazu anwenden, die Kunst zu leben, die Wahrheit, welche glücklich macht, das Christenthum, welches die höchste Weisheit ist, mit Muth und Nachdruck zu lehren? Welch eine kleine Zahl gegen die aufgedunsenen Geister, die mit grofser Bestrebung grofse Kindereyen zuwege bringen. Doch, immerhin mögen diese falsch berühmten Weisen durch die Gegenstände und die Art ihrer Beschäftigungen beweisen, dafs sie sich selbst zu nichts besserm tauglich fühlen: aber womit sollen wir die Saumseligkeit derjenigen entschuldigen, die den nächsten Beruf, und, wie man fordern kann, die gröfste Geschicklichkeit haben, den Wahrheiten, die uns glücklich machen, den Zugang zu dem menschlichen Herzen zu verschaffen? Doch was sage ich? Ein grofser Theil derselben ist nur allzu geschäftig; aber ihre Arbeit ist schlimmer als Müfsiggang. Das Wahre verliert unter ihren Händen allen Reitz, es verschwindet in ihren Zusätzen, und die göttliche Weisheit wird auf ihren ungeweihten Lippen zu

Thorheit. Laſs mich eine groſse Wahrheit, obgleich nicht zum ersten Mahl, von neuem predigen: „Die meisten Moralisten und Lehrer der Religion haben der Tugend und dem Christenthum mehr geschadet, als das ganze Geschmeiſs der Spötter und Zweifler." Diese sind erklärte Feinde, jene sind es heimlich, ja oft ohne es selbst zu wissen. Sie gleichen hierin unsern Sofisten, die immer mit dem hoch tönenden Wort Wahrheit klappern, ob es ihnen gleich bey ihren müſsigen Spekulazionen nicht besser ansteht, als vor Zeiten den Jüngern des Kerinthus oder Marcion, die Geistigkeit der Engel zu affektieren, da sie sich inzwischen in allen Gräueln der heidnischen Unreinigkeiten herum wälzten.

O wie selten finden wir richtigen Verstand mit herzgewinnender Beredtsamkeit gepaart, um uns die Wahrheit in ihrer echten Gestalt entgegen zu führen, und sie so sichtbar zu machen, daſs sich auch der Wildeste nicht erwehren kann, von ihr gerührt zu werden! Wie selten ist ein I***, dessen Herz empfindet, was sein erleuchteter Geist denkt; dessen Schriften von den edelsten Empfindungen überflieſsen; der uns die Religion, welche insgemein zu einer sauern Pflicht gemacht wird, als ein Paradies der Seelen, als eine Quelle von Freuden und von Hoffnungen, die alle Freuden übertreffen, als eine Übung in der Vollkommenheit und eine Mutter jeder Tugend anpreiset; der uns empfinden macht, daſs die tiefste und zärtlichste Achtung für Gott zu hegen, ein englisches Vorrecht und eine englische Seligkeit

ist; der uns den Christen so schildert, dafs der
Mensch nach keiner höhern Ehre streben kann, als
ein Christ zu werden, und die Hoffnungen des
Christen so reitzend, dafs sie auch den grimmigsten
Schmerz und die bitterste Todesqual lächeln machen
können! — Lafs mich es noch einmahl sagen, mein
ehrwürdiger Freund, wie selten ist ein solcher Geist!
Und wie gerecht ist das Verlangen der Seelen, die
durch ihn erleuchtet, gestärkt, erquickt worden, dafs
er nie aufhöre, mit so glücklichen Gaben ein Wohlthäter des menschlichen Geschlechts zu seyn! O wie
geschäftig sind die kleinen Geister, die, gleich
Ramsays feindseligen Gestirnen, nur dienen den
Glanz der Wahrheit zu verdunkeln, wie geschäftig
sind sie, alles um sich her in Verwirrung zu setzen!
Sollen die Kinder des Lichts sich von diesen Nacht-
vögeln in Eifer und Thätigkeit übertreffen lassen?
Ferne, ferne sey es von uns, dafs wir jemahls träge
werden, an der Beförderung des grofsen Werks zu
arbeiten, worin wir höhere Geister zu Mitarbeitern
haben! — oder dafs die erleuchteten Liebhaber der
Wahrheit weniger zu ihrer Ausbreitung thun sollten, als Feindselige, oder Unverständige zu ihrem
Schaden!

Und was kann ein Geist, wie der deinige, thun,
das ihm selbst mehr Zufriedenheit geben könnte,
als unsterbliche Seelen von den Blendwerken ihrer
Meinungen und Leidenschaften zu entzaubern, und
sie ihrer Bestimmung zuzuführen? Sie mit einer
süfsen Gewalt zu nöthigen, dafs sie das liebens-

würdigste Wesen — wie matt ist dieser Ausdruck!—
das Wesen, welches allen andern ihre Schönheit,
ihre Güte, ihre Vortrefflichkeit giebt, lieben, und
aus Liebe sich nach ihm bilden! Welch eine entzückende Vorstellung muſs es dir seyn, so viele
Seelen, die du nicht kennst, weil Raum und Zeit
sie noch von dir entfernen, dir zu verpflichten,
und von denen, die jetzt noch ungeboren sind,
gesegnet zu werden! Noch nützlich zu seyn, wenn
dein Leib längst vermodert ist, und dein vollen-
deter Geist in höhern Sfären wallet! Giebt es für
einen Menschenfreund einen süſseren Gedanken?
Ich weiſs, daſs diese Empfindungen mit den deinigen übereinstimmen. Kleinen Seelen sind sie lächerlich. Die Erfahrung lehrt uns, wie fruchtlos es ist,
solche Insekten durch groſsmüthige Beweggründe in
eine nützliche Geschäftigkeit setzen zu wollen.

Sollen wir aber darum müde werden, und den
Thoren das Feld einräumen? Sollen wir schweigen,
damit sie ungestört lärmen können? Sollen wir ruhig
zusehen, daſs die schönsten Gaben der Natur geschändet werden? Soll der Witz, dieser buntscheckige
Thor, immer über die Vernunft triumfieren, und
nur derjenige lächerlich seyn, der die Rechte der
Wahrheit und Tugend behauptet? — Nein! so feig
sind wir nicht, die gute Sache zu verlassen, aus
Furcht zu verstummen, oder aus Überdruſs einzu-
schlummern. Je weniger deren sind, die mit uns
zu gleichem Zweck arbeiten, je weniger wir Früchte
von unsrer Arbeit sehen, desto mehr ist es nöthig,

dafs wir alle unsre Kräfte in Bewegung setzen. Je mehr die Thorheit Eroberungen macht, desto nöthiger ists, dafs die Vernunft ihre ganze Macht aufbiete. Der Feind alles Guten wird durch Erfahrung immer klüger. Da er sah, dafs die erklärten und erbitterten Feinde der Tugend und des christlichen Glaubens nur dazu dienen, den Triumf derselben herrlicher zu machen; so hat er sich klüglich entschlossen, auf einem leichtern und verdecktern Wege zu seinem Zweck zu kommen. Er verwandelt sich bald in den Bacchus, bald in den Kupido, bald in einen unflätigen Satyr, und begeistert die witzigen Jünglinge unserer Zeit, uns scherzend und singend um den Geschmack der Tugend zu bringen, die lüsternen Triebe der ausgearteten Natur mit einem Schein von Sittlichkeit zu schmükken, und einer Sittenlehre, die Epikurische Theologie voraussetzt, die Reitzungen der Trägheit und Wollust zu leihen. Je einnehmender diese Verführer sind, desto mehr ist es nöthig, dafs solche Geister, die, wie du, das Geheimnifs zu gefallen und das Herz zu rühren wissen, die ungeschminkte und ungeborgte Schönheit der Tugend, und die höhern Reitzungen der göttlichen Wahrheit anpreisen; dafs sie den Mifsbrauch des Witzes durch den rechten Gebrauch desselben wieder gut zu machen, und die Grazien, die allzu lange Sklavinnen der wollüstigen Göttin gewesen sind, wieder in ihr gehöriges Amt, als Aufwärterinnen der Weisheit, einsetzen.

P S A L M E N.

1 7 5 5.

VORBERICHT.

Was auch immer gegen die Benennung, unter welcher die folgenden Aufsätze hier wieder erscheinen, einzuwenden seyn mag, so däucht uns wenigstens dieſs gewiſs, daſs die ehemahlige, Empfindungen eines Christen, das Karakteristische derselben noch viel weniger bezeichnete; wie schon ein berühmter und strenger Theolog derselben Zeit, nicht ohne Bezeigung seines gerechten Miſsfallens über die darin entdeckten häufigen Heterodoxien, erinnert hat. Nach aller möglichen Anstrengung, diesen, in der That nicht leicht ohne Umschreibung richtig zu benennenden, Kindern einer nicht immer gleich reinen religiösen Begeisterung einen schicklichern Nahmen zu schöpfen, hat man sich endlich doch genöthigt gesehen, sie entweder ganz ohne Rubrik zu lassen, oder

sie Psalmen zu nennen; weil, wie hoch
auch in jeder Rücksicht die Psalmen Assafs,
Davids, Ethans, und andrer ungenannter
Hebräischer Dichter stehen, sie diesen doch
nach Materie und Form ähnlicher sind, als
irgend einer andern Art von poetischen Werken; zumahl da es wirklich die Meinung des
Verfassers war, christliche Psalmen zu
machen, und blofs die, vor vierzig Jahren
nicht unzeitige, jetzt aber wohl nicht länger
nöthige Besorgnifs, schwachen Gemüthern An-
stofs zu geben, ihn damahls abhielt, sie unter
dem Nahmen Psalmen (den sie in der Hand-
schrift führten) öffentlich erscheinen zu lassen.

Die Ursache, warum sie hier in zwey Ab-
theilungen erscheinen, und alles, was sonst
noch von der Entstehung und innern Beschaf-
fenheit dieser und einiger andern gleichartigen
mystisch-ascetischen Schriften des Verfassers
zu sagen ist, bleibt einem andern Orte, wo
es durch den Zusammenhang erst sein wahres
Licht bekommen kann, vorbehalten.

PSALMEN.

ERSTE ABTHEILUNG.

I.

Gieb mir, o Gott! von deiner Gröſse zu reden! Du, in welchem ich lebe und bin, durch den ich denke, und mein Daseyn empfinde; durch den ich, o Seligkeit! dich selbst, dich selbst empfinde. — Laſs mich von deiner wundervollen Gröſse reden!

Aber du bist unaussprechlich! Dich erfleugt kein endlicher Gedanke, kein Schwung des feurigsten Cherubs.

Du bist ewig, dir immer selbst gleich, auſser dir ist nichts — als was deine Allmacht ins Leben rief; nichts als die Schatten deiner Ideen.

Wer kann deine Ewigkeit denken? Vergeblich schaue ich in Myriaden von Weltaltern zurück,

und immer tiefer in neue Myriaden, bis ich, von
deiner Unermefslichkeit verschlungen, nur noch die
Eitelkeit meiner Bestrebung fühle.

Was vor uns vorüber gegangen ist, was die
Zukunft vor uns umnebelt, ist dir ewig gegenwärtig.

Schon siehst du die Vollendung der Zeit, die
zweyte Schöpfung, den neuen Himmel, die selige
Erde; schon siehst du das Unermefsliche von deiner Gottheit erfüllt, schon bist du Alles in allem!

Schweige, mein Geist! zittre vor dem unaussprechlichen Gebeimnifs! Er, den kein Geschöpf
nennen kann, erlaubt dem Menschen von Staub,
menschlich von ihm zu lallen. Denn selbst von
ihm lallen, wie Kinder der liebevollen Mutter den
ersten Dank entgegen lallen, auch das ist Seligkeit!

Saget, ihr reinen Geister, himmlische Kräfte,
saget, wie viel Äonen sind schon unter seinem Lob
wie einzelne Tage vor euch vorüber geflogen?

Dieser sichtbare Himmel war noch nicht, noch
flammte keine Sonne, und kein Erdkreis wieder-
hohlte in blühenden Thälern den frohen Gesang
umkörperter Geister: da waret ihr schon, da zeugten
ten schon überhimmlische Sfären vom Daseyn des
ewigen Geistes.

Sein Daseyn ist Allmacht, seine Allmacht der
Ursprung der Wesen. Von seiner Kraft belebt,
keimen sie aus dem Unding hervor, und reifen
stufenweise zum Leben.

Welch ein Augenblick war das, da die Erstlinge der Schöpfung zu seinem Anschauen plötzlich hervor strahlten?

Hat irgend ein Geist des Äthers mein inneres Auge berührt? Wo reißt mich die Entzückung hin? Ich seh', ich sehe die große Scene vor meinen Augen.

Der unermeßliche Himmel wallt von serafischen Flammen auf, die in einem Wink unter dem Auge des Schöpfers in Engelsgestalten sich bilden.

Er hauchet sie an, da regen sich ihre mächtigen Kräfte; sie empfinden, und ihre erste Empfindung ist Gott!

Wie glänzt aus jedem Auge Seligkeit! Wie zerfließen sie in göttlicher Wonne, da sie ihn sehen, durch den sie sind, und mit profetischem Blick in unbegrenzte Unsterblichkeit hinaus schauen!

Unzählbare Scharen schweben in unermeßlichen Kreisen rings um Ihn her! Der Himmel leuchtet in höherer Schönheit unter ihnen, tausend unvergängliche Lauben entfalten ihre ambrosischen Blüthen, und laden ihre neuen Bewohner ein.

O des großen Gedankens, der sich in nahmenloser Klarheit vor mir verbreitet! Ich sehe den göttlichen Vater unter seinen Kindern; den Schöpfer mitten unter Werken, die seiner würdig sind; den ewigen König von seinen Dienern umringt, die in einem Augenblick von einem Pole der Welt zum

andern strahlen, der ehrfurchtsvollen Natur seine
Befehle kund zu thun.

Welch eine Herrlichkeit! Wie leuchtet der Wiederschein des göttlichen Angesichts um und um
durch den unermefslichen Raum! Jeder Engel scheint
vergöttert. Aber wagt die erstaunte Seele wieder
einen Blick nach dem Urbilde — der einzige Blick
löschet alles Geschaffne aus, und macht Erzengel
zu Schatten.

Und ich — was bin ich? — O Gott! wie verliere ich mich vor dir! Ich empfinde nur dich, die
grofse Empfindung löst meine Seele auf — Sie verschwindet, sie fühlt nur noch dunkel dein Alles
und ihr Nichts. —

Was für eine Symfonie weckt mich aus der
süfsen Vernichtigung? — Dein Lob, o Ewiger,
dein Lob, das von jedem serafischen Mund ertönt!

Ihre Entzückung, nicht sprachlos, wie die unsrige,
strömet in Jubel und göttliche Psalmen aus.

Wie lieblich hallt der Nachklang der englischen
Gesänge durch die Paradiese des Himmels!

Harmonisch erklingt meine Seele mit, und erfreut
sich über das Lob ihres Schöpfers.

O Seligkeit! was erschaffest du, o Gott, für eine
Empfindung in mir? Kaum vermag die erstaunte
Seele sie zu fassen.

Ihr Engel, ihr Cherubim, ihr glänzenden Geister!
ich bin euers Geschlechts! Seyd mir gegrüfst, ihr

Unsterblichen, meine Freunde, ich bin unsterblich wie ihr.

Ich liebe ihn, ich bete ihn an, ich bin, wie
ihr, zu seinem Anschauen erschaffen.

Ich werde leben, und seine Werke betrachten,
die Himmel, die er ausgedehnt hat, und die Welten, die er für glückliche Wesen schuf.

Ich werde von Sfäre zu Sfäre fliegen, mein
Auge wird gleich der aufgehenden Sonne umher
leuchten, und mein Geist in die Tiefen der göttlichen Weisheit dringen.

Die Dauer meines Lebens wird unermefslich
seyn. Sonnen werden erlöschen, und Weltgebäude
zertrümmert seyn, und ich werde noch leben,
indem neue Schöpfungen unter meinen Blicken
hervor gehen.

Himmlische Freunde, bald werdet ihr mich in
euern Geheimnissen einweihen; ihr werdet mich
Tugenden lehren, die den Sterblichen versagt sind;
mit euch werde ich die Himmel durchreisen, und
den horchenden Sternen sein Lob verkündigen.

Die entzückte Vorempfindung reifst meinen Geist
aus diesem engen Zirkel des Sonnenalters in die
fernste Zukunft. Wie selig sind diese Blicke in
Äonen zurück geworfen, wo jeder Augenblick mit
göttlichen Gnaden bezeichnet ist! Wie viel seliger
noch die Aussichten in künftige endlose Äonen,
deren jede sich näher um die Gottheit drehet, jede

von neuen Offenbarungen verklärt, jede eine Enthüllung neuer Göttlichkeiten!

O lehret mich, himmlische Geister, lehret mich,
Freunde, was kann ein Geschöpf, ein Hauch, ein
Schatten, thun, wenn das gepreſste Herz unter der
Empfindung Seiner Güte erliegt, und vor süſsen
Schmerzen seufzet, daſs es unfähig ist, Dankbarkeit
zu zeigen?

Höre ich nicht die Stimme meines Engels, der
mir mit himmlischen Akzenten zuruft:

„Auch w i r können nicht mehr, als die Ausflüsse
seiner Liebe empfinden. Seine Gnade empfinden,
ist Dankbarkeit.

„Die Stimme unsrer Freude, unsre stille Entzückung, wenn wir unsere gröſsten Gedanken zu
klein finden, ihn zu loben — dieses ist der Dank,
der ihm am angenehmsten ist.

„Seine Geschöpfe glücklich zu sehen, glücklich
unter Gesetzen, die sie lieben müssen; zu sehen,
wie sie an Erkenntniſs und Liebe zu ihm empor
wachsen; wie sie in lieblicher Harmonie von einer
Vollkommenheit zur andern steigen; wie sie immer
fähiger werden, gröſsere Wohlthaten von ihm zu
empfangen:

„Dieſs, irdischer Freund, ist alles, was der
König der Geister von uns fordert. Sein Vergnügen ist, Glückliche zu machen.

„Ergiefse dich ganz in die Empfindung, wie selig es ist, von einem solchen Herrn abzuhangen! Was sind alle unsere Paradiese gegen die Hoffnungen, die diese Empfindung umfafst?"

II.

Lobsinget dem Herrn, betet ihn an, ihr seligen Geschöpfe, die sein Wort geschaffen hat!

Lobet den Herrn, der Erdkreis beuge sich vor seiner Majestät! Der Herr ist König, sein Thron ist über allen Himmeln.

Er sprach, da gab das Unding seine Gefangnen hervor; Er befahl denen die nicht waren, dafs sie leben sollten.

Der gestaltlose Stoff ward in seiner allmächtigen Hand zu Schönheit.

Er bildete die Serafim aus ätherischem Feuer, und aus Leimen die schöne Gestalt des Menschen.

Seine Weisheit ist unbegrenzter als der Äther; sein Verstand ist das Urbild der Wahrheit; aber unsre Gedanken sind Schatten. Seine Gesetze sind Ordnung; Freude und Wonne quillt aus seinen Geboten.

O Gott, wie sind deiner Erfindungen so viel! der Erzengel ermüdet sie zu zählen.

Wer zählet die Sfären, die deine freygebige Hand durch das Unermefsliche ausstreute? Du allein zählest sie.

Du kennest alle deine Werke, du hast sie mit Weisheit geordnet; du verstehst eines jeden Bedürfniſs, und hörest ihre Verlangen von ferne. Du erbarmest dich aller deiner Werke!

Du hast jedem seinen Weg vorgezeichnet, du überschauest alles mit Einem Blick, und regierest alles mit Einem Wink. Die ganze Schöpfung liegt, ein einziger Gedanke, vor dir.

Aber endlichen Geistern sind Äonen zu kurz, die Schönheit deiner Werke auszuspähen.

O seliges Geschäft, deine Werke unaufhörlich zu betrachten! Kann der Himmel selbst uns mehr gewähren?

Ja, eben das ist Himmel, mit schärfern Blicken, mit neuen Sinnen, mit entnebeltem Geist den Umfang deiner Werke durchschauen. Selig, wer schon hier in dieser Beschauung sich übt! Seine Seele schwimmt in deiner Allgegenwart; sie gewöhnt sich, dich allezeit zu empfinden, sie forschet nach deinen Gesetzen, und bildet sich unvermerkt nach deinem Herzen.

Von den Strahlen deiner Weisheit und Güte um und um durchdrungen, wird sie selbst weise und gütig.

Der Weise lächelt des kindischen Stolzes, der mit geraubtem Schimmer prangt; die Lilie des Feldes ist ihm schöner geschmückt, als eine Königin, vom Gespinst einer Raupe umwunden, und mit glänzenden Kieseln belastet.

Ihm ekelt vor den Freuden der Eitelkeit; seine Vergnügen strömen ihm aus der ersten Quelle zu. Jene ziehen ihren Werth aus der Thorheit der Weltmenschen; diese nehmen wir aus der Hand unsers Schöpfers, als eine Speise, die unserer Natur gemäfs ist.

Von solchen Freuden genährt, wachsen die Schwingen der Seele; sie strebt in eine reinere Luft empor, und reifet für den erhabenen engelgleichen Zustand, wo du, o Herr, der einzige Gegenstand ihrer Gedanken und Liebe bist.

III.

Unser Herr sey gelobet! Es preise ihn alles was Athem hat! Denn seine Güte ist unermefslich.

Es lobe ihn das Geschlecht Adams, für welches er diese Erde bereitet hat!

Er machte den Menschen wenig minder als die Engel, und gab ihm den Vorhof des Himmels zur Wohnung.

Er ists, der den Zirkel der Jahrszeiten in seiner Hand drehet; Er löset die Natur von den eisernen Banden des Frostes.

Von seinem Anhauch belebt, steht sie auf, wie eine Braut, in sanftes Rosenroth und liebliches Lächeln gekleidet.

Wenn Du die Sonne, das Bild deiner Güte, wieder zu uns führest, dann rauschen Ströme des Lebens durch die Adern der verjüngten Erde.

Dann rufest du dem Frühling, und kränzest den saftvollen Hain mit glänzendem Laub.

Die kleine Brust der Vögel schwillt von Frühlingsfreuden auf. Die Lerche fliegt jubilierend vor dem Wagen der Morgenröthe her, und die Grasmücke singt ihr frühes Lied in den grünen Zweigen.

Alsdann heifsest du Blumen ohne Zahl hervor keimen, und erquickest unser schmachtendes Auge mit lieblichem Grün.

Von deinem Lächeln blüht die balsamische Rose, schön wie die Wange der Unschuld, süfs duftend wie die wallenden Locken junger Serafim.

Gleich einer weisen Seele, die aus einem schönen Leibe hervor scheint, blüht sie auf, die Morgenlüfte schweben um sie her, und tragen ihren Geruch auf wallenden Flügeln durch die ganze Gegend.

O Herr, wie gütig bist du! Du gabst uns ein feines Gefühl, eine Welt voll Freuden zu empfinden.

Wehe dem Gottlosen, der die Freuden aus deiner Hand verachtet! der unempfindlich gegen deine Liebe ist, die ihm aus allen deinen Werken winket.

Wehe dem Thoren, der die unschuldigen Freuden der Natur verachtet! In schwindliger Brunst umarmt er Schatten, und spricht zur Eitelkeit, du bist mein Theil.

Die Wollüste, nach denen er wiehert, werden sich wie Schlangen um ihn winden.

Aber selig ist der Mensch, der sich an deinen Werken ergetzt, und dich Tag und Nacht lobet!

IV.

O Gott! wie lieblich sind deine Gesetze! Wohl dem, der nach ihnen wandelt! Seine Pfade sind richtig, und sein Tritt gleitet nicht.

Dein Gesetz ist das Leben der Wesen. Alles was ist, gehorchet deinem Willen.

Diese lichtströmenden Sfären, die im Unermeßlichen daher gehen, und der Engel, der ihren Flug regiert; die schnellen Zeiten und der grenzenlose Raum, der Schauplatz deiner Wunder, der unsichtbare Wurm und der Sonnenstaub, seine Welt, alles gehorchet deinem Willen.

Da du schufest, erschallte die gesetzgebende Stimme durch die Tiefen des Chaos; die Sonne hörte sie, und stand ehrfurchtsvoll still; die Welten hörten sie, und zitterten in ihre Kreise.

Nun wandeln sie gehorsam deine Wege, bereit, wenn du winkest, still zu stehen, oder ewig, ohne Ruhe fortzueilen.

Diese prächtige Schöpfung ist ein Abriſs deiner Ideen; die Welten sind die Tafeln, worauf du mit göttlichem Finger deine Gedanken eingegraben hast.

Mich dünkt, der unveränderliche Lauf der Sterne, die sich in vorgezeichneten Kreiſen ihrem Mittelpunkt nähern, rauſche mir mit harmoniſchem Getöne zu: So sollen die Geiſter in unermüdetem Lauf der Gottheit nähern.

Ja, in heiliger Entzückung höre ich die Stimme der ganzen Natur, leise, nur der Seele hörbare Stimmen, mir entgegen säuseln.

„Du bist erschaffen, rufen sie, um von dem Ungeschafnen abzuhangen.

„Du denkest, um Ihn zu denken!

„Du liebest, um Ihn zu lieben!

„Die Geschöpfe sind Stufen zu Ihm, deine Neigungen — Flügel, dich schneller empor zu tragen.

„Er allein ist der er ist, die Körperwelt ist sein Schatten, und die Geiſter ein Hauch von Ihm.

„Ihre Gröſse ist, Ihm unterthan zu seyn; ihre Glückseligkeit, das seyn, wozu Er sie gehaucht hat.

„Betrachte uns, seine Werke, o Unſterblicher! und bilde dich nach seinen Absichten, die aus uns hervor glänzen.“

Siehe, so lehrt die Schöpfung meinen horchenden Geist. Ihre Stimme ist mir eine Stimme Gottes! Ein süſses festliches Grauen befällt mich, ein dunkles Gefühl vom Allgegenwärtigen, der unsichtbar unter den Schatten der Natur wandelt.

Dann ist alles heilig um mich her! Dann glaubt die staunende Seele Dich selbst zu sehen. Dann trägt mich ein flatterndes Insekt nicht minder zu dir empor, als ein Engel, dessen Glanz Sonnen auslöschet.

V.

Vergieb, o Ewiger, der Seele, die du gehaucht hast, dafs sie, von einem mächtigen Triebe gezogen, so oft sich bestrebt, näher zu dir hinauf zu dringen.

Hat nicht deine Güte diese unsterbliche Sehnsucht in meine Seele gelegt, dafs alle Empfindung ihrer Schwäche, ja selbst das Bewufstseyn ihrer Schuld, sie nicht zurück schrecken kann, den kühnen Versuch zu erneuern?

Ja, ich fühle es, o mein Schöpfer, dafs ich geschaffen bin dich zu schauen, obgleich mein blödes Auge, noch unverklärt, lauter Dunkel um dich her sieht.

O wie süfs ist es schon, auch aus dieser dunkeln Ferne nach dir zu blicken! — Welch ein Entzücken, in heiligen Gesichten, obgleich nur Schattenbilder deiner Herrlichkeit zu sehen!

Zwar oft seufzet meine Seele in geheim über diese Entfernung, über diese Pilgrimschaft im Lande der Träume — wie oft klagt sie über sich selbst, dafs Träume, dafs flüchtige Wolken dich vor ihr verbergen können! Dann raffet sie sich auf, und versucht die Hindernisse zu durchbrechen, die sich ihrer Sehnsucht entgegen thürmen. Bald will sie auf den feurigen Schwingen ihrer geistigen Gedanken zu dir aufsteigen; sie erhebt sich über die sichtbare Natur, sie klimmt von Sfäre zu Sfäre, und sieht in einem Augenblick unermefsliche Räume hinter sich. Dann entlehnt sie den Flügel des Serafs, und sucht dich über dem äufsersten Himmel. — Aber bald sinkt sie wieder von der ungewohnten Höhe schwindelnd herab, zu ihrem angebornen Staub, und klagt, bis ein liebreicher Geist ihr zulispelt: Warum suchest du den Allgegenwärtigen?

So zeige mir denn, schöne Natur, spricht sie in der Entzückung ihrer Liebe, zeige mir die göttliche Schönheit, von welcher du, flüchtige bunte Wolke, deinen gebrochenen Schimmer borgest.

Jetzt schaut sie umher, und tausend anmuthige Scenen wallen ihr entgegen. — Aber was sind Farben, was ist die Morgenröthe, oder der liebliche Mondschein gegen das Licht deines Antlitzes? Was sind süfse Gerüche gegen die Ausflüsse deiner Liebe! Wie verschwindet das alles vor dem schwächsten Strahle des Urbildes!

Dann fliegt sie von neuem erhitzt, in überirdische Räume, und träumt von Schönheiten, die alles

Sterbliche auslöschen. Aber was göttlich war, mit dem Irdischen verglichen, wie schnell verwelkt es, mit Dir verglichen!

Was ist der Glanz eines Engels, was ist seine Weisheit, was seine Macht, obgleich Sonnen unter seinem Fufstritt beben — gegen den, von welchem die höchste englische Kraft ein Hauch seines Mundes ist!

So fliehet denn hin, ihr Geschöpfe, ihr neidischen Wolken, die Ihn vor mir verbergen; und du, meine Seele, kehre zurück, verbirg dich in die dunkelste Stille, und öffne dich in feiernder Ruhe dem sanften Säuseln seiner Gegenwart!

Schweiget, ihr still lispelnden und ihr ungestümern Begierden; die leiseste Empfindung verstumme! Alles was vergänglich, was geschaffen ist, schweige! Mein Geist horchet ihm selbst entgegen, nicht den Geschöpfen, die sein Daseyn ausrufen; nicht den Engeln, die seine Wunder besingen.

Fliehet aus meinem Gesicht vergängliche Schönheiten; ich sehe euch nicht mehr, die Sonne erlöscht vor mir, die Erde zerstiebt, die ganze Natur schwebt wie ein Schatten vorbey; alles was nur ein Schimmer, ein Bild von Gott ist, flieht dahin.

Ganz von allen Dingen, ja von mir selbst entblöfst, fühle ich in diesem seligen Augenblick nur dich; deine Gottheit ist über mir, und umgiebt und durchdringt mich ganz und gar.

Dunkel, unaussprechlich, in süfser Verwirrung, fühle ich, was Serafim zu denken vermögen, was ihre Lippen aussprechen. — O was seh' ich in dir? Was ahnet mir, obgleich mit leiser Empfindung? — Dinge, die kein Auge gesehen und kein Ohr gehört hat — Seligkeiten ohne Nahmen, mit nichts zu vergleichen, mit nichts zu ermessen, von immer göttlichern Seligkeiten begleitet. —

Jetzt seh' ichs und erstaune! Du bist alles, du allein bist Schönheit, Güte, Vollkommenheit! Wie göttlich, wie heilig scheinen mir jetzt deine Geschöpfe! Deine Gegenwart glänzt aus ihnen hervor; sie scheinen zu seyn, aber du bist! Du bist ihre Schönheit, ihre Güte, ihre Vollkommenheit. — Du bist mehr als alle Geister empfinden, mehr als alle Ewigkeiten enthüllen können; der unendliche Raum ist zu eng, deine Wunder zu fassen. In dir — o Ewiger, deine Gröfse vernichtet meine Seele; sie arbeitet umsonst, was sie fühlt, zu entwickeln; sie sucht vergeblich Bilder und Worte. Wie kann das, was nichts ist, ihr Farben zu deinem Bilde leihen?

Ich verhülle mich und schweige; aber Entzükkung ergreift meine Seele, und Freude zittert durch mein Gebein.

Jetzt fühl' ich, dafs ich bin! Welche Wonne, welch ein Triumf ist in diesem Gefühl!

Ich bin dein Geschöpf — noch mehr — eine Seele die dich empfinden kann, ein Gefäfs deiner ewig ausfliefsenden Güte. Ich weifs, und mein

Innerstes sagt mirs, ja du selbst, du selbst sagst es
zu meiner Seele, sie sey für dich geschaffen.

So entfernt ich von dir bin, so blöde und unrein
dein Anschauen zu ertragen, und ob du mir gleich
lauter Geheimnifs bist, so frohlocket doch mein
Herz. Ja in eben diesen heiligen Augenblicken,
wenn ich mich in deiner unbegreiflichen Vollkommenheit verliere, dann halte ich selbst den Cherub,
der dich unverwandt schaut, nicht für glücklicher
als mich. — Denn ich bin unsterblich, du schenkest mir Ewigkeiten ohne Ende, dich meinem anbe-
tenden Geiste zu enthüllen.

O der grofsen entzückenden Erwartung! — Noch
bin ich an den Staub gebunden, noch gleicht meine
Seele einem unreifen Embryon, noch sind ihre
Kräfte gleich der Schwäche des Säuglings, und schon
sättigst du meine Seele mit göttlichen Freuden — Ja,
ein stiller Gedanke an dich macht mein Herz glühen,
und meine Augen vor süfser Empfindung weinen.

O was erwartet mich, wenn diese Hülse abgefallen seyn wird, wenn ich diesem Kerker entflohen
bin; wenn du gleich der Mittagssonne über mir
aufgehest, und mein gereinigter Geist deiner nähern
Blicke fähig ist!

VI.

O Wohlthäter aller Wesen, sey gelobet für die
Ströme von Gnaden, die du durch unzählbare Himmel und Welten, auch zu uns, den Kindern Adams
herab leitest!

Wir beten an deine Weisheit, die Ausspenderin
deiner unerschöpflichen Güte, die aus der grenzen-
losen Fülle jedem Bedürftigen zumißt, was ihm
das Beste ist.

Sey gelobet, daß du uns in deinem Lichte
gezeigt hast, daß alles, was von dir kommt, Wohl-
that ist! Ach lehre doch die verblendeten Sterblichen
erkennen, daß sie die nöthigsten deiner Wohlthaten.
Übel nennen.

Sey gelobet, o Herr, der du diese Erde, den
Wohnplatz der Sünder, verflucht hast, Unkraut
und Dornen zu tragen : nun nöthigt sie ihre ehe-
mahligen Herrscher mit Schweiß und entkräftender
Arbeit den Unterhalt ihr abzuzwingen, den sie dem
ersten unschuldigen Paar in freywilligem Überfluß
entgegen schüttete. Paradiese sind nur für heilige
Menschen und für Engel.

Sey gelobet, daß die Freuden, die den verblendeten Menschen am stärksten reitzen, flüchtig und
eitel sind, und immer sein Erwarten täuschen; daß
sie auch den sinnlichsten Menschen ermüden, und
ihn lehren, daß seine Seele nicht mit den Thieren
grasen soll.

Sey gelobet, daß du den Pfad, der zum Leben
führt, mit so viel Dornen bestreuet hast! Die
berauschte Welt taumelt von weichen blumenvollen
Hügeln in grundloses Elend hinab; aber die Deinen
führest du auf Dornen, die nur den äußern Menschen verwunden, und nach und nach die sinnliche

Hülse von der Seele abstreifen, zu den krystallnen Bächen des Lebens, zu den Quellen der reinen Wonne.

Sey gelobet für alle Leiden, womit du die verderbte Natur kränkest, und den unsterblichen Geist von den Flecken reinigst, die ihn zu deinem Anschauen ungeschickt machen.

Sey gelobet, wenn du uns unsre Geliebtesten zurück forderst, die, an denen unsre Seele Wohlgefallen hatte, die wir vielleicht mehr liebten, als recht ist, dafs Geschöpfe von Geschöpfen geliebt werden; ja, sey gelobet, o Herr, für jedes Band, welches du von unsrer Seele abreifsest; und für jeden Verlust, der sie näher zu Dir treibt, du einziges Gut, das nie verloren werden kann.

Sey gelobet, dafs du uns der Verachtung, der quälenden Thorheit, der niedrigen Bosheit verkehrter Menschen aussetzest. Sie demüthigen, aber nur unsern Stolz; sie quälen, aber nur unsre Weichlichkeit — die Seelen, die in deiner Liebe ruhen, darf keine Plage berühren.

Sey gelobet, dafs du so oft unsre Anschläge zerstreuest, und unsre Erwartungen zu Träumen machst; dafs du uns versagest was wir bitten, und uns fühlen machst, wie eitel unsre Kraft, wie thöricht unsre Weisheit ist. Dir allein kommt es zu, uns glücklich zu machen — und wir? Wir beten an, und folgen deinem Winke.

Sey gelobet, dafs du dich öfters zu verhüllen scheinst, und uns die empfindlichern Ausflüsse deiner Liebe entziehest! Dann fühlen wir unser Nichts, und schmachten sehnlicher nach deiner Gnade.

Sey gelobet für die Krankheiten des Leibes, die dem unsterblichen Theile so heilsam sind. Sie entwöhnen uns von den sinnlichen Dingen; und machen uns stumpf, ihre Reitzungen zu empfinden; sie zeigen der entnebelten Seele diese Welt in dem himmlischen Lichte, das jenseits des Grabes leuchtet; sie machen uns strenger gegen uns selbst, sanfter gegen andere, demüthiger vor dir; sie winden das Unsterbliche allmählich vom Staube los, und indem sie diese Schattenwelt um uns her vernichten, schliefsen sie dem erhitzten Glauben und der begeisterten Hoffnung himmlische Scenen auf.

Sey auch gelobet, o Herr, sey mit jeder Empfindung unsrer Seele gelobet, für deinen Engel, den Tod, den Friedensengel, den Führer ins befsre Leben!

O Tod, du süfse Hoffnung, du Wohlthäter selbst dieses Lebens, welches Pein wäre ohne dich! O wenn kommst du, seligste meiner vorgezählten Stunden? Wenn kommst du, Todesstunde; wenn wird das Rauschen deiner Ankunft mein lauschendes Ohr entzücken?

Komm, entfefsle die müde Seele, bringe sie heim, führe sie dahin, wo ihre Begierden ruhen!

Dahin, wo sie den Unendlichen, ihr Alles, besser lieben kann! Dahin, wo sie in den Kören der Engel ganz Harmonie zu seinem Lobe wird.

VII.

Wenn sich in diesem fremden Lande finstre Gewölke um uns ziehen, wenn dornichte Pfade unsre Begierden verletzen, wenn der Herr des Schicksals uns Freuden abfordert, oder Schmerzen zusendet:

Dann weinen wir, und klagen mit ungeduldigen Seufzern der befreyenden Stunde entgegen.

„Warum verzeuchst du, goldne Stunde, Erlöserin? Wo säumest du dich, wohlthätiger Tod? Wie lange lässest du uns nach dem letztem Athemzug, dem letzten der Leiden, schmachten?"

Aber wenn bald die entfesselte Seele auf Flügeln frohlockender Serafim ins ewige Leben getragen seyn wird, dann werden die Tröstungen Gottes jede Spur der Schmerzen aus ihrem Gedächtnifs wischen.

Dann wird sie, von reiner Wonne gesättigt, mit dem einen Blick in Ewigkeiten vertieft, mit dem andern die ferne, bleich schimmernde Erde suchen, und sagen:

„Wo bist du, Thal der Schmerzen? Wo ist die Wüste, mit Irrgängen durchflochten, aus denen kein Ausgang schien? Wo ist der Augenblick, den ich träumend in Jahre ausdehnte?

„O die ihr, noch in Sterblichkeit verschlossen,
auf eure Enthüllung wartet, meine Brüder, was
ihr Leben nennet, ist Traum.

„Das Leben des Frommen ist ein süfser profetischer Traum, der künftig erfüllt wird.

„Klaget nicht, wenn Leiden den süfsen Traum
unterbrechen! Nur durch Leiden wird die Seele
vom Leibe des Todes losgewunden, und von der
Erde, dem Paradiese der Thiere, zum Himmel
angewöhnt.

„Wann Sterbliche weinen, dann lächeln die
Serafim, ihre Freunde, und sehen still entzückt zu,
wie sich der befleckte Geist in der läuternden Gluth
zum Engel reinigt.“

VIII.

O Herr! du bist zwar unsichtbar nach deinem
Wesen, aber du strahlest allenthalben in deinen
Offenbarungen hervor, und füllest das Unendliche
mit deiner Gegenwart.

Was versucht meine Seele, gleich einem Vogel
der an der Ruthe klebt, sich in den Äther empor
zu schwingen, damit sie dich in deiner Herrlichkeit
schaue?

Könnte ich von einem Himmel zum andern fliegen, aber meine Seele wäre nicht freyer, mein Herz
nicht reiner, mein Auge nicht einfältiger, so würde
ich dir nicht näher kommen.

Hier wo ich jetzt bin, da bist du mit deiner Gottheit, mit deiner segnenden Liebe, mit allen deinen Vollkommenheiten gegenwärtig!

O meine Seele, wirf dich vor dem Unendlichen hin, beuge dich, tief anbetend, vor dem, vor welchem die Serafim, obgleich von der hellsten Flamme seiner Liebe entbrannt, ihr reines Angesicht bedecken.

Jeder Ort wo ich stehe, ist heilig! Jeder Ort ist eine Stätte des Herrn.

Höret, ihr Sterblichen, die grofse Wahrheit, und zittert! Wer darf es ferner wagen, in der Gegenwart Gottes zu sündigen?

Jede sündige Seele bebe, und erkenne seine Gegenwart!

Würdest du vor allen Engeln sündigen, wenn sie dich sichtbar umgäben? würdest du im Himmel sündigen?

Ach, wer hat dich denn so verblendet, dafs du im Angesicht Gottes sündigest?

Zittere, Sünder, du stehest vor ihm; wohin willst du fliehen? Welche Nacht soll dich vor ihm verbergen? du bist ganz von seiner Gottheit umringt. Er sieht deine geheimsten Wünsche, er höret die leisesten Wünsche deines Herzens.

Das Angesicht des Heuchlers lügt den Menschen: sein Auge ist gen Himmel gerichtet, seine Lippen reden die Sprache der Engel; aber der Herr sieht die Falschheit seines Inwendigen.

Der Herr richtet allezeit ; in jedem Augenblick verdammt oder billiget er meine Seele.

Ach! wenn du mich vor Gericht fordertest, und mir selbst mein Urtheil überliefsest, so bin ich verloren.

Jede Seele, die in deiner Gegenwart nicht heilig gewandelt hat, ist des Todes würdig; der Abgrund öffnet sich, und der Untergang sperrt seinen Rachen auf, die unselige Beute zu verschlingen.

Aber deine Gnade ist höher als der Himmel, deiner Erbarmungen ist keine Zahl.

Du liebest die Seelen, die für dich geschaffen sind, mehr als sie sich selbst lieben; mehr als die zärtlichste Mutter den Säugling liebt, ihren Erstgebornen, den sie mit Schmerzen gebar.

Sie sind dein, sie sind ganz zu deiner Liebe gebildet.

O Herr, zeige dich uns, decke uns dein Antlitz auf, so genesen wir! Hauche uns an, o Geist des Herrn, so sind wir erneuert.

Die Missethat der Gedemüthigten ist vor dir weggethan; du hebest ihre Augen zu dir auf, und zeigest ihnen dein Heil.

Ihr Leid ist verschwunden, und ihr Innerstes freuet sich über deine Gegenwart.

Sie wandeln vor dir, und werden nicht müde, denn du bist bey ihnen, und redest freundlich mit ihren Seelen.

Du führest sie an deiner Hand, wie ein Vater das wankende Kind, das noch gleitet. Sie schauen unverwandt auf dich.

Herr, zeige uns dein Antlitz, so genesen wir. Erleuchte uns, daſs wir in deinem Lichte wandeln.

IX.

O Gott, deine Güte reicht so weit die Himmel sind; sie ist unbegrenzt, wie die Ewigkeit.

Du hast alles gut erschaffen. Selig, wer in deiner Ordnung bleibet!

Du tränkest die Menschen mit den Ausflüssen deiner Liebe, und erfüllest die reinen Geister mit dir selbst.

Der Herr liebet die Unschuld, er liebet die Seelen, die vor seinen Augen wandeln.

Seine Güte ist über dem, der redliches Herzens ist. Aber den falschen Seelen, und denen, welche das Böse lieben, wird sein Angèsicht Verderben blitzen.

Freuet euch des Herrn, ihr, die ihr seinen Nahmen fürchtet! Erzählet von seiner Güte den Fremden, die ihn nicht kennen!

X.

Du Geber aller guten Gaben, was soll mein Herz, so liebreich von dir aufgemuntert, bitten?

Ich weiſs, daſs mir alle deine Schätze offen stehen; ich vertraue deinen Verheiſsungen, sie sind das Leben meiner Seele.

Was soll ich bitten, da du, wohlthätiger Geist, allen meinen Wünschen zuvorgekommen bist?

Ich war noch nicht, da du mir schon diese schöne Wohnung erbautest, die deine Gegenwart zum Paradiese macht; da du diese glänzende himmlische Luft über mir wölbtest, und die Sonne schufest, die mein Auge mit den Flüssen ihres Lichts erquickt; und den Mond, der die Nacht zum sanftern Tage macht.

Du pflanzest für mich den umschattenden Hain und die blühende Flur mit vielfarbigen Blumen und grünem Laubwerke gestickt. Du ergetzest mein Auge mit ihren Farben, und meinen Geruch mit dem süfsen Athem, den sie umher düften.

Du labest meine Zunge mit erfrischenden Früchten, die mir von Stauden und Bäumen entgegen winken; du giebst den Bewohnern der Zweige harmonische Kehlen, mein horchendes Ohr zu vergnügen; und befiehlst dem sanften Zefyr, mit sanft webenden Flügeln die sonnichte Gluth auf meinen Wangen zu kühlen.

So willst du auch meine Sinne zu dir ziehen, zu dir, der Quelle jeder süfsen Empfindung.

Denn nur der Gedanke an dich macht die süfse Empfindung zu wahrer Lust; ohne ihn wäre der Wurm so glücklich als ich, durch ihn theilt der Engel seine Freuden mit mir.

O wie viel Glückseligkeiten, wie viel lebendige Quellen von Freude gabst du mir, da du mir diesen

denkenden Geist einhauchtest, den ewigen Beschauer
deiner Wunder!

Welche mächtige Kräfte hast du ihm gegeben,
sich empor zu schwingen, sich auszubreiten, oder
sich in sich selbst zu schmiegen, und der Betrachtung höherer Schönheiten zu geniefsen, die nur
dem innern Auge sichtbar sind, oder mit profetischer Kraft von bessern Welten und schönern Gestalten der Dinge zu träumen, die der aufgedeckte
Himmel vor der entkörperten Seele verbreiten wird.

Und damit die unerfahrne Seele sich in dieser
reitzenden Mannigfaltigkeit von Gegenständen nicht
verliere, noch in ihren eignen Bewegungen sich
verwickle, hast du ihr ein himmlisches Licht
geschenkt, welches die Pfade des Lebens bestrahlt,
worauf sie wandeln soll.

O Vater der Engel und Menschen! was könnte
ich Gutes von dir bitten, das du mir nicht schon
gegeben, oder für die Zukunft beygelegt hast?

Die Betrachtung deiner Wohlthaten erstickt jeden
Wunsch, und verbreitet süfse Zufriedenheit über
das glückliche Herz.

Diefs einzige, o mein Gott, lafs mich von dir
bitten, dafs ich, so lange ich diese irdische Luft
athme, keinen Augenblick vergesse, dafs du die
Liebe bist.

Wenn meine Thorheit mir den Genufs deiner
Gnade nicht vergället, wenn ich nicht von dir

hinweg nach trüben Quellen laufe, die keine reine
Freude geben, — was mangelt mir dann? Was
lässest du meinen Wünschen übrig?

Jeder Augenblick meines Lebens läſst eine Spur
deiner Güte zurück.

Jeder Augenblick bringt mich den Hoffnungen
näher, die mir vom Himmel entgegen winken; zu
den einzigen Wünschen, die mir deine Güte erlauben kann.

XI.

Wie wohl ist dir, meine Seele, wenn du aus den
Zerstreuungen dieses Lebens dich vor deinem Gott
sammeln kannst!

Wie süſs ists, an ihn denken, und in einsamer
Stille sich mit ihm besprechen!

Er höret das Lallen der unmündigen Seele gütig
an, ihre sprachlose Entzückung ist ihm angenehm.

Was sind diese Dinge, woran die Verblendeten
ihr Herz hängen? Schatten sind es, ja Träume von
Schatten! Mein Verlangen, meine Wünsche sind
nach Dir!

Selbst deine irdischen Geschöpfe, so schön und
lieblich sie sind, Schatten sind sie, die nur eine
flüchtige Lust auf die Seele werfen.

Unselig ist, der an diesen Schatten sich begnüget!
Aber selig ist, wer zu dem Herrn sagt: Du bist

meine Freude, mein Leben, mein Alles! Wenn ich nur dich habe, so vergesse ich Himmel und Erde.

Der irdische Mensch suchet Ruhe und findet sie nicht. Er erhitzt sich in seinem Betrug, er träumt Gütern nachzujagen, und wenn er sie erhaschet, siehe so sind sie nichts.

Ein Schimmer eines Guts, eine eitle Lust bezaubert ihn, seine Seele ist sich selbst unbekannt; die Unsterbliche, die Gespielin der Engel, leckt Staub wie eine Schlange.

Ihr Schöpfer pflanzte ihr eine ewige Sehnsucht nach Vollkommenheit und Freude ein.

Wozu, als daſs sie ihn suchte, und nirgends als in ihm ruhete? Ach! Betrogne, merkest du nicht, daſs in ihm die Fülle alles Guten ist? daſs er die lebendige Quelle aller Freude ist?

Saget, ihr Seelen, die ihr ihn kennet, ist nicht Ihn denken das süſseste Geschäft? Ist nicht Ihn empfinden Entzückung, Ihn anschauen Seligkeit?

O nur ein Gedanke, nur ein Strahl, der aus seinem Antlitz in unsre Seele fällt, löschet alle andre Bilder aus.

Wie selig, o Herr, müssen die seyn, die allezeit vor dir stehen, und deine Herrlichkeit schauen!

Ihr Engel des Throns, seine Vertrauten; ihr Cherubim, ganz zum Anschauen Gottes erschaffen; ihr Serafim, deren heilige Brust keinen andern Affekt als seine Liebe athmet, wie unaussprechlich ist euer Glück!

Zwar mich drückt noch dieser Leib des Todes, und meine umnebelte Seele ist unfähig, Dein Angesicht zu schauen.

Aber wenn ich von allen Geschöpfen, ja von mir selbst entblöfst, wiewohl aus dunkler Ferne, nach Dir blicke, so wallet mein Herz in himmlischen Freuden auf!

Wie kann ich nach einer solchen Seligkeit wieder zum Staub und zum Tand der Erde zurückkehren?

Ach! wenn werde ich diesen Kerker durchbrechen, und durch tausend glänzende Sfären unaufhaltbar mich zu deinem Thron aufschwingen?

Wie lange soll dieser bunte Vorhang der Natur mir den Anblick des göttlichen Lichtes verbergen? Wie lange soll die unbefriedigte Seele nach ihrem Gegenstande schmachten?

Sey stille, meine Seele, sey stille vor dem Herrn! Bezähme deine lüsternen Begierden!

Wenn ich schon im finstern Thale walle, so ist Er doch bey mir. Mein Glaube macht Licht um mich her, und zeigt mir die himmlischen Aussichten, die jeder Augenblick näher bringt!

XII.

Lobet den Herrn, alle seine Werke, lobet ihn in allen Gegenden seines Reichs.

Lobe ihn, du Geschlecht Adams! Die Erlösten des Herrn sollen von seiner Güte zeugen.

Höret doch, ihr Sterblichen, die Stimme aller Geschöpfe, die euch zu seinem Lobe ruft!

Wohl dem, der es zu Herzen nimmt, die frühe Morgenröthe sieht ihn mit deiner Betrachtung beschäftigt, ihn überrascht der nächtliche Schlummer mitten in Gedanken von dir.

Wie sollen wir dich loben, o Herr? Wo soll meine Seele Gedanken finden, die deiner würdig sind? Ach! wo soll ich Worte finden, die das Gefühl meines Herzens ausdrücken?

O vollbringet, was ich nicht vermag, ihr Engel, ihr Sänger Gottes, vollbringet für mich das himmlische Geschäft; mein Innerstes stimmt mit süfsen nahmenlosen Seufzern in euern Lobgesang!

Wie können wir dich loben, o Herr, als mit unverwandtem treuem Bestreben, dir wohl zu gefallen?

Denn du bist uns kein unbekannter, kein verborgener Gott; du hast uns deinen Willen bekannt gemacht, du hast ihn tief in unsre Herzen gegraben, ja du hast zu uns geredet, und die Rathschlüsse der Ewigkeit vor unsern Augen enthüllt.

Was säumen wir denn, dem Beyspiele des Himmels zu folgen, und den Willen unsers Herrn zu thun?

Jede Seele werfe sich vor ihm hin! — In diesem Augenblick schaut er auf uns herab, seine Hand ist bey uns, seine Gottheit umgiebt uns ganz. — Empfindet es, schlummernde Seelen, und erwachet ins Leben für Gott!

. Und ihr, Völker, höret auf mit betrüglichen Lippen den Gott zu ehren, den eure Thaten verläugnen. — Eilet, euch unter seine Gesetze zu beugen; denn, siehe, schon rüstet er sich, mit eisernem Zepter die Nacken der Empörer zu brechen.

Der Fürst beuge sich vor dir, o Herr, und zittre! Er vollziehe gleich den Engeln, die dir dienen, den Willen seines Königs!

Der Weise rühme sich nur dich zu wissen! Er forsche in deinen Werken, und erwäge deine Gesetze! Er lehre durch Reden voll Kraft, und reitze durch sein Beyspiel!

Die Mutter weihe dir den Säugling an ihrer Brust! Sie bilde den Knaben zu männlicher Grofsmuth, die Tochter zu Unschuld und Fleifs! Sie enthülle in ihren Seelen dein Bild, und lehre sie den Vater der Geister lieben!

Der Jüngling strebe mit der muntern Stärke eines jungen Adlers, nach dem, was edel und gut ist, nach jeder Vollkommenheit!

Güte und Treue sey das Band jeder menschlichen Verbindung, Ordnung und Recht die Grundfeste der Gesellschaft!

So werde unser Schöpfer gelobt, der das Glück seiner Geschöpfe seine Ehre nennt!

———

P S A L M E N.

ZWEYTE ABTHEILUNG.

I.

Wie selig ists, o Gott, in deinem Lichte zu wandeln! Welche Klarheit, welche neue Gestalten der Dinge und freudige Aussichten um mich her! Wo ist das Thal der Thränen? Wo die Todesschatten? Wo der Kerker des schmachtenden Geistes? Wie verwandelt sich das alles im Lichte Deiner Allgegenwart!

Sey mir gegrüfst, o Erde! du Land der Erscheinungen Gottes! Jede Stelle, wohin ich blicke, glänzt von Seinen Fufsstapfen — Er Selbst, er Selbst ist allenthalben zugegen!

Die Wolken unter Ihm triefen von Seinem Segen. Sein Anblick erneuert die Erde; sie fühlt das sanfte Säuseln seiner Gegenwart und freuet sich.

Er schauet herab, da blühet sie zum Garten Gottes auf; tausend Blumen eilen freudig hervor, von seinem Daseyn zu zeugen, und die Engel, die um ihren Herren schweben, streuen süße Gerüche von ihren Schwingen herab.

Der sinnliche Mensch ist dem Thiere des Feldes gleich; er schaut gedankenlos umher, und hält die Ausflüsse deiner Gegenwart für Werke des Zufalls oder der Nothwendigkeit.

Aber die Seelen, die Dich lieben, sehen dich allenthalben; der Gedanke an dich giebt jedem Ort überirdischen Glanz und wandelt den wilden Hain zum Paradies.

Sey mir gegrüßt, o Erde! du bist des Herren! der Fluch ist von dir hinweg gethan.

Vom Blute des großen Versöhners geheiligt wartest du mit uns, seinen Erlöseten, auf deine Erneuerung.

Frohlocke, du Erde, und ihr Begnadigten, jauchzet! Freuet euch mit dem Stifter euers Heils!

Er ließ sein göttliches Licht über uns aufgehen. Er zeigte uns in G o t t unsern V a t e r.

Er enthüllete vor unserm erstaunten Auge die verborgene Hoheit unsrer Natur, und schloß uns die Pforten der Ewigkeit auf.

Da wurde die Finsterniß Licht, die Verirreten kehrten zu Gott um, und die Sünder verließen die Wege der Thorheit.

Welche befleckte Seele hätte sich erkühnen dürfen, ohne Ihn, den ewigen Vater zu nennen? Wer hätte den kühnen Gedanken gewagt, Gott zu lieben? Und wie hätte sich die reine serafische Flamme in Seelen entzünden können, die von eiteln Begierden glüheten?

Sey gelobet, o Herr, unser Heiland! Du allein konntest diese herrlichen Dinge vollbringen!

Sey gelobet, und in dir der Vater, der dich gesendet hat!

O wie ganz sind unsere Seelen dein eigen! Welches Herz muſs nicht zu Liebe werden, das deine Wohlthaten erwägt!

Durch Dich haben wir Freudigkeit zu Gott, und nennen ihn mit kindlicher Zuversicht, Vater.

Deine Lehre erhebt uns zu unsrer Bestimmung; sie reinigt uns für den Himmel, wo nichts unreines eingehen kann.

Ach, wir lagen in der Finsterniſs, uns selbst verborgen, und vom göttlichen Leben entfremdet.

Wir verloren uns in unsern Irrgängen; Schmerz und Reue war der Lohn unserer eiteln Bestrebungen nach Glückseligkeit.

Denn wir schnappten nach Fantomen, oder weideten uns, wie Thiere, an den sinnlichen Dingen.

Wie erstaunte der Mensch, von deiner Klarheit umstrahlt, über die Hoheit seines Ursprungs und die Gröſse seiner Erwartungen!

Jetzt findet unsere Seele die Ruhe, die immer mit ihr entfloh, denn nun wissen ihre Triebe ihren Gegenstand. Sie brennet nun von englischen Flammen; die Ehre wornach sie strebt, ist, Gott gefällig zu seyn.

Ihn kennen, ihn lieben, ihn verherrlichen, ist ihre Wollust, ihr süfses Tagwerk.

Sie sieht ihren Leib als eine grobe Hülse an, welche sie nöthigt, noch am Staube zu kleben.

Wie froh sieht sie ihn allmählich welken! wie gern wickelt sie sich von ihm los!

Bald, bald werde ich mit entfalteten Flügeln mich in die ätherische Luft erheben, in die Reiche des Lichts und der Unsterblichkeit.

Dann weide ich an den Quellen der Wahrheit, und athme die Freuden unvermischt ein, wornach sich meine Seele sehnet.

Was scheidet einen Engel und eine Seele, die Gott liebet? Der Zwischenraum ist die durchsichtige Decke der Sinnlichkeit.

Schon seh' ich durch diesen Vorhang. O wundervolles Gesicht! Die Herrlichkeit des Himmels schimmert mir durch diesen Nebel der irdischen Luft entgegen.

Ich sehe mit geblendeten Blicken die überirdische Aussicht unbegrenzt verbreitet. Sie verliert sich in immer hellern Scenen, sie verliert sich im göttlichen Lichte.

Welch ein heiliger feierlicher Anblick! Wie glänzen die serafischen Angesichter! Wie entzückt beten sie den erhöheten König an! Dich, dich, o mein Erlöser, und — darf die zitternde Seele die grofse Empfindung wagen? — dich, meinen Bruder!

Zerfliefse, mein Geist, in Lob und Dank! Mische dich in die Harmonien der Engel, die ihn anbeten, in die Hymnen aller Geschöpfe, die ihn loben.

Zerbrechet, ihr Bande, zerfalle, du irdische Hülse, dafs ich aufliege, und meine Entzückung ihren Hymnen vermische!

II.

Wo ist mein entzückter Geist? Welch ein furchtbares Gesicht um mich her! Schwarze Finsternifs, gleich der ewigen Nacht, liegt auf dem bebenden Erdkreise.

Die Sonne ist erloschen, die verlafsne Natur seufzt, ihr Seufzen bebt, gleich dem schwachen Wimmern des Sterbenden, durch die allgemeine Todesstille.

Was seh' ich? Erbleichte Serafim schweben aus dem nächtlichen Dunkel hervor! Sie schauen mit gefalteten Händen herab! Viele verbergen ihr thränendes Antlitz in schwarze Wolken.

O des bangen Gesichts! Ich sehe, ich sehe den Altar der Versöhnung, und das Opfer, das für die Sünden der Welt verblutet.

Geheimnifsvolle, hochheilige That! Der Gottmensch leidet. Sein reines Blut weihet die sündige
Erde, und wäschet den Fluch von ihr ab.

Die Gerechtigkeit des Unendlichen schwebt über
ihm, und wäget in der Wage des Gerichts seine
Leiden gegen unsre Sünden ab.

Ach, wir Elende! Wie unwerth ist der seiner
Erbarmungen, der jetzt noch sündigen kann!

Warum zerfliefsest du nicht, meine Seele, im
bangen Gefühl deiner Schuld?

Vernimm es, o Menschengeschlecht! Ach! ihr
sündigen Seelen, nehmet es doch zu Herzen! Euere
Missethaten haben den Herren der Herrlichkeit
gekreuzigt.

Die Leiden des ewigen Todes liegen auf seiner
Seele; sie bebet, und fühlt die Schauer der Ver-
nichtung, sie ist von Gott verlassen!

Von Gott verlassen, um gefallnen Unsterblichen,
verworfnen Geistern, das Anschauen Gottes wieder
zu geben!

Wir waren alle abgefallen, wir hatten den Gott
der Liebe verlassen.

Wir vergafsen der Gesetze seiner Weisheit; der
Gesetze, welchen alle Himmel gehorchen.

Die Erde, von Thaten der Hölle geschändet,
war ein Fluch vor dem Herrn! ein Scheusal vor
seinen Engeln! ein verbannter Ort, auf den die
Verwüstung wartete.

Saget, ihr Himmel, ihr Sfären der Engel, saget, war unter allen Geschaffnen Einer, der uns erretten konnte?

Oder brennt in englischen Herzen eine solche Liebe, die sich für Sünder zum Opfer giebt?

Ach wir wären verloren, wenn nicht der ewige Sohn, was kein Geschaffner vermochte, gethan hätte!

Der im Schoofs des Vaters war, eh' noch die Serafim, vom Angesicht Gottes bestrahlt, um seinen Thron sangen, stellte sich zum Mittler der Kinder Adams dar.

Er erkaufte sich ihre dem Tode zugezählten Seelen, und erwarb sie zu seinem Eigenthum, indem er ihre Strafe litt.

Nun ist es vollbracht! Es ist vollbracht, das gröfste Werk, das die Ewigkeit sah! Die ewige Versöhnung ist vollbracht.

Ein göttliches Lächeln verklärt das Antlitz des Versöhners, die Todesqualen sind erschöpft, sanft neigt er sein Haupt, indem nahmenlose Seligkeiten seine göttliche Seele überströmen.

Die Erde ist versöhnt! die Pforten des Himmels öffnen sich den Kindern der Erde.

Aus allen Sfären eilen die Serafim, festlich geschmückt, dem göttlichen Sieger entgegen; schon tönt das Lied des Triumfs durch alle Himmel umher.

Singe mit, meine Seele, du Begnadigte Gottes; freue dich in deinem Erlöser und Gott!

Du bist sein! Du bist ein Lohn seiner Schmerzen,
ein Glied der heiligen Gemeine, die er erkauft hat.

Jauchze, meine Seele, Begnadigte Gottes! Die
Himmel öffnen sich dir, die Engel grüſsen dich
Schwester.

O Seligkeit, der Vater deines Mittlers, der ewige
Vater nennt dich sein Kind!

III.

In süſser Wehmuth schwebet meine Seele um den
Hügel deines Kreuzes, und genieſst den geheimniſs-
vollen Anblick, der sie gänzlich in Schmerzen und
und Entzückung zerschmelzt.

Ich sehe dich, mein Erlöser, von Schrecken des
Todes umringt. Ich sehe den Heiligen, den Unschuldigen, den Wohlthäter des Menschengeschlechts,
gleich den verworfensten Sündern ans Holz aus-
gestreckt.

Dein göttliches Antlitz, o Menschenfreund, in
welchem alle Bedrängten ihre Hülfe sahen, ist vom
Blut entstellt, das langsam von deinem verwelkten
Haupt zwischen den Dornen herab rinnt.

Ach! die hülfreichen Hände, die du nach jedem
Elenden strecktest, sind durchgraben; die Füſse des
Profeten, der das Heil Gottes verkündigt, sind ans
Kreuz geheftet.

Aber wer kann die Leiden deiner Seele aussprechen, wer kann unsre Sünden zählen, unter deren
Last du schmachtest?

Kläglich bricht die Angst deiner göttlichen Seele aus den Augen hervor, die unbeweglich gen Himmel starren!

Du siehest nach deinem Vater auf; aber er höret dich nicht.

Du schauest dich nach deinen Engeln um; aber sie stehen fern, in weinende Wolken verhüllt.

Die Sonne wendet ihr Angesicht weg, der Himmel verhüllt sich in Finsternifs, die Lebenskraft stockt in den Adern der bangen Natur, da der in seiner Menschheit leidet, vor dem die ganze Natur als ihrem Schöpfer sich neigt.

Warum leidest du, o heiliger Sohn des ewigen Vaters?

Warum leidet der Fürst der Heere Gottes, der Gebieter der Natur, der auf den Wellen wandelte, und dem Sturm Stillschweigen zuwinkte?

O Wunder der Liebe! Er leidet freywillig für schuldige Seelen, die den verletzten Gesetzen des Unendlichen zur Strafe übergeben waren.

Er leidet für Unsterbliche, die vom Angesicht Gottes verworfen waren.

Er hüllet seine Gottheit in ihre Menschheit; er wird ihr Bruder, sich selbst für sie aufzuopfern; das einzige Opfer, welches würdig war, den Unendlichen zu versöhnen.

Er behauptet die Ansprüche des Himmels auf unsre Seelen; seine Schmerzen erwerben uns himm-

lische Entzückungen; sein Tod ist unser Recht an
die Unsterblichkeit.

O Tiefen der göttlichen Liebe! O unergründliches Geheimnifs! So liebest du, Gott Erlöser,
die Seelen.

Die Serafim selbst, die Engel der Liebe stehen
erstaunt, und fühlen ihre Herzen durch die Allmacht
seiner Liebe erweitert; sie glühen von neuen Empfindungen, und wallen in reinere Flammen auf.

Mein Auge thränt, und heilige Erstaunung
schauert durch meine Gebeine, da du von der
Höhe deines Kreuzes für deine Peiniger betest.

O der süfsen Worte, der göttlichen Symfonie!
Die Sfären verstummten, da du so batest! Alle
Harmonien des Himmels schwiegen, und der ewige
Vater erkannte die Stimme seines Sohnes.

Das härteste Felsenherz zerfliefst von diesem
Gebet, und in die feindseligsten Herzen dringt ein
Strahl von himmlischer Liebe.

Du bittest für deine Peiniger, du leidest für
Treulose, für Undankbare! — Und ich — dein
Erlöster, dein Eigenthum, dein Jünger, sollte nicht
meinem Feinde verzeihen?

Wer ist mein Feind? Wer trägt die menschliche
Bildung, der nicht mein Bruder sey?

Segne, segne, o Gott, alle die mich demüthigen,
alle die mich in der Selbstverläugnung üben.

Inbrünstig wallet mein Herz dem ganzen Geschlecht meiner Brüder entgegen! Ach, möchtet ihr
alle zu Jesu versammelt werden!

Ach, daſs keine Seele sich dir entwenden könnte,
der du mit göttlicher Groſsmuth zum Lohn deiner
Schmerzen nur unsre Seligkeit verlangst!

Ja, mein Herz fühlt die schöpferische Kraft
deines Beyspiels! Du schaffest meine Seele neu; sie
erstaunt über Tugenden, die nicht ihr eigen sind.

Du sahest die Leiden, die über dich kommen
sollten, deine Menschheit bebte vor dem grauen-
vollen Anblick; aber du ruhtest in dem Willen des
Vaters! Ihn zu verherrlichen, war dein erhabnes
Geschäft! Seinen Willen zu thun, war die Wonne
deiner Seele!

O schwebe stets allgegenwärtig vor mir, du Bild
der sichtbaren Tugend, die erst am Kreuz in ihrer
Vollkommenheit strahlte — so wird keine Tugend
mir zu göttlich seyn!

Von der Allmacht dieses Anblicks getrieben, eil-
ten die Heiligen, auf dem Wege deiner Fuſsstapfen,
dem Hohn, den Ketten, der Marter entgegen.

Die Welt hassete sie, die Dich gehasset hatte! Sie
hasset die Wahrheit, die ihre Werke verdammte —
Sie hassete die Tugend, die so unwiderstehlich
bewies, daſs unsterbliche Menschen fähig sind,
nach englischer Vollkommenheit zu streben.

Aber was ist der Haſs der Sünder einer Seele,
die von Liebe Gottes glühet?

Soll sie erzittern, vor Menschen der Wahrheit
Zeugniſs zu geben, die bald im Angesicht des Himmels und der Erde ihre Göttlichkeit beweisen wird?

Was soll der Christ fürchten? Oder was soll
er von denen, die Staub sind, hoffen? Er, der
von Gott Unsterblichkeit, und mehr als alle Welten hoffet?

Was seh' ich? In wüthenden Flammen lächelt
ein Zeuge der Wahrheit gen Himmel; er schaut
mit starrem entzücktem Blick auf den Gekreuzigten
hin — der Anblick erhöht seine Natur über sich
selbst! Er verachtet den Grimm der feurigen Pein,
und blickt auf seine Asche triumfierend herab;
indem der halb entkörperte Geist schon in den
Pforten des Himmels schwebt.

IV.

Komm, meine Seele — du verlangest nach Ruhe,
die dir die Welt nicht geben kann — komm in
die süſseste Einsamkeit, in ein schöneres Lustgefilde
als Eden, komm zum Grabe deines Erlösers.

Hier schweb' ich in stillen Betrachtungen über
dem Felsen, wo er einst schlief, nachdem er ein
Werk vollbracht, worin keiner unter allen Erschaffnen mit ihm war.

Von Todesqualen ermüdet, sehnte er sich nach dieser Ruhe. Hier neigte sich sein Haupt, mit Dornen gekrönt, in den Staub hin. Hier wuschen die Thränen der Seinigen das Blut von seinem Antlitz, auf dem noch ernste Züge in göttliches Lächeln sich verloren.

Drey heilige Nächte gingen mit säumendem Schritt über das Grab des Schlafenden hin. Drey jammervolle Nächte beweinten ihn, die ihn geliebet hatten, als ob der Tod den gefangen halten könnte, der ihn überwunden hatte.

Aber am dritten Morgen stand der Sieger auf, wie ein Held, der, von großen Thaten ermüdet, sich niederlegt, vom kurzen Schlummer aufsteht, und seinem Triumf entgegen eilt.

Wie Staub sank die Sterblichkeit von seinem verklärten Leibe; er schwang sich empor, und indem er sich aufschwang, erschüttert ein süßer Schauer alle Gebeine, die im Schooß der Erde zum ewigen Leben schlummerten.

Mein Herr und mein Gott, du lebest, und auch ich werde leben! Du sitzest zur Rechten des Vaters, und ich werde, von dir aufgenommen, sein Ange-sicht schauen.

Daß mich der Tod nicht schrecken müßte, star-best du; daß meine Seele, die nach Unsterblichkeit athmet, nicht vor diesem nächtlichen Grabe bebte, ruhtest du im Schooß der mütterlichen Erde, und

standest wieder auf, mich meiner Auferstehung zu
versichern.

Du bist auferstanden! Du hast dich über alle
Himmel aufgeschwungen! Was kann ich fürchten?
Du willst ja, dafs sie seyen wo du bist, die dir
der Vater gegeben hat!

Dieses Grab, worin du schliefest, dieses Grabmahl, welches deine Allmacht öffnete, da du, Wie-
derbringer des Lebens, hervor gingest, ist mir ein
sichres Pfand, dafs ich leben werde, wenn schon
die Erde meinen Staub zurück nimmt.

O nennet nicht Leben, was besser Tod genennet
würde! Nennet es nicht Leben, wenn der himmlische Geist, in den Leib von Erde eingesenkt, im
Finstern schmachtet, und nur in der Hoffnung seiner Befreyung Ruhe findet!

Das Vergängliche ist keine Speise für einen
Unsterblichen! Ach, meine Seele verlangt nach
überirdischen Schönheiten; nach Gegenständen, die
nicht unterm Anschauen dahin welken! Nach Dir,
nach Dir verlangt sie, von dem alles, was ich sehe,
nur matte, entstellte Schattenzüge sind.

Mein Ohr verlangt die entzückende Harmonie
der Himmelsbewohner zu hören, die den Vater der
Geister preisen; es ist müde, den eiteln Schall
leerer Töne, müde die Stimme deiner Verächter
zu hören!

Meine Seele, die nach Frieden, nach reinen
ungestörten Harmonien schmachtet, strebt aus diesem

Kampfplatz der Zwietracht in die stillen Auen der
himmlischen Liebe empor, — aus der dürren Wüste
in das verheifsne Land, wo lebendige Quellen der
Wonne fliefsen — aus den Zaubergefilden der Sinnlichkeit, wo uns jeder Tritt Versuchungen nähert,
in den Garten Gottes, wo keine betrügliche Frucht
winket — aus der Pilgrimschaft ins Vaterland der
Geister!

Wie froh seh' ich jedem eilenden Tage, jeder
entschlüpften Stunde nach! Wie vergnügt sieht die
erleichterte Seele auf ihren welkenden Leib herab,
der bald reif ist, ins Grab zu sinken!

Tod! du süfser Nahme! bey dir wachen meine
Wünsche auf, — nach dir schmachten die geheimsten nahmenlosen Begierden meines Herzens! Du
raubest mir nichts Gutes, das ich besitze, und
schenkest mir, was mir alle Reiche dieser Welt
nicht geben könnten.

Was säuselt für eine Stimme, lieblicher als Musik,
um mein Ohr? Wer rufet mir? O ich kenne sie;
es ist die Stimme meiner Entschlafnen, die mich
zu ihrer Wonne einladen.

Bald werde ich euch wieder sehen, ihr geliebten Seelen! Und, o frohes entzückungsvolles Wiedersehen! wie wird euer Angesicht, vom Anschauen
Gottes glänzend, mir entgegen lächeln!

Was für englische Töne werden von euern Lippen fliefsen! Was für himmlische Geschichten werdet ihr mir kund thun! Wie liebreich werdet ihr

mich in den Sitten des Himmels unterweisen! Mit
welcher geflügelten Begierde werde ich von euch
die Hymnen der Unsterblichen lernen!

Hat eine himmlische Hand den Vorhang weg-
gezogen, der meinem unsterblichen Auge den seligen Anblick entzog? Oder schweb' ich schon ent-
körpert unter den Serafim?

Welche Entzückungen dringen auf mich ein!
Wie sind alle meine Wünsche gesättiget!

Welch ein Blick durch zahllose Reihen von
Geistern, die zu Gott aufsteigen, und im Aufsteigen immer göttlicher scheinen!

Ich sehe, von Myriaden ätherischer Sonnen
umgeben, den Himmel der Himmel! Wie glänzet
der Thron des gesalbten Königs! Welche Scharen
von Heiligen um ihn her!

Mit inbrünstig gefalteten Händen stehen seine
Erlösten, die Seelen, die ihm nachfolgten, vor ihm,
und hören seine liebevollen Worte!

Nur die Sprache des Himmels beschreibt, was
sie empfinden; nur Ewigkeiten sind das Maſs ihrer
Seligkeit!

Mein Blick dringt noch höher; aber ein uner-
meſslicher Lichtkreis blendet ihn zurück! Mit diesem Licht verglichen, ist eine Sonne ein gleiſsen-
des Stäubchen! — Hier wohnt der Unendliche,
nur von Cherubim betrachtet, die der Glanz seines
Angesichts vor allen Geschaffnen verbirgt.

Verbülle dich, meine Seele, und bete an! Verhüllt und von fern beten selbst Engel an!

Alle Wonne fliefst aus diesem Urquell; alle Schönheiten, die der Engel bewundert, oder die den Menschen von Erde reitzen, sind die Strahlen, die sich aus diesem Lichtmeer ergiefsen!

Ach schon fällt der Vorhang wieder! Sie sind verschwunden, die himmlischen Gesichte, deren kein Nahme, keine Vergleichung würdig ist! Es dämmert wieder um mich her, ich fühle die Fesseln wieder, die mich noch an diesen dunkeln Felsen heften!

Aber bald werden sie, wie versengte Faden abfallen; bald werde ich die angeborne Himmelsluft athmen, und da seyn, wo mein Erlöser lebt; und bey Dir geniefsen, was kein Auge gesehen, was noch keine Seele in profetischen Ahnungen vorempfunden hat, was kein Engel ermessen kann, alles was Du denen, die dich lieben, bereitet hast.

Bald werde ich da seyn, o mein Gott, wo meine sehnsuchtsvolle Seele dich besser erkennen, tiefer in die Wege deiner Weisheit, in die Wunder deiner Allmacht schauen, und deine unaussprechliche Vollkommenheit reiner lieben kann! Wo wetteifernde Serafim, die du doch minder geliebt hast, die Inbrunst meines Herzens anflammen! Wo du meine ohnmächtige Dankbegierde mit neuen Kräften begaben wirst, deinen Nahmen zu verherrlichen!

Das hoffet meine Seele von der Unsterblichkeit, die du mir verheifsen hast. O lafs sie doch bald kommen, die Zeit, da ich dich würdig lieben kann; da kein Gedanke meines Herzens von dir hinweg gleitet, keine Trägheit meinen Eifer dir zu gefallen schwächet; wo mich nichts von dir locket; wo du mir alles in allem bist.

Ach! lafs mich (diefs flehet dir meine Seele) lafs mich, so lang' ich noch hier wallen soll, immer dieser seligen Hoffnung gemäfs erfunden werden! Lafs meine übrigen Tage in deinem Lobe, in stiller Zufriedenheit mit deinem Willen, in frommer Bestrebung, vor dir zu wandeln, verfliefsen!

Die du um mich her blühest, schöne Natur, rufe mich immer zu seinem Lobe auf!

Ihr Unsterblichen, die ihr über mir schwebet, belebet immer mein Herz mit Gedanken, die meiner Bestimmung würdig sind!

Ihr, die Ein Glaube, Eine Hoffnung mit mir vereinigt, lasset uns einander in diesen Gesinnungen stärken!

Siehe, die Stunde nähert! Schon sehen wir das Ufer der glückseligen Sfären; schon strecken die Himmelsbewohner, unsre unbekannten Freunde, ihre Arme aus, uns zu empfangen!

V.

Freue dich, meine Seele, in deinem Gott; freue dich der vollendeten Versöhnung, und des triumfierenden Mittlers.

Er hat sich aufgeschwungen; schon entzieht ihn ein goldenes Gewölk den nacheilenden Blicken seiner Geliebten; er fährt zwischen den glänzenden Reihen der Serafim, von Siegesliedern begrüfst, durch tausend Himmel empor —

Schnell öffnet sich ihm die empyreische Pforte, die jetzt nicht mehr geschlossen wird, sondern ewig offen steht, die Erlösten des Herrn zu empfangen.

Welch ein harmonisches Getümmel, welch ein göttlicher Einzug! Wie glänzt der Thron des neuen Königs von ferne!

Mehr wagt die unmündige Seele nicht, von dir zu stammeln, o König der Geister! Deine Majestät blendet sie, — sie, die von deiner liebevollen Menschheit so sanft, so zärtlich angezogen wird.

Warum zitterst du, mein Herz? War es nicht Gott, der aus Liebe sich in Menschheit herab senkt? — O wie allmächtig ziehest du, göttliche Liebe, mich an!

Ja, lafs michs wagen, o Herr, gesalbter König, du ewiger Gegenstand serafischer Hymnen, lafs mich die entzückte Empfindung wagen, o Gottmensch! Du bist — selige, nahmenlose Empfindung! — Du bist mein Bruder.

Und was ist nun der Mensch? Wer kann seine Hoheit ausdrücken? Die Engel Gottes neigen sich vor ihm!

O Menschengeschlecht! erkenne deine Natur; erstaune, erzittre vor der entzückenden Wahrheit — der Sohn der Jungfrau, der Mensch, der am Kreuze für dich starb, herrschet zur Rechten des Vaters; die Schöpfung dreht sich unter seinen Füfsen, und knieende Erzengel schauen mit Blicken voll Ehrfurcht auf seine Winke.

Erneuere, mein Geist, die geheimnifsvolle Frage, was ist der Mensch? — Der beseelte Staub, der Schatten, der Traum — wie sehr ist er verwandelt worden! Wie grofs ist sein Adel, wie selig ist seine Bestimmung, wie unbegrenzt sind seine Erwartungen!

Ach! nennt nun nichts Vergängliches grofs! Die Erde verschwindet, aller irdische Stolz sinkt ins Nichts! Wie tief ist alles unter mir, was nicht himmlisch und ewig ist!

Dort oben, hoch über euch, ihr vergänglichen, schimmernden Sterne, dorthin sind meine Begierden, meine Hoffnungen aufgeflogen. — Mein göttlicher Glaube vernichtet jeden irdischen Wunsch.

Was soll ich wünschen? Soll der zukünftige Engel den Thieren ihre Freuden rauben? Oder soll der von Thoren Ruhm betteln, der von Serafim umgeben ist, die seine unsichtbaren Thaten bemerken?

Soll sich der Leben wünschen, der in Ewigkeiten hinaus sieht? Oder irdische Güter, der die

Gottheit selbst besitzt, die ihm alle ihre Allmacht, alle ihre unerschöpfliche Güte schenkt?

Zwar sind diefs alles nur Hoffnungen — aber Hoffnungen, die so gewifs als mein Daseyn sind. Was sag' ich? So gewifs als das Daseyn dessen, von dem alle diese Sfären, alle diese Schöpfungen zeugen!

Wie bald wird die Zeit nicht mehr seyn! Wie bald jene Sonne ausgebrannt haben! Was sind Jahre? Was ist diese Reihe von Augenblicken, auf deren behendem Flügel ich in die Ewigkeit eile?

Dann ist alles ewiger, reiner, voller Genufs, was jetzt Hoffnung ist — Hoffuung, die mein befriedigtes Herz schon an die Freuden der Unsterblichkeit gewöhnt.

Wie entzückt ein Blick des Glaubens auf den Thron, wo mein Versöhner herrschet!

Wie entzückt ein Blick in die Gefilde der himmlischen Liebe!

Was empfindet mein Geist, wenn er in tiefer Verhüllung, von ferne, mit leisem Gehör, die Harmonie aller Geschöpfe hört, die ihrem Schöpfer lobsingen!

O was erfahret ihr, heilige Seelen, in deren Herz die reine Flamme der göttlichen Liebe alle andre Liebe ausgelöscht hat!

Hinweg was des Christen unwürdig ist! Hinweg, was die Unsterbliche zur Erde zieht! Was kann eine Welt voll Träume einer nach Gott athmendem Seele geben?

Die flüchtige Zeit, mit ihren noch flüchtigern Freuden, flieht unter uns dahin; der Himmel nähert sich; wirf, meine Seele, wirf alles von dir, was den eilenden Flug noch hemmet.

VI.

Wem du, o Gott, einen reinen Sinn geschenkt hast, wer unverrückt in deiner Gegenwart bleibet, dem darf kein Übel begegnen.

Heilige Stille schwebet über seiner Seele; er vergißt sich selbst, und befleifsigt sich nur, Dir wohl zu gefallen.

Die Seele, die immer zu deinen Füßen liegt, verlernt stolz zu seyn. Wenn ich dich denke, o Ewiger, was bin ich alsdann? Ja, was ist die ganze Welt vor dir?

Wenn du mich an deine Weisheit erinnerst, o dann hab' ich keinen Willen, als dein Gesetz.

Dein Auge durchleuchtet die geheimsten Irrgänge meines Herzens.

Deine Heiligkeit macht mein Gebein erzittern, aber deine Liebe zerschmelzt mein Herz in Wehmuth und Dankbarkeit.

Du sprichst zu meiner Seele: Suche mein Antlitz! Schaue unverwandt auf mich! Deine Sünde ist vor mir hinweg gethan; mein Antlitz strahlt dir lauter Gnade!

O so möge dann meine Seele, gleich jungen Cherubim, die unter deinen schöpfrischen Blicken hervor blühen, immer im Licht deines Angesichts schweben!

Ach, daſs die Wolken verschwänden, die dich so oft aus meinen Augen rücken!

Sobald ich nicht auf Dich schaue, verirre ich! Meine Stärke wird Schwachheit, und meine Füſse gleiten.

Führe mich, Herr, auf deinem Wege! Laſs deinen Engel mich bewahren, wenn ich anstoſsen will; laſs deinen Engel mich bewahren, wenn ich die Wege der Verkehrtheit betrete!

Ergreife mich, o Allmächtiger! Verbirg mich in deine Umschattung, bilde mich da nach deinem Herzen.

Ach! was wäre mir sonst das Leben, wenn ich deiner Gnade unwerth lebte? Wie viel besser wäre mirs, gar nicht zu seyn, wenn ich nicht dir zu Ehren bin!

Hättest du mich zu einer Blume des Feldes gebildet, so blühete ich dir zu Ehren; hätte mich deine Allmacht zum gefiederten Sänger des Hains erschaffen, so weckte mein froher Waldgesang den einsamen Weisen zu deinem Lobe.

Aber du wolltest, daſs ich, wiewohl zur Hälfte von Staub, mein Haupt unter den Unsterblichen empor hübe.

Du gabst mir Gedanken, um Dich zu denken, und Engelsbegierden, die mich zu Dir empor tragen; eine Stimme dich zu loben, und Kräfte deinen Willen zu vollbringen.

Du bist alles in allem; du bist das Ziel aller Geschaffnen, der Anfang und das Ende.

Du allein bist würdig, Preis und Ehre von uns zu nehmen; vor dir neigen sich die Himmel; dein Wille ist das Gesetz aller Wesen, dein Wille ist Güte und Seligkeit!

Ach! wenn mein Wille dem deinigen widerstrebet, wenn sich der Ohnmächtige, den du mit einem Hauche verwehen kannst, gegen den Unendlichen, der Wurm gegen Gott, auflehnet. —

Furchtbarer Gedanke, entfleuch! Meine Seele bebet vor dir, als ob sie in die Pforten der Hölle blickte.

O du mein Schöpfer, mein. Vater, höre die Gelübde der entflammten Seele, drücke sie tief in mein Herz, und laſs den heiligen Vorsatz immer vor mir schweben.

Ach es ist nicht Stolz, was mich entflammet; ich fühle meine Nichtigkeit! — Aber ich fühle auch, was ich durch dich bin! Dich loben ja alle deine Werke! Selbst der Wurm im Staube ehret dich! Ach laſs mich nur zu deiner Ehre leben!

VII.

Wer ist der, den die Enthüllung vom Leibe den Engeln Gottes gleich macht? Wer ist der, dessen seliges Auge den Ewigen schauen wird?

Wer ohne Falsch ist, wer auch vor dem Schatten des Bösen, wie vor einer Schlange unter Blumen, zurück bebt.

Wer einen Bund mit seinen Sinnen macht, und sein Auge nicht auf reitzende Gefahren hinlenkt; wer den flüchtigsten Gedanken, die leiseste Begierde, die des unsterblichen Menschen unwürdig ist, mit thränender Wehmuth und mit Scham vor dem der allwissend ist, betrauert.

Wer mit einfältigem Blicke auf den Willen des Herrn sieht, und nur das leben heifst, dem Herrn leben.

Er übet sich, obgleich mit blöden, unentwickelten Kräften, hier in den himmlischen Geschäften, wozu er berufen ist: er liebet den Vater der Geister, er richtet seine Befehle aus, er betet seine Verhängnisse an, und verhüllt sich. — Ja von dir selber, o göttliche Liebe, aufgemuntert, wagt ers den zu lieben, dessen Schönheit Erzengel blendet; dem nachzuahmen, den die Himmel nicht umfassen.

Grofs sind seine Absichten, grofs seine Erwartung; aber sein Herz ist demüthig, und fühlt es mit zitternder Entzückung, dafs Gott alles in allem ist.

Er hält diese Erde für den Ort, wo er gedemü-
thiget werden, wo er leiden, wo er zum Himmel
geläutert werden soll. Seine Schätze sind Ewigkeiten, seine Freuden sind Vorempfindungen des
Himmels. Sein Leben ist der Weg, sein Tod die
Pforte zur Seligkeit.

Sey gelobet, Gott Erlöser! O du, vor dem sich
alle Unsterblichen neigen, mit welchem Dank, mit
welchen Thränen der Entzückung können wir dich
loben! Du bist es, der dem Tod und der Hölle
ihren Raub abgenöthiget; du rufest uns wieder ins
Leben; du schaffest unsere Seelen um, und giebst
uns den himmlischen Sinn.

Du hast uns das Anschauen Gottes von neuem
zur seligsten aller Seligkeiten gemacht, welches
ohne dich auf sündige Seelen Verderben blitzte.

O helfet mir, ihr Erlösten des Herrn, helft mir
ihn loben, ihr Seligen, die ihr nun genießet, was
wir noch hoffen! Ihr Engel, helfet euern sterblichen Brüdern ihn loben.

Noch Augenblicke, so fällt dieser Staub ab, und
von jedem geheiligten Grabe schwebt ein Engel
empor, ein neues Geschöpf, selbst euch, ihr Serafim, ein erstaunlicher Anblick, ein Geschöpf der
Liebe, die am Kreuz blutete! Es erhebt sich in
eure Versammlungen, es öffnet die neuen unsterblichen Lippen zu ewigen Hymnen, es öffnet die
himmlischen Augen, und schauet Gott!

VIII.

Der Herr ist König, und sein Gesalbter ist zu seiner Rechten erhöht.

Sein Zepter ist Gnade; Wahrheit und Billigkeit sind die Grundsätze seines Reichs.

Sein Thron ist das Unendliche, und alle Wesen beugen sich vor ihm.

Er füllet die Himmel mit seiner Gegenwart, aber sein Herz wallet zu den Menschenkindern.

Er hat ihre Seelen erkauft, sie sind der Lohn seiner Leiden. Er hat ihre Übertretungen getilget, und ihre Strafen auf sich geladen; er hat dem Tode seine Beute abgenommen.

Nun sind sie sein Eigenthum, sein Volk; noch mehr sein eigen, als die Engel und die Unsterblichen alle, über die ihm der Vater Macht gegeben hat.

Sie leben nur durch ihn, er hat die Erde versöhnt, und für das abtrünnige Geschlecht die Verwerfung von Gott empfunden.

Ach daſs wir alle von deiner Liebe zerschmolzen würden! Daſs kein so hartes Herz übrig bliebe, das sich dir versagen könnte!

Selig, selig sind die, die unter deinem Zepter leben! Dein Reich ist das Reich der Liebe. Wie selig ists, dich lieben, und von dir geliebet seyn!

Du hast dir mitten aus dem verkehrten Geschlecht, das dich verkennet, eine Gemeine gesammelt, ein heiliges Volk, dessen König du bist. ·

Sie leben unsichtbar der Welt, in süfser Abgeschiedenheit, obgleich mitten unter den Menschen; sie tragen dein Bild, aber die Welt kennet sie nicht.

Du leitest sie, o guter Hirt, zu den reinsten Quellen der Freude.

Sie entsagen den vergänglichen Dingen dieser Welt; aber du schaffest ein Paradies um sie her, wo himmlische Vergnügen dicht hervorblühen.

Du wandelst mitten unter ihnen, und redest vertraulich mit ihren Seelen; sie sind deiner süfsen Stimme gewohnt, und folgen, wie Kinder der Unschuld, deinen liebevollen Winken.

Deine Liebe ist das Leben ihrer Seele; deine Liebe treibt jede göttliche Tugend in ihren Herzen hervor.

Zwar die Welt spottet selbst ihrer Tugend: aber die Engel, welche um ihrentwillen immer auf und nieder steigen, bewundern die Schönheit der Seelen, die nach dir geschaffen sind; ihre göttliche Einfalt, ihre englische Lauterkeit, erhabne Gesinnungen mit Demuth, und heroische Geduld mit sanfter Zärtlichkeit vereinbaret.

O wie selig, wie selig sind die Schafe deiner Weide, wie selig ist dein eigenthümliches Volk!

Ihre demüthige Einfalt sucht nur Dir zu gefallen. Sie treten mit behutsamer Sorgfalt in deine Fufsstapfen, auf dem engen Pfade, wo du vorgegangen bist.

Sie leiden willig, sie leiden mit Freuden um dich; nur einen Blick auf dein Kreuz, so lächeln sie allen Schmerzen entgegen. Ja selig, selig sind sie, die unter deinem Zepter leben!

Dein erstes Gesetz ist Liebe, himmlische Liebe, sie, welche irdische Seelen zu Engeln reinigt, und Engel der Gottheit nähert.

Deine Liebe hat sie bewältiget, und ganz durchdrungen, o Du, dessen göttliche Menschenliebe der Inhalt ewiger Hymnen seyn wird!

Sie brennen von reinem Verlangen, dich erkannt, dich verherrlicht zu sehen! Sie lieben deine Gebote, sie lieben alles, was Du liebest, alles was von dir zeuget.

Eine einfärbige Blume des Feldes ist ihnen, weil sie dein Geschöpf ist, angenehmer, als die glänzendsten Schauspiele der künstlichen Üppigkeit.

Ihre Seele voll Güte lächelt allen deinen Geschöpfen entgegen.

Sanftmuth ist in allen ihren Thaten; sie sind Kinder des Friedens, vom Geiste der Liebe getrieben.

Sie freuen sich mit den Glücklichen, und weinen mit den Weinenden; sie lieben ihre Feinde, und thun ihren Hassern Gutes.

So hat sie der gelehret, der am Kreuze für seine Peiniger bat.

Sie leiden willig mit ihm, denn sie wissen, daſs sie auch mit ihm erhöhet werden.

Die Welt hält sie oft für arm und verachtet, aber sie besitzen den Himmel; sie freuen sich allezeit, und ihre Freude kann niemand von ihnen nehmen.

Denn sie sind die Pflanzschule des Himmels, die Gespielen der Engel, die Erben der Ewigkeit, die Gesegneten des Herrn!

Sie werden allezeit bey ihm seyn, und das Angesicht ihres Vaters sehen.

Welch ein profetischer Cherub, vor dessen Auge künftige Äonen aufgedeckt liegen, kann die Seligkeiten ermessen, die noch im Schooſse der Gottheit verborgen auf sie warten?

Sie werden leben, sie werden sich mit unsterblicher Freude freuen, sie werden Gott schauen!

So wahr der lebet, der mit seiner Rechten die Himmel umfasset, und das Unendliche mit seiner Allgegenwart! dessen Wort die Welten erschuf! so gewiſs als seine Verheiſsungen Wahrheit sind!

So wahr als Jesus mit göttlicher Kraft vom Tode erstanden ist, und sich aufgeschwungen hat, das Reich der sichtbaren und unsichtbaren Welt zu empfangen: so wahr sind die Hoffnungen der Christen, so fest gegründet ist ihre Glückseligkeit.

Ach, dafs es die Enden der Erde hörten; ach, dafs es alle Völker hörten! dafs sich alle zu ihm versammelten!

Ach, dafs meine Empfindungen zu Stimmen würden, und meine Rede, gleich der Posaune der Auferstehung, in allen Ländern erschallte!

· Dafs alle vernähmen, was der Herr an uns gethan hat! Dafs jedes Herz sich vor ihm demüthigte, und alle Knie sich vor seinem Gesalbten beugten!

Erzählet seine Wunder, ihr Begnadigten Gottes; erzählet, was ihr erfahren habt!

Höret es, ihr Völker! vernimm es, o Erde, dafs der Herr König ist!

Ach, höret, höret die Stimme, die vom Himmel zu uns redet! höret den ewigen Sohn, den Geliebten des Vaters!

Noch schallet die liebliche Rede seiner Boten, die uns Frieden verkündigen! Noch laden sie uns ins Reich der Himmel ein!

Aber bald wird der Donner des Richters schallen; bald werden die Posaunen der Todesengel, und das Rauschen des kommenden Gerichts furchtbar ertönen.

Furchtbar den widerspenstigen Seelen, und den Ungläubigen, und denen, welche die Wahrheit nicht geliebet haben.

Dann werden ihn seine getreuen Unterthanen
sehen und frohlocken. Aber Schrecken und banges
Entsetzen wird die Gottlosen zermalmen, wenn sie
ihn sehen werden, den König aller Geister, den
sie nicht wollten, dafs er über sie herrsche; wenn
sein eiserner Zepter jedes stolze Haupt zerschlagen,
und jeden ohnmächtigen Feind in den Staub hin-
legen wird.

IX.

Seyd mir gegrüfst, ihr stillen Schatten des Todes,
und du sanfte Ruhe im kühlen Grabe!

Bald wird meine Seele ihren Staub abschütteln,
bald wird mein Gebein in deinem Schoofse ruhen.

Sey mir willkommen, festliche Todesstunde, du
süfse Trösterin!

Wenn ich an dich denke, wallet himmlische
Heiterkeit um meine Seele; wenn ich an dich denke,
fühle ich mich schon halb entkerkert.

Ich schwebe schon im Eingange des Himmels,
und sehe mit verklärten Blicken auf die Dinge
dieser Welt herab.

Dort unter den Gebeinen entschlafner Christen,
wo mir jedes Grabmahl ein Siegeszeichen unsterblicher Seelen ist, die über ihren Leib gesieget
haben, sammelt mein Geist helle Gedanken und
Freuden, die seiner Bestimmung würdig sind.

Ja, diese Todtengefilde, diese Gräber und zerstreuten Gebeine, dieser grauenhafte Anblick für
irdisch gesinnte Seelen, ist eine liebliche Aussicht,
eine Augenweide für mich.

Denn dein Tod, o Jesu, hat dem Tode seine
Schrecken ausgezogen; dein Grab hat unser Grab
geheiliget; dein Auferstehn hat den Tod in ewiges
Leben verwandelt.

Sey gelobet, o Herr unser Erlöser! sey gelobet
von allen Myriaden, die du erlöset hast!

Wie selig sind die, die an dich glauben! Wer
kann sie schrecken? Was kann den göttlichen Frieden ihrer Seele stören?

Darf auch ein Übel die berühren, die an deinem Herzen ruhen?

Ein Blick auf dein Kreuz macht ihre Leiden
zu Ergetzungen; ein Blick in dein eröffnetes Grab
macht das Sterben zum Gewinn.

Du bist gestorben! Du bist auferstanden! Der
Tod ist nicht mehr! Er ist zum Schutzengel
geworden!

O du Engel des Friedens, du angenehmer Bote
vom Herrn, wie lange verzögerst du?

Ach, wenn kommst du, mich heimzuhohlen?
Wenn wirst du mich dahin bringen, wo ich Gottes
Angesicht schaue?

X.

Wach auf, mein Geist, zum süfsen Geschäfte, den Vater der Wesen zu loben! Der goldne Morgen ruft dich auf, seine Werke zu betrachten, und seine Güte zu erheben.

Schon eilt die Sonne über die östlichen Berge herauf, und wirft einen weifsen Glanz in thauige Thäler herab.

Ein neblichter Duft wallet um die entfernten Gebirge, und um die glatte See, er steigt unvermerkt, und wird zum Silbergewölk.

Halb erwacht hebt sich die schöne Natur aus dem zarten Duft empor, und lächelt dem fröhlichen Morgen entgegen, der mit Rosen bekränzt, auf Flügeln webender Winde, in blumige Fluren herab sinkt.

Die Vögel schlüpfen aus bestrahlten Wipfeln hervor, und schwingen sich hoch in die blühende Luft, den Tag mit Gesang einzuhohlen.

Sey gegrüfst, himmlische Sonne, du Quelle der Segnungen Gottes, die du wie ein glänzender Seraf hervor gehst, auf seinen Befehl dem Erdkreis Gutes zu thun, und deine geistigen Strahlen über alles, was keimet und lebet, auszugiefsen, das eine zu befruchten, und das andere zu beseelen.

Aus dir quillt unerschöpft das holde siebenfarbige Licht; in dessen reinen Bächen jede Schönheit schöner hervor leuchtet; aus dir quillt die sanft schwellende Wärme, und die immer rege Lebenskraft.

Ja, von dir strahlt der Allgegenwärtige wie von seinem sichtbaren Thron herab; der dunkle Erdball fühlt sein Daseyn und blühet auf, und alles was lebet, freuet sich.

Jede Blume richtet ihr erquicktes Haupt auf, und opfert ihm, den nur Unsterbliche denken können, ihre süfsesten Gerüche; tausend Geschlechter von leicht beschwingten Insekten flattern umher, und saugen den feuchten Thau, und loben unbewufst ihren Schöpfer durch ihre Freude.

Wie lieblich schallen aus der azurnen Luft, und von jedem dünn belaubten Aste die Morgenlieder der Vögel! Die Freude schwellt jede befiederte Brust, und strömt in jauchzende Töne aus.

Gleich fröhlich zwitschert der eine sein einförmiges Lied, indem ein anderer aus tonreicherer Kehle Labyrinthe von harmonischen Melodien schleift.

Wen loben sie, als dich, Allmächtiger, dessen Güte sie empfinden, ob du gleich ihren gefühllosen Seelen die Schwingen versagt hast, sich zum Gedanken von dir zu erheben?

O so lobe denn du, meine Seele, lobe den Herren, der dir mächtige Schwingen gab, zu ihm hinauf zu streben, der dich zur Wonne der Engel,

zu seiner Liebe bildete! Wenn schon deine Kräfte
dem brennenden Verlangen entgegenstehen, o so
stammle sein Lob, und laſs Erzengel dort oben ihre
göttlichen Hymnen entzückten Sfären vorsingen!

Sey gelobet, daſs du mich von neuem zum
Anschauen dieser schönen Scenen erwecket hast,
die jeder neue Tag mir neuer und reitzender zeigt!

Sey gelobet, daſs du meine Kräfte, die in Todesschlummer aufgelöst lagen, wieder entzündet hast!

Daſs mein Auge deine Werke noch siehet, und
mein Ohr die süſse Stimme der Freundschaft höret;
daſs mein Leib noch geschickt ist, seiner Seele zu
dienen, und meine Seele ihm zu gebieten; daſs ich
wieder freudig und munter vollbringen kann, was
mir, weil du es mir auferlegt hast, zur süſsen Pflicht
wird; — o Ewiger, das ist alles deine Güte!

O daſs ich mein Daseyn, mein Leben, meine
Kräfte nur nach deinem Wohlgefallen, nur zu Beförderung deiner Absichten gebrauche! Daſs dieser Tag,
den du zu meinem Leben hinzu gethan hast, in den
Büchern des Lebens glänzen möge!

Seyd mir heilig, ihr eilenden Stunden! Wohin
eilet ihr als zur Ewigkeit? Unvermerkt schwimmt
meine Seele auf euerm sanften Fluſs dahin, unvermerkt naht sie der letzten feierlichen Stunde.

Welch eine kleine Reihe von Stunden leben wir!
Wie viele flieſsen ungenossen, unaufgehalten dahin,

von keiner guten That, von keiner edeln Ent-
schliefsung, ach, nicht von deinem Lobe, o Vater
der Geister, verewigt!

Möge mich ihr schneller Flug allezeit erinnern,
dafs mir nur Augenblicke vorgezählt sind, mich
zur Ewigkeit anzuschicken!

Ja, dieser grofse Gedanke umschatte mein ganzes Wesen! Er mache meine Beschäftigung wichtig,
mein Betragen weise, meine Freuden heilig!

Er sporne meine Begierde mich selbst zu verbessern, erhitze meine Menschenliebe, besänftige
meine Leidenschaften, entfefsle meine Seele von
allem, was sie hindert, ein göttlich Leben zu leben!

Vater der Engel und Menschen! du siehest,
dafs ich in einer Wildnifs von Irrgängen und zwei-
felhaften Pfaden wandle, von reitzenden und dro-
henden Gefahren umringt, unvermögend ohne deinen Beystand nur einen sichern Tritt zu thun.
Verlafs mich nicht, mein Gott, und leite mich mit
deiner Hand auf ebner Bahn!

O du Sohn des Vaters, mein Lehrer, mein
Erlöser, mein Rathgeber, — die himmlische Wolke
hat dich unsern Blicken entrückt; ich kann nicht,
wie dein Johannes, an deiner Seite schweben, nicht,
wie die sanfte Maria, zu deinen Füfsen liegen, von
deinem holdseligen Munde die Worte des Lebens
zu hören — O sende den, welchen du tröstend an
deiner Statt zu senden versprachest, da du wieder

zurück zu deinem Vater eiltest; sende mir deinen
Geist, den Geist der Wahrheit, dafs er mich leite,
wenn ich irre, züchtige, wenn ich ausschweife,
ermuntre, wenn ich müde werde!

Wenn mich die Thorheit meiner Nebengeschöpfe
erhitzt, so erinnere mich an mich selbst, du Geist
des Friedens, und lösche den unbesonnenen Zorn
zu sanftem Mitleiden.

Wenn ich beleidigt werde, o dann zeige mir
das Bild der Liebe, die für Feinde blutete, und
lafs mich selbst in zärtlicher Liebe schmelzen.

Wenn mein Herz, vom schwarzen Geiste des
Stolzes angehaucht, aufschwellen will, so erinnere
mich des Staubes, ja des Nichts, woraus ich gezogen bin, und lafs mich fühlen, dafs ich der unwür-
digste aller Begnadigten bin.

Wenn mich die Sirenenstimme der Wollust lockt,
o so lafs den Engel des Todes meiner Seele zulispeln,
wie klein die Freuden sind, deren Quellen nicht
jenseits des Grabes entspringen.

Und so gieb, o Geber alles Guten, dafs ich
von keinem Schimmer geblendet, gefühllos gegen
die Lockungen, kühn und unbeweglich gegen die
Dräuungen der Welt, es wage, unter diesem ausgearteten Geschlecht weise zu seyn, deinen Willen
zu thun, und mich wie ein Unsterblicher zu betragen.

Von deiner Güte eingehüllt, von deinem Engel
bewacht, von deinem Himmel erwartet, was soll

ich wünschen? Was soll ich fürchten? Getrost
erwarte ich alles, was du beschlossen hast! Auch
wenn du Übel zu geben scheinst, giebst du Seligkeit.

Bald wird meine Reise durch diese Wüste zu
Ende laufen. Bald werde ich eine andere Zeit anfan-
gen, die kein Sonnenlauf mifst, wo weder Tage
noch Stunden gezählt werden, wo Äonen voll Wonne
wie Augenblicke vorbey eilen, unbereut, nicht zurück
gewünscht; denn unzählbare folgen nach, jede mit
seligern Seligkeiten bezeichnet, jede näher bey Gott!

XI.

Lobsinget dem Herrn, denn er ist gütig! Seine
Majestät blendet den Erzengel, aber seine Güte
lächelt bis zu den Sterblichen herab.

Saget von seiner Güte, ihr Kinder Adams, beken-
net eure Schuld und seine Barmherzigkeit! Saget,
ihr Erlösten des Herrn, rufet es durch alle Enden
der Schöpfung aus, was seine Güte für Wunder
an uns gethan hat!

Ich werde nicht sterben, ich werde leben! Ja
wenn alle diese Welten um mich her die Ewigkeit
verschlungen hat, dann lebe ich noch von seiner
Güte zu zeugen! Dann will ich jetzt noch unge-
bornen Schöpfungen von seinen Thaten singen; dann
will ich von Sfäre zu Sfäre eilen, und ihren Bewohnern erzählen, was der Herr an uns gethan hat.

Erst schuf er dich, himmlische unsichtbare Welt,
Mutter der Geister, den Himmel, wo der Thron

seiner Herrlichkeit ist, und die Engel, die auf seine
Befehle warten.

Dann schuf er die sichtbaren Sfären, und unter
den Sfären die Erde, die jüngere Schwester des Himmels ; und den Menschen, den wundervollen Verwandten des Engels und des Staubes.'

Damahls leuchtete der Erde mehr als Sonnen-
glanz, der Himmel schüttete seinen sanftesten Schimmer auf sie herab; Serafim stiegen auf und nieder,
den seligen Menschen zu besuchen, oder seine Hymnen in festlichem Fluge zum Throne des Königs
zu bringen.

Aber bald störte die Sünde, die Frucht des Stolzes
und der Sinnlichkeit, die schöne Harmonie. Der
Mensch fiel, er strebte nach versagten Höhen, und
stürzte sich selbst in Elend ohne Grenzen ; wenn
nicht deine Barmherzigkeit, Unendlicher, den Gefal-
lenen mit allmächtigem Arm empor gehalten hätte.

Denn so war es im heiligen Dunkel der Ewigkeit beschlossen, die Erde sollte der Schauplatz der
Gnade seyn!

Zwar ermüdeten dich, allmächtige Gnade, die
Sünder. Sie thürmten ihre Verbrechen dem Himmel
entgegen, und spotteten des zögernden Richters.

Da zerbarsten die Wolken, die Bande des Meers
zersprangen, und der Engel des Todes, über den
Fluten schwebend, wälzte die zürnenden Wogen
über die Verbrecher, und wusch die Erde von ihren

Entweihungen; die Sterbenden bebten, von deinem
Schrecken eingehohlt, und fühlten zu spät, daſs
der Herr über uns herrscht.

Schauernd sahen die Unsterblichen auf den Erdball herab, der bleich und verfinstert ins Nichts zu
verschwinden schien. Aber deine Gnade, Allmächtiger, schwebte über ihm, und trug ein frommes
Geschlecht auf friedsamen Wogen in eine neue
Erde hinüber.

Sie stieg, wie verschönert, aus der Flut hervor!
Du segnetest sie, und sie blühete von neuem auf.
Da frohlockten die Neugeschaffnen; Entzückung
und Jubel mischte sich in die Züge des bleichen
Schreckens, der noch von jenen Gesichten des Todes
und der Verwüstung auf ihren Wangen lag, und
versprach goldne Zeiten, wo Unschuld und Friede
sich küssen.

Die Erkenntniſs des Menschen ist Dämmerung.
Er sieht nicht, was künftig ist. Aber vor deinem
Throne steht schon die Zukunft, und erwartet dei-
nen Wink.

Der Allwissende sah die Früchte des verdorbnen
Herzens, die Schwäche des Menschen, und die List
des Verführers. Du sahest schon deine Gerichte vergessen, deine Wohlthaten unbemerkt, die Hügel,
die von deinem Segen träufeln, mit Götzenhainen
entweiht! Du sahest die Zwietracht Brüder gegen
Brüder waffnen, und Unsterbliche, von der Wollust in Thiere verwandelt, im Schlamme schändli-
cher Freuden wühlen.

Mit dem unbegrenzten Blicke, womit du die schimmernden Atomen des Äthers, und alle ihre Bewohner mit allen ihren Thaten bemerkest, sahest du es, o Herr, in göttlicher Ruhe, weil du wuſstest, was du bey dir selbst beschlossen hattest.

Doch sah auch dein huldreiches Auge unter dem verkehrten Geschlechte die wenigen Frommen, die in Unschuld auf deinen Wegen wandelten. Oft besuchten reisende Serafim ihre friedsamen Hütten, oder verweilten in schnellem Fluge, vom süſsen Getöne Gott lobender Psalmen angelockt!

Jehovah selbst stieg sichtbar herab, wie zu Abraham, dem Vater des auserwählten Volkes.

Du erwähltest seine Kinder dein Volk zu seyn, unter welchem du wohntest, und vor dem deine Offenbarungen sich gleich der aufgehenden Sonne enthüllen sollten.

Du führtest sie an deiner allmächtigen Hand aus der Dienstbarkeit; das Meer spaltete sich, ihnen Bahn zu machen, und stürzte seine felsengleichen Wogen auf die Gottesverächter herab.

Da zogen deine Erlöseten durch die Wüste. Die Wüste grünte unter ihren Füſsen, der Himmel regnete ihre Speisen, die Felsen zerschmolzen in Wasserquellen. Deine Gegenwart zog sichtbar vor ihnen her, sie frohlockten, das Eigenthum des Herrn zu heiſsen, und erwarteten die Gesetze ihres Königs.

Er fuhr herab, um ihn her war ein Himmel von Wolken, von Cherubim getragen; furchtbar

schimmerten sie wie Blitze aus dem heiligen Dunkel
hervor, das sich über den Tag herwälzte.

Er stand auf Sinai, und Moses stieg, gleich dem
künftigen Mittler, im Nahmen des Volks zu Gott
empor. Da erklangen die Posaunen der Engel,
Donner rauschten von ihren Flügeln, und ein Meer
von Feuer strömte unversehrt um den Berg, und
warf seinen blassen Schein in ferne Thäler hinab.

Da donnerte der Ewige seine Gesetze, dafs Sinai
unter ihm bebte; feierlich hallte die Stimme des
Herrn, von den Schrecknissen des Gerichtsstuhls
begleitet, durch die einöde Wüste.

Das erstaunte Volk sank zu Boden und verbarg
sein Antlitz im Staube; die Majestät des Heiligen
schreckte die Sünder, banges Schrecken und Todesgestalten umzitterten ihre Stirne.

Aber Jehovah, seiner Güte eingedenk, bestätigte
den Bund, den er mit ihren Vätern gemacht hatte;
er erklärte sich für ihren Gott, und sie für sein Volk.

Er lehrte sie seinen Willen; der schreckende
Donner grub ihn tief in ihre Seelen: aber er tröstete auch die bebenden Herzen durch die Schattenbilder der künftigen Versöhnung.

Denn du bist allezeit Liebe, o Jehovah! dein
Donner rufet uns nur lauter zu, was der sanfte
Zefyr lispelt; auch deine Strafen sind Wohltbaten
in Bitterkeit verhüllt.

Ja, in allen deinen Offenbarungen bist du Liebe!
Deine Liebe hauchte die Wesen, deine Liebe gab

uns die Gesetze der Glückseligkeit; deine Liebe
erbarmt sich der Übertreter, die zu dir wiederkeh-
ren; deine Liebe begnadigt die Seelen, deren heiliger Eifer, obgleich in Schwachheit, sich bestrebt,
auf Erden deinen Willen zu thun, wie er im Himmel vollbracht wird. Du bist Liebe, o Jehovah,
in allen deinen Offenbarungen!

So erfuhr dich das Volk, das du zum Zeichen
unter den Völkern aufgestellt hattest, zum Vorbilde
der Wunder, die du an Adams Geschlechte thun
wolltest.

So erfuhr dich das Menschengeschlecht, da du
deinen Sohn sandtest, die Bilder hinweg zu thun,
und die Geheimnisse des Heils vor uns zu enthüllen.

Er kam nicht unverkündet; ihn hatten im Geiste
die Väter, ihn hatte in heiligen Gesichten der Sänger
Gottes gesehen, und seinen Tod und seine Triumfe
gesungen. Ihn hatten, vom Geiste der Erkenntniſs
angewehet, die Profeten dem Erdkreise verkündigt.

Die geheiligte Zeit war gereift. Er, der auf
dem ungeformten Chaos stand, und die Welten hervor rief; er, der auf Sinai donnerte, stieg herab!
o Wunder! der Unerschaffne stieg tief unter die
Engel herab, und umkleidete sich mit Sterblichkeit.

Schon sah der Himmel mit hellem Blicke in die
Wege des Ewigen.

Voll Entzückung, voll brüderlicher Sympathie
strömten die Serafim aus den ätherischen Pforten
herab, und sangen aus der glänzenden Luft die

gröfste der Thaten Gottes. Süfstönend umflofs ihr
Gesang die erstaunten Hirten; sie sangen der Erde
vom Frieden.

Welch einen Bewohner trugst du, geheiligte
Erde! Aber er gebot dir, von ihm zu schweigen.
Sonst hätte die Natur unter seinen Tritten frey-
willige Blumen hervor getrieben, Karmel und Sion
hätten sich vor ihm geneiget, und das Rauschen
ihrer Cedern wäre zu Harmonie geworden, seine
verhüllte Gröfse auszurufen.

Aber er verbarg sich in Niedrigkeit und Armuth,
dafs er den neuen Unsterblichen ein Vorbild würde,
das Vergängliche zu verschmähen, und nach dem
Himmel zu trachten, dessen Schatten die Erde ist.

Was für Lehren hörtet ihr, erstaunte Völker!
Wenn hat ein Mensch wie dieser Gesandte des
Ewigen geredet?

Er befahl, den Unendlichen zu lieben. Er befahl,
gleich den Engeln des Himmels, den Willen Gottes
zu thun. Er befahl, sich selbst zu verläugnen.
Er befahl, vollkommen zu seyn, und sich unsterblich zu glauben.

Was der höchste Schwung des menschlichen Ver-
standes erreichen konnte, verkündigte er — die hohe
Bestimmung des Menschen — die Unsterblichkeit —
das Gericht — den neuen Himmel und die neue Erde.

Der Schöpfer der Seele lehrte uns Weisheit!
Der die Schlüssel der Ewigkeit hat, enthüllte uns

die Geschichte noch ungeborner Äonen! — Ach!
wo find' ich Worte, die Gröfse seiner Güte auszudrücken? — Er enthüllt uns, dafs Gott die Liebe ist!

Er lud die müden, die bekümmerten Seelen zur
Ruhe Gottes ein; er macht uns Muth, den Ewigen
Vater zu nennen; er entlastet unser Herz von Zweifel
und Furcht; wer mich sieht, spricht der Freund
der Menschen, der siehet den Vater!

Und wen sehen wir, wenn wir Dich sehen,
du Bester und Göttlichster unter den Menschen?
Dein Leben ist Wohlthun und zärtliches Erbarmen.
Mit jedem Schritte eilest du neuen Werken der
Liebe zu. Die Blinden sehen, die Tauben hören,
die Zunge der Stummen lobet Gott. Du unter-
weisest die Unweisen; du trocknest die Thränen der
Betrübten, begnadigst die gedemüthigten Sünder;
du stirbst für die Übertreter; du versöhnest die
Erde, und öffnest uns die Pforten des Himmels.

Und das that er, uns den Vater zu verklären,
so wie der Vater auch ihn verklärt, und allen
Unsterblichen geboten hat, sich vor dem Zepter des
Sohns zu neigen, auf dem sein Wohlgefallen ruhet.

O nehmt es doch zu Herzen, ihr Völker! So
gröfse Dinge hat der Herr für uns gethan! Soll er
umsonst den Himmel geneigt haben? Soll der Versöhner umsonst am Kreuze geblutet haben? Bange
Schauer und Todesempfindungen überströmen meine
Seele. — Ach, weinet mit mir, ihr Engel, trauert,
Unsterbliche, und banges Wehklagen ächze durch

alle Sfären, wenn alles umsonst ist, wenn die ganze Allmacht der göttlichen Gnade uns nicht zerschmelzen kann!

Warum, warum ist die Gnade Gottes, die Erretterin, erschienen, als uns zu lehren, daſs wir, daſs die gefallnen, aber nach Gott gebildeten Menschen, in die Ordnung ihres Schöpfers zurück treten, und mit den Unsterblichen, die in jenen himmlischen Welten glänzen, als das Hausgesinde eines Vaters seinen Willen vollbringen, der die Glückseligkeit aller Wesen ist?

Kein geringeres Ziel konnte den ewigen Sohn vom Throne des Vaters herab ziehen, als die Sünde, die Quelle alles Übels, hinweg zu thun, und die Menschheit, die er mit ihm selbst vermählte, zu ihrer ersten Schönheit und Würde zu erheben.

Des Unendlichen Wollen ist Allmacht; er gebeut dem, das nicht ist, und es ist. Eher könnten die Gestirne von ihren Polen herab stürzen, eher die Serafim verlöschen, und dieser ganze harmonische Bau von Sonnen und Erden zertrümmern, als daſs seine Weisheit ihres Zwecks verfehlen sollte!

Aber wehe, wehe denen, die seine Güte verschmähen! Wehe ihnen, die das verschmähen, was er selbst für Engel nicht gethan hat! — Er wird wieder kommen! Schon hör' ich von ferne das Rauschen des furchtbaren Tages.

Er wird wieder kommen, mit der Allmacht des Unendlichen bewaffnet, Myriaden flammender Engel

gehen vor ihm her, Myriaden flammen zu seiner
Seiten. Seine Stimme ist furchtbarer als Donner,
in seiner Rechten sind Blitze, die in die Seele verwunden! Vor seiner Ankunft erbebet die Erde, ihre
Pfeiler sinken ein, sie verschlingt die Feinde Gottes und der Menschen, aber nicht, wie sie flehen,
auf ewig! Bald rufet sie die Stimme, welche die
Welten aus dem Unding und die Todten aus der
Verwesung ruft, zum schrecklichen Urtheil hervor!
Hervor ins Angesicht des Gottmenschen, dessen ver-
schmähete Liebe nun zu Gerechtigkeit wird!

Aber den redlichen, den weisen Seelen, die
seine Gesetze liebten und nach seiner Erscheinung
verlangten, lächelt Gnade und ewiges Leben aus
seinem Antlitz.

Jetzt scheidet er die Bösen von den Guten, die
er lange vermengt liefs, ob vielleicht der Anblick
der Tugend, die süfse Gewalt des bessern Beyspiels,
die Thoren zur Weisheit lenken möchte.

Aber das Mafs der Sünder ist erfüllt! Er ver-
bannet sie aus dem Reiche der frommen Geister.
Der gottvergefsne Stolz, die Ungerechtigkeit, die
Falschheit mit der englischen Larve, und die un-
menschliche Zwietracht, fliehen, von seinem Donner verfolgt, mit ihren Sklaven zur Hölle.

Die Blitze, die von seinem Richtstuhl ausgehen,
entzünden die Erde. Durchs Feuer gereinigt, glänzt
sie in erneuerter Schönheit himmlisch hervor, und

sieht voll Wunder einen neuen Himmel sich über ihr wölben.

Der Ewige schaut auf die zweyte Schöpfung herab, und siehe, alles ist gut! Das Böse ist in den Abgrund gesunken, die Sünder mit ihm; ein ewiges Denkmahl der Heiligkeit Gottes.

Nun ist alles gut! Der Unerschaffne herrschet — die Geschaffnen beten ihn an. — Sein Gesetz ist Liebe — ihr Gehorsam Seligkeit! Ihr Daseyn, ihre Wonne, ihre Vollkommenheit fliefst aus ihm, und ergiefst sich mit Dank und Liebe und Entzückung wieder in ihn.

O Ewigkeit! geheimnifsvoller Nahme! Welche neue Wunder der Güte, der ewig ausströmenden, ewig unerschöpften Güte des Unendlichen, wirst du offenbaren?

Hier verstummt die sterbliche Zunge! Hier verliert sich mein Gedanke in undurchdringliche Nacht! Selbst in des Cherubs lichtvollem Busen steigen nur dunkle Ahnungen auf, wenn er alle seine Kräfte anstrenget, über die Grenzen seiner Erkenntnifs in künftige Seligkeiten hinaus zu blicken, die noch das heilige Dunkel der Gottheit vor allen Geschaffnen verbirgt.

XII.

Wo seyd ihr, selige Tage, von bessern Menschen gelebt, da die erneuerte Welt aus den Wassern hervor stieg, und eine schuldlose Jugend in junge Haine lud?

Oder da Rahel, die lieblichste unter den Töchtern zu Haran, ihre sanfte Herde in stille Fluren leitete, und ihre tonreiche Stimme zum Lobe des Schöpfers gewöhnte, indem ein blühender Kranz von Schwestern in Reigen um sie her tanzte, und die unentweihte Cither zu göttlichen Psalmen stimmte.

Als die einfältige Natur ihre Kinder noch um sich her erzog, ungeschminkt, wie sie selbst, in anmuthigen Gefilden, die noch keine Zwietracht des goldnen Schmucks der Ernte beraubte.

Als ihre bescheidene Begierde sich noch mit nährenden Pflanzen begnügte, die jede Jahrszeit freygebig hervor bringt: der Öhlbaum träufelte seine Fettigkeit auf ihre Häupter, und die emsige Biene theilte den süfsen Honig mit ihnen, den sie auf gewürzreichen Hügeln sammelte.

Als ihre frommen Hütten, die Wohnung der Liebe und der Unschuld, nur von friedsamen Palmen beschützt waren, die ihren wirthlichen Schatten dem müden Fremdling entgegen streckten.

Als noch die weise Mutter die Kinder, die um sie her scherzten, durch lehrende Fabeln ergetzte, und jede hervor keimende Neigung zu künftiger Tugend bildete.

Ach, ihr seyd entflohen, ihr seligen Tage! Nie hat euch mein Auge gesehn; nur in heiligen Träumen besucht mich euer holder Schatten, und erquickt mein Herz mit flüchtiger Wonne.

Wohin seyd ihr entflohen? in welche unbemerkte Hütte? zu welchem frommen Geschlechte, das die Sitten befsrer Väter mitten in entarteten Zeiten erhalten hat?

Umsonst such' ich euch, als bey dem Christen, den seine Tugend, gleich einem blendenden Glanze, den übrigen Sterblichen unsichtbar macht.

Sie sind zerstreut, die wenigen Frommen, die Redlichen, die Weisen; sie liegen unter dem verkehrten Haufen versteckt, wie die balsamische Viole von hoch aufgeschofsnen Nesseln überschattet wird.

Ach wie lange soll der Gottlose sich verbreiten, und der Stolze seinen Kamm röthen? Wie lange soll der Fufs des Ungerechten den Armen in den Staub treten, und der Verächter Gottes des zaudernden Donners spotten? Wie lange soll die Natur unter ihren Verwüstern seufzen, und die Sonne klagen, dafs ihr heiliges Licht den Thaten der Sünder leuchten mufs?

Nicht lange, so wird der Gottlose gar nicht mehr seyn, seine Kraft wird verwelkt seyn, und seine Krone zu Boden liegen. Seine Werke wird das Feuer verzehren, und ewiges Vergessen seinen Nahmen auslöschen.

Alsdann wird man nach seiner Stäte sehen, und sie wird nicht mehr seyn. Er wird seyn, wie einer der nie geboren war, und sein Gedächtnifs wie eines Morgentraums.

Aber die Gerechten werden bleiben, und das Maſs ihrer Tage ist Ewigkeit. Sie werden versammelt werden, und die neue Erde besitzen, wo Gerechtigkeit wohnet, und Unschuld und Friede sich küssen.

Die ihr jetzt leidet, frohlocket! Dort werdet ihr, mit Palmen gekrönt, dem Siegeswagen des Göttlichen folgen, der vor euch her durch Leiden des Todes zu seiner Herrlichkeit einging.

Die ihr jetzt weinet, erheitert euer Antlitz, ihr werdet euch freuen; mit unsterblicher Freude werdet ihr euch freuen, jede leidende Thräne wird eine Quelle von Seligkeit werden.

Alsdann wird die Wüste blühen wie eine Rose, der Erde wird die Pracht des Himmels gegeben, und alle Stimmen der Schöpfung werden Ein ewiger Lobgesang des Unendlichen seyn.

DER FRÜHLING.

Im May des Jahres 1752 aufgesetzt.

DER FRÜHLING.

V. 1 — 8.

Sey mir in deiner erneuerten Schönheit, du Jüngling der Zeiten,

Blumichter Frühling, gegrüſst! Von deinen Begeis-
trungen trunken,

Sing' ich dein Lob! Dich haben, seitdem du in
himmlischer Schönheit

Eden geschmückt, die Dichter gesungen; in duftenden Schatten

Junger Lauben, am Rande des Bachs, wo die
Grazien tanzten,

In den Hainen von Dafne, den duftenden Myrten
von Pafos,

Oder in dir, Horazisches Tibur, da hat sie dein
Einfluſs,

Wie die Natur, mit Leben erfüllt; es schwieg,
wenn sie spielten,

V. 9 — 21.

Jeder gesangvolle Hain; da, Frühling, da fanden
sie oftmahls
Dich in Floreus Umarmung auf sprossende Blumen
verbreitet.
Aber keinem bist du in gröfs'rer Schönheit begegnet,
Als dem göttlichen Thomson; er sah dich in
festlichem Pompe,
Wie du die Erde begrüfstest. Von tausend Zefyrn
umflattert
Sah er dich ziehn; wie die Wangen des Mädchens,
das Küsse geträumt hat,
Wenn sie erwacht und beschämt vor ihrem Bewufst-
seyn erröthet,
Glühte dein Antlitz; von deinen verbreiteten schim-
mernden Flügeln
Flossen Gestalten des goldnen Olymps auf die bild-
samen Auen.
Auch du hast ihn gesehn, als er, mit Tulpen
gekrönet,
Mahlrischer Kleist, dem Himmel entsank; durch
Gärten und Felder
Folgest du ihm; dir horchet entzückt die schüch-
terne Nymfe
Aus dem lockichten Busche; du siehst, indem du
ihn singest,

V. 22 — 35.

Rings um die dankbare Flur dir heitrer entgegen
lächeln.

Dir zu folgen zu schwach, vergnügt dich fühlen
zu können,

Irr' ich in niedrigen Thälern. Im Schoofs sittsamer
Violen

Hört·mich der blumichte West; wie stolz, wenn
Du auch mich hörtest,

Und der, den du mit Gleim dir allein zum Hörer
gewünschet!

Auch du hörest mich, Doris, o du, der jeder Gedanke

Meines Herzens geweiht ist! Du hörst mich, göttliche Doris,

Meine Muse! — Doch, fern von dir, was kann
mir gelingen?

Wird nicht den Bildern des Frühlings mein Schmerz
ihr reitzendes Lächeln

Rauben, und seine traurige Farb' an allem erblicken?

Ach! wenn kommst du, o May, mit schönern Rosen
geschmücket,

Als die heilige Laube des ersten Paares bekränzten,

Ach! wenn kommst du? Wenn werd' ich mit Ihr
zum ersten Mahle

Deinen Triumfzug feiern? Wie wird, wo ihr liebliches Auge

V. 36 — 48.

Hingelächelt, die Flur verschönert entgegen ihr
glänzen!
Süſser wird ihr der Apfelbaum duften, mit sanfteren
Schwingen
Schwebet der West an ihr hin; ihr wird, wenn die
Büsche sie grüſsen,
Ihre gefühlvollsten Lieder die zärtliche Nachtigall
singen.

Hier, wo am Hügel der murmelnde Bach zum
Schlummer mich ladet,
Ruh' ich, in Harmonien gewiegt, die aus Fluren
und Büschen
Ohr und Augen ergetzten. Schon rauschen von
ferne die Flügel
Der entfärbenden Nacht; die Sonne sinkt hinter
dem Gipfel
Purpurner Berge hinab; noch scherzen in ihrem Strable
Sorglose Eulchen dem Tod entgegen, und athmen
des Lichtes
Süſsen Überrest ein. Hier, wo mich mit einsamen
Schatten
Blühende Hecken umwölben, hier will ich, o Früh-
ling, dich fühlen,
Mit eröffnetem Herzen, von keiner Sorge belästigt.

V. 49 — 61.

Thörichte Sorgen, die uns die seligen Freuden
mifsgönnen,

Die die Natur uns reicht! Wer hat sich je glücklich
gesorget?

Mag mein Schicksal sich doch in dichte Mitter-
nachtswolken

Vor mir verbergen! Mag mir der Wunsch der
Thoren verwehrt seyn,

Gold und Ehre, die klein genug ist, um Sklaven
zu glänzen!

Nein, nie hab' ich gewünscht, was sich die Sterblichen wünschen.

Nie hat dich, ewiger Geist, der du dich früh schon
gefühlt hast,

Eitler Schimmer der Ruh aus dem Arm zu Fantomen
gezogen.

Möchte die Weisheit mich nur in ihrem Schoofse
verbergen,

Unberühmt und allein! von dir, o B —, geliebet,

Und mein **, von dir! O möcht' auf der wenig
betretnen,

Alten erhabenen Bahn, von dichtrischen Lorbern
dem Lobe

Unsrer Zeiten verborgen, die Muse, die dich einst
geliebet,

V. 62 — 74.

Grofser Maro, [1]) mich führen! Was wäre dem
          zärtlichsten Herzen,

Mit dem deinen, o D o r i s, durch himmlische
          Sympathien

Ewig verknüpft, durch die göttliche Tugend auf
          ewig verbunden;

O was wäre dem Herzen, das, weil es sich selber
          gefühlt hat,

In der Freundschaft, und dir, o Liebe, Olympischer
          Fremdling,

Ganz sich beruhiget fand, alsdann zu wünschen
          noch übrig?

O dann machtest du mich, o Weisheit, du Menschen-
          freundin,

Auf dem Wege beglückt, den jene heiligen Alten

Gingen, die nicht in Träumen des Hirns, in schimä-
          rischen Welten

Dich, o Göttliche, suchten, die dich in Hainen
          begegnend,

Fanden und liebten. — O dann, dann sollte mein
          glückliches Leben

Eilend in himmlische Zeiten hinüber fliefsen, dem
          Bach gleich,

Der hier aus seinem felsichten Quell auf Klippen
          und Hügel

V. 75 — 87.

Flüchtig hinweg rauscht, durch Blumen sich in die
Flur zu ergiefsen,
Die, mit dem Reichthum des Frühlings begabt, kein
Tempe beneidet.

Weise Natur, wie selig ist der, der niemahls
den Endzweck
Deiner Schönheit verliert! Ihm strömst du über mit
Freuden.
Für ihn blüh'st du im Lenz, ihm winkst du aus
Rosengebüschen,
Ihm belaubt sich der Wald, ihm lächeln die blu-
migen Fluren,
Und die Augen der blühenden Unschuld. An ihm
verliert keines
Deiner Geschöpfe die Absicht, warum es, Freude
zu geben,
Einst sein Wesen empfing. Stets hört er in Har-
monien,
Die der Thor nie gehört, ihm deine Stimme zulispeln;
Seliger Mensch, zu dem die Gottheit, ihn glücklich
zu machen,
Sich herab liefs! dem sie aus ihrer unendlichen Fülle
Ihrer Freuden Nachahmungen, doch in irdische
Formen

V. 88 — 100.

Menschlicher eingehüllt, ihn zu sich zu ziehen,
gegeben!
Dir hat er selbst die Weisheit, ja sich, die Gott-
heit, sich selber,
Unter irdischen Bildern verblühender Schönheit
gezeiget.
Dir hat er jene Gespielin der himmlischen Liebe,
die Unschuld,
In die Gestalt der Anmuth gekleidet; nur dich zu
vergnügen
Schmückt sich die Erd', und lockt oft herab aus
helleren Sfären
Himmlische Geister, sich menschlich in ihren Fluren
zu freuen.
Dir, dir blühet die feinere Lust; dem sterblichen
Viehe
Sey der Schaum der irdischen Wollust! Du, steig
auf der Freuden
Zefyrschwingen dahin, wo deiner ewigen Seele
Höhere Wonne bestimmt ist, wo dich die Gottheit
erwartet.

Also rufst du, Natur, ihm entgegen, so oft ihn
im Frühling,
Oder wenn es auch sey, die Symfonien umtönen,

V. 101 — 113.

Die entweder sein Aug' in deinen Farben entzücken,
Oder im Wohlklang harmonischer Lüfte die Sinne
bezaubern.
Aber er höret dich nicht! So hört nicht des eilenden
Wandrers
Gröberes Ohr von jungen Sylfiden die silberne
Stimme,
Wenn sie bey Cynthiens Licht zu ihren Tänzen
ertönet:
Aber sie schöpft mit lauschendem Ohr der einsame
Dichter,
In die Laube von Geifsblatt verhüllt; er höret
die Wirbel
Von den zaubrischen Lippen jedweden horchenden
Wipfel,
Wo jetzt die Nachtigall schweigt, und jeden Hügel
umtönen.

Welche magische Welt entdeckt sich dem stau-
nenden Blicke?
Bin ich auf Erden noch, oder vielleicht in eine
der Welten
Hingezückt, die ich dereinst mit ätherischen Füfsen
besuche?
Alles scheinet mir neu. Das Gold der farbichten Auen

V. 114 — 126.

Hat sich in bleiches Silber verloren, aus thauenden
Wolken

Wallt der Schatten des Tages herab und umfliefset
die Auen.

Alles schweigt; es schweigen umher die Sänger
des Haines;

Jeder Zefyr entschläft. Die Nacht hat ihr falbes
Gefieder

Um die Natur geschwungen, die unter ihr anmuthsvoll schlummert.

Also liegt in nachlässiger Anmuth ein schlafendes
Mädchen,

Hingegossen ins blumige Gras, im wirthlichen Schatten

Duftender Myrtenlauben, die vor dem Mittag sie
schützen;

Auf die Schlummernde trieft, mit dem stärkenden
Balsam der Myrte,

Schlummer und Kühlung herab, und jugendlich
wallende Rosen

Beugen sich über die athmende Brust; die Stille
der Dämmrung

Herrscht durch den Wald, der geschwätzige West verstummt in den Zweigen;

Alles schweigt und ehrt das Daseyn der göttlichen
Schönheit.

V. 127 — 139.

Welch' entzückende Scenen von lieblichen Gegenständen

Führst du der Nacht, o Natur, auf! Wenn hoch
vom azurnen Olympus

Mit gemildertem Licht der Mond auf die Erde
herab sieht,

Und die bezauberte Welt dem stillen Elysium gleichet,

Euch, ihr glücklichen Haine, von seligen Schatten
bewohnet,

Die ein sanfterer Tag mit dämmernden Strahlen
umleuchtet.

Ach, dafs so viele Schönheit, womit sein zwey-
faches Antlitz,

Nicht ohne Absicht, der Frühling uns zeigt; in
prächtigem Glanze

Dieses, der Schönheit gleich, die in voller Blüthe
sich brüstet,

Jenes, in nächtlichem kunstlosem Putz, mit matte-
rem Reitze,

Anmuthsvoll, wie die Unschuld, die auf dem Lande
verblühet,

Unbewundert, die ohne den Stolz von goldnem
Gewande

Oder schimmernder Kiesel, nur dich, o Zefyr,
zu reitzen,

V. 140 — 152.

Sich in Leinen verhüllt, die Brust mit Blumen
bekränzet,

Und ihr keusches Gesicht aus jenem Rosenbach
schminket.

Ach, daſs so viele Schönheit für euch, ihr Menschen,
vergeblich,

Ungenossen, verwelkt! Ihr seht nicht die Stirne
des Berges

Unter den Rosenfüſsen der frühen Aurora sich färben;

Fühlt kein zärtlich Aufwallen der Brust, wenn auf
westlichen Hügeln

Lodernder Abendschimmer die nahen Wolken be-
purpert.

Schwebt der nächtliche Zefyr mit stärker duftenden
Flügeln

Um das bethaute Gefilde, so liegt ihr fühllos
im Arme

Des entkräfteten Schlafs, vom Dienst der Thorheit
ermüdet,

Welche mit Müh und Verdruſs euch jede Stunde
vergället.

Unbekannt mit den sanfteren Freuden, den Quellen
der Ruhe,

Die der Natur entspringen, sucht ihr fantastische
Güter.

V. 153 — 165.

Ungelehrt in Filomelens Gesang das Feine zu fühlen,

Oder, wie Rowe, ²) im Thal mit den Feen die
               Nachtluft zu schöpfen.

Doch vielleicht ist die Schönheit der Frühlings-
               nächte den Menschen

Nicht zu geniefsen bestimmt. Indem sie schlum-
               mern, so wachen

Sylfen und Nymfen, ätherische Wesen, von mittle-
               rer Gattung

Zwischen dem Menschen und denen, die über den
               Sternen dort herrschen.

Dafs kein Reitz der Natur, des Schattenbildes der
               Gottheit,

Ungefühlt bleibe, dafs keine der Quellen geniefs-
               barer Freuden

Ungeschöpfet verrinne, und keinem Theile des
               Raumes

Oder der Zeit sein Bürger mangle, bewohnen sie
               Thäler

Oder marmorne Wassergrotten: wie jene, die
               Opitz

Im Sudetischen Haine verehrte. Sie ruhen des
               Tages

Unter thauenden Rosen, im Busen blühender
               Gründe,

V. 166 — 179.

Oder am sanften Geräusche des schlafeinladenden
Baches,
Den sie beschützen. Doch wenn der Führer der
blinkenden Sterne
An den Höhen herauf eilt, dann schlüpfen sie
durch die Gebüsche.
Nymfen mit Rosenarmen versammeln sich dann in
der Rundung
Einer beblümten Ebne, von hohen Erlen umthürmet,
Winden leicht schwebende Tänz' und lagern sich
unter die Schatten,
Oder bezaubern die Luft mit eifernden Wettge-
sängen,
Die am Horizont oft Aurorens Füfse gefesselt.
Oftmahls ward auch den Weisen vergönnt, geschäf-
tige Sylfen
In den Auen zu sehn, wie sie mit schöpfrischen
Fingern
Blumen bilden, Aurikeln, gestirnte Narcissen und
Lilien,
Ihnen mit Zefyrlippen ambrosialische Seelen
Einweb'n, und auf sie den Staub von ihren Fittigen
schütteln.
So hatt' Brok's euch gesehn! Oft blickt ihr am
kühlenden Abend

V. 180 — 191.

Aus hellfarbichten seidnen Gewölken auf Liebende
nieder,
Welche sich küssen, wie ihr die himmlischen Freun-
dinnen küsset;
Würdig, daſs sie dann, ohne zu seh'n, daſs ihr
sie umschwebet,
Euern Einfluſs empfinden, und über sich selber
erstaunen,
Wenn sie sich edler und zärtlicher fühlen. O seyd
mir gegrüſset,
Selige Geister! Auch du, der du mich, zwar unsicht-
bar, hörest,
Sey mir gegrüſst, mein heiliger Schutzgeist, der oft
mir in Hainen,
Oder an Frühlingsauroren, am Ufer der fürstlichen
Elbe ³)
Kühne Begierden einhauchte, die ernste Weisheit
zu suchen,
Die sich bald mit gemildertem Ernste dem Suchen-
den anbot,
Du, dem meiner Begierden geheimste nicht unver-
nommen
Schläget, sey mir, unsterblicher Freund, in den
heiligen Schatten,

V. 192 — 203.

Die mich umhüllen, gegrüſst! Sey du der Empfindungen Zeuge,

Die ich der schönsten der Seelen, in ferner Einsamkeit, weine.

Keine Thränen des Schmerzens, der Ungeduld,
welche dem Schicksal

Zürnt, und die Weisheit verklagt, und die zaudernde
Zukunft herbey seufzt;

Thränen der ruhigen Hoffnung, die glückliche Tage
sich weissagt,

Und sie schon halb empfindet; gleich den gefühlvollsten Thränen,

Die ich einst weine, wenn ich in ihrer frohen
Umarmung

Meine Schickungen preise, wenn sich ihr nächt-
liches Dunkel

Aufgehellt hat, und ein heitrer Himmel mich lächelnd
umflieſset:

Eile zu ihr, wo sie jetzt, gleich einer ätherischen
Nymfe,

Schlummert; eile dahin, und zeig' ihr in nächtlichen Träumen

Ihren zärtlichen Freund, der ihren Nahmen voll
Inbrunst

V. 204 — 215.

·Nennet, und schon voraus die neuen Entzückungen
fühlet,

Die er auf ihre Wangen, beym seligen Wieder-
seh'n ausweint.

Lispl' ihr zu, wenn sie wieder aus ihren Gesichten
erwacht ist,

Daſs ich sie liebe. O könntest du dieſs auch der
Göttlichen zeugen,

Daſs ich, so sehr als ich liebe, geliebt zu werden
verdiene!

Heilige Ruhe, die jetzt mit der Stille der nächtlichen Stunden

Über mir ruht, umfasse mich ganz, umgieb meine
Seele

Mit der erfindsamen Dämm'rung, worunter oft den-
kende Weisen,

Voll der himmlischen Muse, unsterbliche Lieder
gedichtet!

Daſs kein rauschender Mitternachtswind den Schlummer der Schöpfung,

Daſs aus der Einsamkeit Träumen mich keine Empfindung erwecke!

Daſs vor mir jede Begierd' entfliehe, die, irdisch
geboren,

V. 216 — 229.

Den Olympischen Geist zu ihrem Staube herab zieht!

Daſs kein Gedanke sich zeige, der nicht der Unsterblichkeit werth sey,

Die ich · jetzt denke, und, tief in der Brust die
Gegenwart Gottes,

Meiner Bestimmungen Hoheit, und dich, o Ewigkeit, fühle!

Ungestöret durch äuſsers Getümmel, mit schlummernden Sinnen,

Wacht jetzt mein Geist, und erhebt sich in feurigen
schnellen Gedanken,

Wie vom Leibe befreyt, in überirdische Räume.

Ungeblendet von gröberm Schimmer, der minder
die Seele

Als die Nerven ergetzt, erblickt er die Schönheit
des Himmels

In unsterblichem Glanz, aus Harmonien gewebet,

Welche die Seel' in Entzückung setzen; da sieht
er die Gottheit,

Nachgeahmt, sich in reinern Spiegeln dem Seraf
enthüllen,

Nicht mit den sterbenden Strahlen, worin sich ihr
Ausfluſs verlieret,

Die dich, irdischer Frühling, vergöttern, — in
Ursprungsschönheit!

V. 230 — 243.

Jetzt da mein Ohr das Getümmel der städtischen
Unruh verschonet,
Da mich aus lieblicher Schwermuth und süfsem
träumrischen Staunen
Nur das Murmeln des trägen Bachs und des Rosen-
strauchs Flüstern
Halb erweckt und bald in neue Träume mich
einwiegt,
Hör' ich in himmlische Kreise gezückt, die Harfen
der Engel
In die sfärischen Harmonien beseelend erschallen.
Um die goldsandigen Ufer krystallner Bäch', in
Gebüschen
Ewiger Rosen, von denen die schönsten des gött-
lichen Sängers
Hyacinthene Locken ambrosialisch durchduften,
Hör' ich den hohen Gesang in die goldne Leier
erschallen.
Dich besingt er, o Freundschaft, dich, die der
Himmel geboren,
Welcher der Ewige was vom unaussprechlichen
Lächeln
Seiner göttlichen Huld um die selige Stirne gegossen;
Dich, von deren Begeistrung im Arm des himm-
lischen Freundes

V. 244 — 257.

Jeder Engel erhabener fühlt und empfindender singet.

Von dem Gesang ergriffen, wallt meine zerschmel-
zende Seele

Stärker, mein Arm eröffnet sich euch, abwesende
Freunde,

Euch zu umfassen; mein wallendes Herz, an eures
gedrücket,

Strebt, dem himmlischen Sänger in jeder Empfindung zu folgen.

Heiliger Schauplatz der Herrlichkeit Gottes, Ge-
burtsort der Tugend,

Seiner Nachahmerin, Vaterland aller unsterblichen
Scharen,

Darf mein irdischer Blick in deinen Höhen verweilen?

Wird er nicht, der gewohnt ist, in seiner niedern
Behausung

Ungern den eiteln Schimmer der Werke der Thorheit zu dulden,

Deine Fluren entweih'n, wo zwischen ewigen Cedern

Oft der Unendliche geht, wo in unverblühenden
Lauben

Junge Serafim sich in seinen Lobpreisungen übten?

O verwehret mir nicht, ihr Bürger der himmlischen Sfäre,

V. 258 — 271.

Dafs ich aus tiefer Fern' in eure Versammlung blicke.

Ach, ich fühle, dafs hier die unendlichen Triebe
sich stillen,

Die, der Erde zu grofs, mich aus den Träumen
erwecken,

Welche wir Sterbliche träumen, indem wir zu wachen
uns schmeicheln.

Ach, ich fühle, dafs ich, wie ihr, von göttlichem
Stamme,

Euers Geschlechts, dem Himmel gehöre! wo meiner Seele

Erster Äon in schwachen Empfindungen hingeflossen,

Eh' mich die Zeit ins Irdische rief. Auch ich bin
geboren,

Einst im Anschau'n des Schöpfers das Leben der
Geister zu leben.

Aber noch hält mich der sterbliche Leib von eurer
Gemeinschaft

Fern unter euch, obschon euch verwandt. Auf nie-
drigern Stufen

Schliefst die Sfäre der Menschheit mich ein, zwar
minder der Gottheit

Nah und ähnlich, mit schwächern Kräften und
kleinern Begierden,

Aber doch auch, wie ihr, zum Glück der Tugend
geschaffen,

V. 272 — 284.

Fähig die höhern Freuden der Gott benachbarten
Geister
Mit zu genieſsen. Auch mir ward diese Wohnung
bereitet,
Prächtig und schön, mit tausend Wundern der
Weisheit gezieret,
Voller Nachahmungen jenes Frühlings, der niemahls
die Auen
Eueres Himmels verläſst, und in ewiger Jugend
da lächelt.
Ach wie willig wollt' ich, mit meinem Glücke
zufrieden,
Minder zum Denken geschaffen als zum Empfinden,
den Himmel
Unbeneidet euch lassen, wenn noch die ursprüng-
liche Unschuld
Diese Erde beglückte, noch ihrer seligen Jugend
Schönheit sie krönte, wenn nicht der Tod, von der
Sünde geführet,
In den Gefilden jetzt herrschte, wo einst die himm-
lische Ruhe,
Deine Tochter, o Tugend, die ersten Menschen
umarmte!
Ach! die Erd' ist nicht mehr die Wohnung der
menschlichen Unschuld:

V. 285 — 298.

Nicht mehr hört man in Hainen das Lob des
Schöpfers ertönen,
Nicht bespricht man sich mehr an blumichten
Frühlingsbächen
Von der Liebenden Glück, und dem himmlischen
Adel der Seele!
Ach! wo bist du, o Paradies, der lautersten Freuden
Glücklicher Sitz? Wo seyd ihr, ihr Bäume, in deren
Umschattung
Sich die ersten der Menschen, nach Gott gebildet,
umarmten?
Ewig dahin! vom Tode zerstört, von den Fluten
zerrüttet!
Ach! auch du bist dahin, du heilige Myrtenlaube,
Wo sich Adam zuerst, auf balsamischen Blumen
gelagert,
Fand, sich fühlt', und im ersten Fühlen den Schöpfer
erblickte!
Ewig zu blühen bestimmt, du Wiege des Menschen-
geschlechtes,
Bist du, auf ewig verwelkt, bis auf die Spuren
verschwunden!
Kummer und Gram, und die Sorge mit hohlem
schlaflosem Auge
Wacht und härmet sich ab, wo einst der Friede
geschlummert.

V. 299 — 312.

Schamlos herrscht auf dem Thron der Vernunft,
                betrüglich verlarvet,
Falsche Weisheit, die Sklavin der gleich betrügri-
                schen Sinne,
Unsinn, der wider Gott sich empört, und, der
                Würde der Seele
Uneingedenk, mit sterblichem Vieh in Lüsten sich
                wälzet,
Oder sich Schatten der Ehr' und der göttlichen
                Weisheit erfindet,
Hirngespenster, und dich, du glückliche Einfalt,
                der Wahrheit
Sicherste Spur, in der Weisheit verkennt. Die
                Unschuld, die Tugend
Sind veraltete Nahmen, die ihre Bedeutung verloren.
Wo sonst die Freundschaft schuldlose Menschen in
                friedsamen Auen
Fröhliche Tänze gelehrt hatte, da würgen jetzt Heere
Andere Heere, da donnert der Krieg, statt rieseln-
                der Bäche
Rauschen da Ströme von Blut. Die Liebe, der
                schönste der Triebe,
Ach! die Liebe, der göttlichste Zug des schöpfri-
                schen Bildes,
Ist in thierische Gluth und tändelnden Unsinn entartet.

V. 3·3 — 324.

Seine Freuden nur in den Freuden der Brüder zu
finden,
Nennen sie Thorheit, Religion ist den Rasenden
Wahnwitz.
Thränenwerthe Verwandlung! O Erde, wie bist du
entstellet!
Seele des Menschen, wie bist du deiner Schönheit
beraubet!

Ach, wenn kehrt ihr zurück, verheißene goldene
Zeiten,
Da das Laster entflieht, da, von der Thorheit
gereinigt,
Unser entfesselter Geist zu seinem Ursprung zurück
fließt,
Da die Stimme des Danks die Haine wieder erfüllet,
Da die Seelen sich wieder im Stillen dem Ewigen
nähern,
Da die himmlische Liebe mit ihrer Gespielin, der
Unschuld,
Wieder die Herzen im schönsten Gefühl der Unsterb-
lichen übet?
Alsdann wird dich, verneuerte Erde, zur ersten
Schönheit

V. 325 — 328.

Deiner Erschaffung verklärt, ein ewiger Frühling
umlächeln.

Alsdann werden die Menschen, mit allen Bewohnern
des Äthers,

Mit der ganzen Natur, in ewigen Harmonien,

Die kein Mißlaut mehr schwächt, unendliche Gottheit, dich preisen.

Anmerkungen.

---

1) Seite 288. Der junge Dichter arbeitete damahls an einem Heldengedichte, wovon Arminius der Held war, und wovon er, zu gutem Glücke, bald darauf die Hand wieder abzog.

2) S. 295. Elisabeth Singer - Rowe, die (wie schon bey den Erzählungen bemerkt wurde) damahls stark auf die Fantasie des beynahe ganz einsam lebenden Dichters arbeitete.

3) S. 297. Im Kloster Berga, ohnweit Magdeburg, wo der Dichter in den Jahren 1747 und 48 als Schüler des dasigen Pädagogiums sich aufhielt.

HYMNE AUF GOTT.

1754.

VORBERICHT

der Ausgabe von 1762.

Dieser Hymnus, die Frucht etlicher Stunden, von denen, deren wir uns auch dann noch mit Vergnügen erinnern, wenn uns nichts andres mehr vergnügen kann, wurde im Jahre 1754 mit noch zweyen gedruckt, die der Dichter selbst, nach einigen Jahren, zu dem Schicksal verurtheilte, welches die Zeit seinen übrigen Werken vorbehält.

Daſs der gegenwärtige verschont wurde,
und auch in dieser neuen Sammlung einen
Platz erhält, hat er nicht sowohl seinem poetischen Werthe zu danken, als dem gröſsern
Antheil, den wahres Gefühl des Herzens, und
also wirkliche Begeisterung, an seiner Entstehung hatte. Was mehr davon zu sagen ist,
wird für einen andern Ort verspart.

Am 1. Jul. 1797.

HYMNE AUF GOTT.

V. 1 — 8.

Singe dem Herrn, mein Lied, und du, begeis-
terte Seele,

Werde ganz Jubel dem Gott, den alle Wesen
bekennen!

Fürchte dich nicht! Er erlaubt dem sterblichen
Mund Ihn zu loben,

Und Er lächelt der Seele, die, von Entzückung
geschwellet,

Worte für ihre Empfindungen sucht, und, wenn sie
umsonst sucht,

Still, mit Thränen im Auge, zu Ihm verstummend
hinauf blickt.

Serafim, sagt, was ist der Engel Seligkeit anders
Als Ihn immer lobpreisen? Was tönen die ewigen
Sfären

V. 9 — 21.

Als von dem herrlichen Tag, da Er die Wesen
hervorrief,
Und die Geister des Himmels um seinen Thron her
entzündte?

Grofs und erhaben bist Du! Ein unergründliches
Dunkel
Birgt dich dem Menschen von Staub. Du bist! Wir
gleichen den Träumen,
Die mit den Lüften des Morgens ums Haupt des
Schlummernden schweben.
Deine Gegenwart hält die Welten in ihrem Gehorsam,
Winkt dem Kometen aus schwindlichten Fernen.
Du sendest, o Schöpfer,
Einen Strahl von dem Licht, in welchem du wohnst,
in die Tiefe,
Und er gerinnt zur Sonne, die Leben und blühende
Schönheit
Über junge, zu ihr sich drängende Welten ergiefset.

In der einsamen Ewigkeit standen, in geistiger
Schönheit,
Alle Ideen vor Ihm, nur seinem Angesicht sichtbar,
Reitzende Nebenbuhler ums Leben; und welchen
er winkte,

V. 22 — 34.

Siehe, die wurden. Das Unermefsne, so weit er
.umher sab,

Rauschte von neu entsprossenden Sfären; der wer-
dende Cherub

Stammelte, halb geschaffen, ihm seine Hymnen
entgegen;

Aber sein Stammeln war mehr als einer menschlichen Seele

Feurigster Schwung, wenn sie,·von Deinem Daseyn
umschattet,

Gott, Dich empfindt, und mit allen ganz ausgebreiteten Flügeln

Und mit allen Gedanken in dein Geheimnifs sich
senket.

Du erschufest aus Staub die Gestalt des herrschenden Menschen,

Hauchtest dein Bildnifs ihr ein. Du kleidest deine
Gesandten

In ätherische Morgenröthe. Die Güte des Herren

Ist das Leben der Dinge. Sie macht die Wesen
frohlocken.

Sie ist's, welche den Tag mit der Rosenblüthe der
Jugend

Angethan hat, sie tröstet die Nacht mit dem Scheine
des Mondes

V. 35 — 47.

Und der sanften Gesellschaft der Sterne. Die Güte
des Herren
Ist die Mutter der Freude, des ruhigen Lächelns
der Unschuld,
Und der erhabnen Entzückung, die bis zum Throne
hinauf flammt.

Wahrheit, o Gott, ist dein Leib, das Licht des
Äthers dein Schatten,
Durch die Schöpfung geworfen. Ich lehnte den
Flügel des Serafs,
Flog an die Grenzen des Himmels, den Thron des
Königs zu finden;
Aber die Sfären sprachen: Wir haben ihn niemahls
gesehen;
Und die Tiefe: Er wohnt nicht in mir. Da lispelt'
ein Anhauch
Einer ätherischen Stimm' in meine horchende Seele;
Sanft, wie das erste Verlangen der Liebe, wie zärt-
liche Seufzer,
Lispelte sie zu meinen Gedanken: Der, welchen
du, Seele,
Suchest, ist allenthalben! Sein Arm umfasset den
Weltbau,
Alle Gedanken der Geister sein Blick. Was sichtbar
ist, strahlet

V. 48 — 61.

Etwas Göttliches aus; was sich beweget, erzählt ihn,

Von den Gesängen des Himmels, zum Lied des
Sängers im Haine,

Oder zum Säuseln des Zefyrs, der unter den Lilien
weidet.

Ihn zu denken wird stets die höchste Bestrebung
des Tiefsinns

Jedes Olympiers seyn; sie werden sich ewig bestreben!

Siehe, der flammende S e r a f, der dort im schnellen
Vorbeyflug

Sonnen nach Sonnen auslöscht, und M a j a, welche
dem Frühling

Höhern Glanz, den Rosen mehr Röthe leihet, sind
beide,

Ungleich zwar, doch beide nach seiner urbildlichen
Schönheit

Mangelhaft nachgeahmt. Sie brennt im Tempel
der Engel,

Strahlt in der sanften Sonn', verhüllt sich gefällig
ins Grüne

Eines umschattenden Hains, und mahlt den blühenden Abend.

In der Ewigkeit dunkles hochheil'ges Geheimnifs
gehüllet,

Warest Du, Gott, in Dir selber vollkommen,
unangebetet,

V. 62 — 75.

Aber erhabner verherrlicht, als durch die Hymnen
der Schöpfung;
Denn Du schautest Dich selbst; mit unaussprech-
licher Liebe
Schautest Du Dich, bey dir selbst, in deiner Gott-
heit Empfindung,
Unbegreiflich beseligt.   Der Anblick der ewigen
Freuden
Aller deiner Erschaffnen, der Jubel serafischer Hymnen,
Myriaden begeisterter Seligen, Welten voll Unschuld,
Alle in Eine Schar aus ihren Himmeln versammelt,
Alle von heller Entzückung umstrahlt, der Ewig-
keit alle
Von dir geweiht, ihr vereinigtes Lied, ihr verei-
nigter Jubel,
Konnte zu deiner Wonne nicht Eine Freude hinzu
thun.

Wer kann deine Seligkeit nennen? Sie nennt
kein Olympus!
Im Bestreben nach ihr ersinkt der cherubische Flügel,
Ob er Welten gleich deckt! O welch ein Geheimnifs,
o Erster,
Dafs du erschufst! dafs du die Wesen zu sehn dich
erniedrigst!

V. 76 — 87.

Wesen, in ihrer vollkommensten Schönheit, des
Anblicks der Gottheit
Unwerth, vor denen du dich in Nacht und Dämm-
rung verbirgest
Daſs sie nicht vor dir vergehn, wie Regenbogen
erlöschen,
Wie die Sonnen, die künftig am Schluſs der letz-
ten Äone
Vor der umringenden Ankunft des ewigen Festes
zerschmelzen.

Unbegreiflich und wunderbar ist, o Schöpfer,
dein Lieben,
Und, o wie ist's der Seele so süſs, dich Liebe
zu nennen!
Nahme, mit Ewigkeit fruchtbar, mit Himmeln!
Erschaffne Gedanken
Sind zu endlich, dich ganz in deiner Gröſse zu
denken!
Nur ein schüchterner Blick in deine Tiefen ent-
zückt mich
Über die Engel empor. Wenn meine Seele sich
selber
Zitternd so endlich fühlt, so ähnlich dem Schatten
im Traume,

V. 88 — 100.

Wenn sie um sich herum nur Schein von Wesen
erblicket,
Und dann, in sich gekehrt, in labyrinthischem
Dunkel
Ungewiſs irrt, und fast an ihrer Wirklichkeit
zweifelt:
Ach, mit welcher Entzückung, mit welcher fest-
lichen Ruhe,
Findet sie dann in Dir, o Ursprung des Lebens,
sich wieder,
Sich und die Welt, und mehr als die Welt, unend-
liche Hoffnung!

Aber Dich, Gott, als Richter mit deinen Schrecken
empfinden,
Ist der ewige Tod. Sein bloſser Schatten verfinstert
Allen Schimmer des Himmels, und deiner Serafim
Lächeln.
Bebet, ihr Feinde des Herrn, verworfne Sklaven
des Lasters,
Bebt vor dem Tag der Rache! sein näherndes Rau-
schen zermalme
Eure Seelen! Er bringt auf seinen stürmischen Flügeln
Neue Donner und mehr als den Blitz. Verzweifelt,
ihr Seelen,

V. 101 — 113.

Die ihr die göttliche Würde, das Loos der Engel,
verschmähtet,
Und der Unsterblichkeit mächtigen Wink! Ihr Lästrer
des Herren,
Sterbet den ewigen Tod! —

Aber wo ist sie, die Seele, die vor dem Anblick
des Richters
Stehen kann? Ach! Er entdeckt an seinen Engeln
Gebrechen.
Siehe, die Tugend des Menschen ist in des Hei-
ligen Augen
Eine glänzende Schuld. Wie könnt' ich vor dir
bestehen,
Ich, der sündige Staub? Darf eine schuldige Seele
Liebe Dich nennen, und kühn Dir in dein Ange-
sicht sehen?
Werden nicht tödtende Schrecken aus deinen flam-
menden Augen
Gegen sie blitzen? Ach! wird sie nicht vor dem
Thron des Gerechten
Stumm und lebensberaubt, zum ewigen Denkmahl
erstarren?
Oder, darf ich mit Zittern es wagen, Erbarmen
zu hoffen?

V. 114 — 127.

Seine Vertrautesten durften es nicht. Da die Men-
                schen fielen,
Weinte der Himmel, die Sonne mit ihren vertrau-
                lichen Schwestern
Stand in Trauerwolken gehüllt, die Hymnen ver-
                stummten.
Jeder ätherische Freund der neu erschaffenen Unschuld
War entflohen, und sah mit trüben wehmütigen
                Blicken
Auf die Erde herab, die jetzt die Schöpfung befleckte,
Ob sie noch sey. Nicht Einer ward in den Him-
                meln gefunden,
Der es wagte, den Richter um ihre Vergebung
                zu flehen.
Siehe, da öffnete sich das Geheimniſs Gottes! Ihr
                Himmel,
Hört und erstaunt! Du Ewigkeit, höre! Die
                Schöpfung ist künftig
Nicht mehr das gröſste der Wunder. Ganz neue
                Reihen der Dinge
Heben sich an. Der Heilige hat den Sündern vergeben.
Gott wird Mensch, und versöhnet sich selbst. Der
                Himmel befestigt
Seinen Anspruch auf uns. Die Engel steigen nun
                wieder,

V. 128 — 140.

Christen, erneuerte Menschen, zu sehn, aus himm-
lischen Sfären;
Und die verlassene Tugend, auf Flügeln der Gnade
getragen,
Wagt sich wieder empor; sie wächst im göttlichen
Strahle
Eilend zu voller Schönheit. Mit Wunder sieht im
Vorbeyflug
Ein Olympischer Geist im Thal der Schatten des
Todes
Himmlische Tugenden blühn! Wie lieblich ertönt
ihm die Stimme
Edler Gedanken, die sich von ihrer Bestimmung
besprechen!
Schön ist die Stimme der schuldlosen Anmuth, und
lieblich ertönte
Unter den Palmen von Haran am Beyfall mur-
melnden Brunnen
Rachels junger Gesang dem kommenden Morgen
entgegen:
Aber viel schöner erklangen die Harmonien der Seele,
Die, von Entzückung gestimmt, die gefühlte Gott-
heit besangen!
Schön ist die Seele des Christen, erhaben die schwei-
gende Tugend

V. 141 — 152.

Unter Gebirgen von Leiden, harmonisch die Stimme
der Weisheit,
Wenn sie den sklavischen Töchtern der Sinne Gehorsam gebietet.

Welche Hoheit wird erst das Geschlecht der Menschen verklären,
Wenn dein Gesetz, o Erlöser, die ganze Erde
beherrschet,
Wenn nun jeder unfruchtbare Fels mit Rosen
bekränzt steht,
Und die Ströme der Gnade nun jede Seele befruchten,
Wenn du in allen nun lebst — Wie wird die Menschheit dann strahlen!

Töne höher mein Lied, und du, begnadigte
Seele,
Fühle dein ganzes Glück! Enthülle die schnellen
Gedanken!
Breite dich über die Ewigkeit aus! Sey kühn zu
verlangen,
Kühn zu hoffen. Die Höhe, worauf Er die Mensch-
heit empor hob,
Billigt, was sonst Verwegenheit war, vom Menschen
zu denken.

V. 153 — 163.

Fordre die Sfären der Engel, diefs ganze safirne
    Gewölbe,

Lafs auch diefs von der grenzlosen Welt, die dein
    heiliger Stolz träumt,

Einen Sonnenstaub seyn! Lafs Urims Tiefsinn
    am Throne

Seligkeiten erfinden, die noch kein Auge gesehen.

Ist es zu viel? Wie kann ein Gedanke die Gott-
    heit umspannen?

Hier ist kein Irrthum möglich, als allzu wenig
    zu hoffen.

Stehe, mein Geist, hier, über der Ewigkeit Ufer
    gebücket,

Steh und schau in den himmlischen Abgrund. Hier
    schwammen einst Welten,

Wie in der Frühlingsluft unsichtbare blumichte
    Dünste;

Hier verschwanden wie Nachtgesichte die goldnen
    Äonen;

Hier ist der Schauplatz unendlicher Wunder! Hier
    giebt sich die Gottheit

V. 164 — 166.

Ihren Erwählten zu schaun; hier ist sie alles
in allem.

Heil mir, dafs auch ich bin, und Serafim Bruder
mich nennen!

Heil mir, dafs Du, Erlöser, auch mich dem Vater
versöhntest!

ENDE DES DRITTEN BANDES.

www.ingramcontent.com/pod-product-compliance
Lightning Source LLC
Chambersburg PA
CBHW020807060726
47498CB00017B/918